NHK 連続テレビ小説

ブギウギ

上

作

足立 紳／櫻井 剛

ノベライズ

橘 もも

NHK出版

NHK 連続テレビ小説 ブギウギ 上

目次

主な登場人物関係図

大阪・福島の人たち

「はな湯」の常連客
易者（えきしゃ）
なだぎ武（たけし）

スズ子の母
花田（はなだ）つや
水川（みずかわ）あさみ

スズ子の父・銭湯「はな湯」の主人
花田梅吉（はなだうめきち）
柳葉敏郎（やなぎばとしろう）

「はな湯」の釜焚き
ゴンベエ
宇野祥平（うのしょうへい）

ヒロイン
福来（ふくらい）スズ子
（花田鈴子（はなだすずこ））
趣里（しゅり）

スズ子の弟
花田六郎（はなだろくろう）
黒崎煌代（くろさきこうだい）

「はな湯」の常連客
キヨ
三谷昌登（みたにまさと）

「はな湯」の常連客
熱々先生（あつあつせんせい）
妹尾和夫（せのおかずお）

「はな湯」の常連客
アホのおっちゃん
岡部（おかべ）たかし

「はな湯」の常連客
アサ
楠見 薫（くすみかおる）

USK（梅丸少女歌劇団（うめまるしょうじょかげきだん））

男役トップ
橘（たちばな） アオイ
翼 和希（つばさかずき）

トップスター
大和礼子（やまとれいこ）
蒼井 優（あおいゆう）

スズ子の同期
桜庭和希（さくらばかずき）
（桜庭辰美（たつみ））
片山友希（かたやまゆき）

スズ子の同期
リリー白川（しらかわ）
（白川幸子（さちこ））
清水（しみず）くるみ

ピアニスト
股野義夫（またのよしお）
森永悠希（もりながゆうき）

スズ子の後輩
秋山美月（あきやまみつき）
伊原六花（いはらりっか）

大阪・道頓堀の人たち

歌劇団の音楽部長
林 嶽男（はやしたけお）
橋本（はしもと）じゅん

興行会社「梅丸」の社長
大熊熊五郎（おおくまくまごろう）
升 毅（ますたけし）

＝ 夫婦関係
｜ 親子関係

香川の人たち

役	役名	俳優
香川の女性	西野（にしの）キヌ	中越典子（なかごしのりこ）
地主	治郎丸和一（じろうまるかずいち）	石倉三郎（いしくらさぶろう）
スズ子の祖母	大西（おおにし）トシ	三林 京子（みつばやしきょうこ）

東京で出会う人たち

役	役名	俳優
善一の妻	羽鳥麻里（まり）	市川実和子（いちかわみわこ）
作曲家	羽鳥善一（はとりぜんいち）	草彅 剛（くさなぎつよし）
チズの夫	小村吾郎（ごろう）	隈本晃俊（くまもとあきとし）
下宿の女将	小村（おむら）チズ	ふせえり
歌手	茨田（いばらだ）りつ子	菊地凛子（きくちりんこ）
おでん屋台の大将	伝蔵（でんぞう）	坂田 聡（さかたただし）
作詞家	藤村 薫（ふじむらかおる）	宮本亞門（みやもとあもん）
スズ子の付き人	小林小夜（こばやしさよ）	富田望生（とみたみう）
ダンサー	中山史郎（なかやましろう）	小栗基裕（おぐりもとひろ）
制作部長	辛島一平（からしまいっぺい）	安井 順平（やすいじゅんぺい）
演出家	松永大星（まつながたいせい）	新納慎也（にいろしんや）
スズ子の最愛の人	村山愛助（むらやまあいすけ）	水上恒司（みずかみこうし）

役	役名	俳優
スズ子の幼なじみ	タイ子	藤間爽子（ふじまさわこ）
「はな湯」を訪れる女性	三沢光子（みさわみつこ）	本上まなみ（ほんじょう）

福来スズ子とその楽団

役	役名	俳優
マネージャー	五木（いつき）ひろき	村上新悟（むらかみしんご）
ドラム	四条（しじょう）	伊藤えん魔（いとうえんま）
ギター	三谷（みたに）	国木田（くにきだ）かっぱ
ピアノ・アコーディオン	二村（にむら）	えなりかずき
トランペット	一井（いちい）	陰山 泰（かげやまたい）

装幀　児崎雅淑（LiGHTHOUSE）
キービジュアル提供　NHK

第1章 ワテ、歌うで！

赤ん坊がゆりかごのなかで、ふにぃ、と声をもらす。そのふくふくした頬に、福来スズ子は自分の頬をすりつけ、優しくキスをする。

「愛子、お利口さんにしてるんやで。あとでぎょうさんオッパイあげるさかいな」

この世に、こんなにも愛らしい生き物が存在するなんて。

仕事と同じか、もしかしたらそれ以上に好きだと思える存在を得る日がくるだなんて、スズ子は想像もしていなかった。

「ほんまかいらしわ。お母ちゃん、離れとうない。好きや好きや」

何度も頬をすりあわせると、愛子はきゃっきゃと声をたてて笑う。もう、このまま一緒に寝てしまおうかとすら思う。

だけどもう、出番だ。名残惜しくても、スズ子は出ていかなくてはならない。

「ほな、愛子、お母ちゃん、お客さんとズキズキワクワクしてくるわ！」

愛子から離れて、スズ子は舞台へと向かう。

軽快な楽団の音楽とともに壇上にあがったスズ子へ、満員の客たちから拍手が送られる。

東京ブギウギ　リズムウキウキ
心ズキズキ　ワクワク

スズ子が高らかに歌う。鮮やかに踊る。客はみんな身体を揺らし、リズムをとるうち、自然と笑みがこぼれだす。

ときは昭和二十三（一九四八）年。年が明けてすぐに帝銀事件が起き、戦後復興のさなかにありながら、いまだ世の中は不安定に揺れ続けている。心と体に癒えない傷を抱え、懸命に生きる多くの日本の人たちの心に、スズ子の歌と踊りは、生きていく活力を与えていた。

スズ子の歌には、聴く人の心を華やがせずにはいられない、何かがあった。

それを育んだのが、大阪市福島の下町。隣接する大阪駅の発展に伴い、労働者や商売人など、さまざまな職業の人がいきかう活気にあふれたその町が、スズ子の故郷だ。

大正十五（一九二六）年、スズ子は十二歳の小学生。そのころは、風呂屋〝はな湯〟を営む両親をもつ、ただの花田鈴子（はなだすずこ）である。

客の前で、歌と踊りを披露するのが鈴子の日課だった。ところが、下足番のくせに客と酒を飲みかわす父の梅吉が、上機嫌で一緒に歌って、鈴子の見せ場を台無しにする。

「お父ちゃん、調子乗りすぎや！」と怒っても「ええやないか」とどこ吹く風だ。そんな父に、番台に座る母のツヤはいつもあきれかえって文句を飛ばしていた。

　鈴子には、六郎という名の弟がいた。のんびりしているわりに、カメを拾ってきてははな湯にもちこみ、ツヤに注意されても決して手放さない、強情なところもある。本当は、武一という名の双子の兄もいたのだが、三歳のときに病気で死んでしまったと聞いた。残念ながら、鈴子は何も覚えていないが、部屋に飾られた写真にときどき話しかけてみることはある。

　家族ではないけれど、住み込みで働くゴンベエという名の男もいる。

　毎日のようにはな湯を訪れる常連客たちも、鈴子にとっては家族みたいなものだ。

　誰も彼もが好き勝手にしゃべって、来たときよりすっきりした顔で帰っていく。しょうもな、と思うことも多いけれど、両親の切り盛りするはな湯が、鈴子には自慢だった。


　自慢といえば、鈴子には親友が一人いる。小学校のクラスメートであるタイ子だ。

　松岡、という男子のことが好きらしく、彼の前ではいつももじもじしているのは理解に苦しむけれど、それ以外はいつも鈴子の心をぱっと明るくしてくれる、素敵な女の子だ。タイ子の母親も、素敵だ。芸者をしながら、日本舞踊を教えている。鈴子も、生徒の一人だった。

「おなごやろうと男やろうと芸を身に着けたほうがええ。芸は身を助けるし、人生楽しなる」

と、ツヤの言っていたとおり、タイ子と一緒に日本舞踊を始めてから、鈴子の日常はもっと楽しくなった。だから、よけいに納得いかない。なんで、松岡の前で、タイ子が自信なさそうにふるまうのか。松岡なんて、ちょっといい服を着ているだけで、えばっていけすかない奴なのに。

「お母ちゃんはお父ちゃんのどこが良かったん？　好きになったから結婚したんやろ？」

稽古から帰ったあと、番台に直行して、ツヤに聞いた。

「なんやいきなり。覚えてへんわ」

「鈴ちゃん。ほれたはれたは二人にしかわからへんねん」

聞いてもいないのに、常連客である通称・アホのおっちゃんが言う。

「十万円もっとったんやけど、落としてしもたんや」といつもの言い訳をして、お金も払わず脱衣場に入っていく。ツヤがそれを止めることはない。

「なあ、なんでアホのおっちゃんだけいつもタダなん？」

「義理と人情、言うやつかな。この世は義理と人情ででけてんねん」

おっちゃんは、はな湯にとって初めての客だったのだと、ツヤは言った。

「お父ちゃんとお母ちゃんな、十五年前に香川から大阪に出てきたやろ。お父ちゃん、映画作る人になりたい言うてたけど、簡単になれるわけもないし、二人でいろんな仕事しとったんや。まあ、ほとんどお母ちゃんが仕事して、お父ちゃんは家でごはん作っとったけどな」

目に浮かぶようである。

「そしたら、お父ちゃん、いきなりお風呂屋さんやりたいて言い出してなあ。お母ちゃんもちょっとアホやから、お父ちゃんにそう言われたら、それもええかいう気ぃになってくんねん。それから死ぬほど働いて、五年前にお風呂屋さん開いたんや」

初日は気が気じゃなかった、とツヤは語りながら思い出す。

稼いだ金を全部つぎこんで開業したはいいけれど、呼び込みをしても道行く人の反応はいまいち。梅吉は緊張のあまり突っ立っていることしかできないし、家では鈴子が熱を出して寝込んでいた。小さい頃の鈴子は、すぐに熱を出す体の弱い子だったのだ。

「あかん、なんや吐きそうや」と言って梅吉は、手のひらに書いた人の字を飲み込んではえずいていた。「しっかりしてや」と発破をかけることで、どうにかツヤも踏ん張ってはいたけれど、誰一人やってくる様子のないわびしさに、逃げ出したい気持ちは同じだった。

そんなときだ。「風呂、一つおくれ」と声がしたのは。

それが、アホのおっちゃんだった。今と同じ、ずた袋をさげて、薄汚い格好をして、「十万円もっとったんやけど、落としてしもたんや」と言うのを聞いて、ツヤはがっくり肩を落とした。

ところが梅吉は、「どうぞどうぞ」と迎え入れたのである。

脱衣所から見えるおっちゃんは、正真正銘の一番風呂につかって気持ちよさそうだった。

文句を言うツヤに、梅吉はとりあわなかった。

「口開けのお客さんや。ゲン担ぎやがな。なんぞ見返りあるかもしれんがな。それに、なんや困ってはるんちゃうか」

こうなったら、梅吉に何を言っても無駄だということはわかっていた。それに、おっちゃんがあまりに気持ちよさそうに湯船に沈んでいるのを見ていたら、不思議と、風呂屋という仕事もやりがいがあるかもしれないと思えてきた。

おっちゃんは、お礼だと言って、はな湯の看板をつくってくれた。ずいぶんと奇抜なかたちと色で、目立つことには間違いなかった。そのおかげで客が入るようになった、なんてことはないけれど、最初の客がおっちゃんでよかった、とやがて思うようになった。

「そやからおっちゃんは恩人やな」と遠い目をしてツヤは言う。

「義理があんねん。義理を返すのが人情や」

鈴子は感心したようにうなずいたあと、掃除の手を止めて叫んだ。

「ワテにもあったわ！　義理と人情！」

その目は、爛々（らんらん）と輝いている。


翌朝、鈴子は六郎と一緒にタイ子を迎えに行った。通学路の途中で毎朝会う、易者のもとに連れていくためである。

「ほれたはれたの運気が上向きや！　相手の人もお嬢ちゃんのこと好きかもしれへんよ」

易者はタイ子の手相を見て言った。よっしゃ！　と鈴子はこぶしを握る。であれば、あとは告白するだけである。

ところが、友達にかこまれる松岡を見て、タイ子はおじけづいてしまった。

「まあ、他の男子おったら恥ずかしいわなあ。ワテ、松岡呼んでくるわ！」

「あかん……！」

「なんで？　……あ、そやったら手紙書いたらええがな！　恋文や！」

タイ子のかわりに、教室の片隅で鈴子は手紙を書いた。「松岡くん、好きです。」それを、男子の一人に奪われた。大きい文字で書いたのがあだとなった。すぐに読まれてまわされた。

「恋文や！」とはやしたてる男子たちから手紙を取り戻すと、真っ赤になったタイ子をつれて、鈴子は教室を飛び出した。

帰り道、いつになく硬い声で、浮かない顔をして、タイ子は言った。

「鈴ちゃん……もうええよ。ウチ、このまんまでええねん」

「それはあかんねん。ワテ、タイ子ちゃんには義理があんねん。ワテ、一年生のときに転校してきたやろ。あの日、タイ子ちゃんに仲良うしよて、いっちゃん初めに声かけてもらえて、めちゃくちゃ気がラクになったんよ。そやからその義理返したいねん」

「気持ちは嬉しいけど……もうええから。恋文なんか知れたら、先生にえらい叱られるし、それに……はしたない思われるわ」

「なんでやねん！　はしたないことあらへん！」

「鈴ちゃんにはわからへんよ。……また芸者の子ぉやら妾の子ぉや言われる」

鈴子の脳裏に、今朝、タイ子を迎えに行ったときの光景がよぎった。いつもと違って、呼びかけても返事のなかったタイ子の母親。玄関先に整えられた、高級そうな男物の靴。きのうからお父ちゃん来てるんよ、と言った気まずそうなタイ子の顔。

「そやから……もうやめてほしい」

返事を待たずに、タイ子は一人、家路に向かう。鈴子は、追いかけることもできなかった。

「ワテ、タイ子ちゃんは堂々としとればええ思うねんけど……そんなんでバカにするほうがアホやわ」

帰るなり、番台のツヤに吐きだす。いつになく落ち込んでいる鈴子に、ツヤは「そやなあ」と考え込むように宙を仰いだ。

「せやけどな、つらい言うてるんはタイ子ちゃんなんやで。鈴子が大丈夫や言うてもタイ子ちゃんは大丈夫やないねん。誰もが、言われると心底悲しい気持ちになることを一つ二つは持ってるもんや。それを気にせんでええって軽く言うのんは、お母ちゃんは違う思うねん」

でも鈴子は、軽い気持ちで言っているわけじゃない。ツヤは笑った。

「そのお節介があんたのええとこでもあるんやけどな。せやけど、えらいなあ、タイ子ちゃんは。イヤなことはイヤやからやめて言えるのはすごいことやで。鈴子にもそうなってほしいわ」

「ワテ、イヤなことなんにもないわ。お母ちゃんのおかげやな！」

ええ子に育った、とツヤの胸は弾み、そして同時に、表情が陰った。

思い出す。あの日、縁側で、子守歌を歌いながら赤ん坊に乳をあげていたときのこと。そんなツヤを陰りのある表情で見つめていた、あの女性のこと――。

だがすぐに、頭から振り払う。かわりに、

「ワテ、タイ子ちゃんのこと傷つけたんかな……」

と落ち込む鈴子に歌ってやる。それは、あのときと同じ子守歌。

「あんた、小さいころ、この歌うたうとえらいご機嫌になってたんや」

「なんや……聞き覚えがある気するわ」

おぼろげな記憶をたよりに、鈴子も一緒に歌い始める。何も解決していないけれど、少しだけ心が浮き上がった気がした。

ツヤに言われたことをぐるぐると考えながら、その晩、鈴子は眠りに落ちた。

目が覚めたときには肚が決まっていた。謝ろう。傷つけたのなら、理由はどうであれ、謝らなくちゃいけない。学校までの道を、ぶつぶつ謝る練習をしながら歩く。

「鈴ちゃん、おはよう」

教室の手前で声をかけてくれたタイ子は、昨日のことなんて忘れたように笑っていた。

鈴子は、深々と頭を下げた。

「タイ子ちゃん……堪忍な、昨日。ワテ、タイ子ちゃんの気持ちも考えんと……」

「もうええよ」

「せやけど……イヤやったろ？」

「もうええって」

「ほんま……？」

うん、とタイ子は小さくうなずく。そうか、と鈴子は思った。これ以上は、タイ子も望んでいない。謝るかわりに、「今日、天神さんのお祭り行かへん？」と誘う。

「いこいこ！　うち、綿菓子食べたいわ」

その笑顔を見て、鈴子は誓った。もう絶対に、タイ子を傷つけるようなことはしない。

六郎と三人で食べる綿菓子は、いつも食べるお菓子よりも三倍、おいしかった。

「うちな、小さいころ屋台の人になりたい思うてたんよ。綿菓子作る人」

タイ子が言った。

「毎日お祭りも行けるやろ。ウチ、このパァーと明るいのん好きやねん。ぎょうさん人もおって。

あ、そやから鈴ちゃんちとこのお風呂も好きや」

「ワテ、将来はお風呂屋さん継ぐから、タイ子ちゃん毎日入れたるわ」

「鈴ちゃん、おうち継ぐん？」

「そやで。タイ子ちゃんは？　卒業したらどうするん？」

「女学校行きたいけど無理やわ。お金ないし。せやけど……鈴ちゃんみたいに歌がうまかったら花咲(はなさき)行きたかったわ」

「花咲？　……ってなに？」

「え、知らんの！　あれや」

タイ子の指さした先には、ブロマイドを売る露店があった。そのなかに、ひときわ華やかな衣装を着た女性たちが歌って踊る姿を写したものがある。

瞬間、胸が躍る。あれが花咲少女歌劇団、とタイ子が教えてくれる。

「こんなんあるんや。きれいやなぁ……。行ったらええやん？」

「ウチ、ごっつい音痴なの知ってるやろ。無理やわ。それにお金もかかるし」

じゃあ、うちも無理やな。と思いながらも、鈴子の視線はブロマイドに釘付けだった。

そこへ空気をぶち壊すように、「鈴子やんけ。なんでおんねん！」と叫ぶ男子の声が響き渡った。

「おったら悪いんか。あんたらこそなんでおんねん」

「お前、やっぱり松岡のこと好きなんやろ。ついて来たんやろ」

「はぁ？　なに言うてんねん。アホか」

言い返す鈴子とは裏腹に、松岡の姿を認めたタイ子は、恥ずかしさのあまりうつむいてしまった。このままではまた、タイ子を傷つけてしまう。言い返したいのをぐっとこらえたが、男子たちは「好きや好きや！」「やっぱり好きやったんや！」とますますはやしたてる。

きわめつきの爆弾を落としたのは、六郎だった。

「松岡くんのこと好きなんはな、姉ちゃんやなくてタイ子ちゃんなんやで」

「ア、アホ！　なに言ぅてんや！」

「せやかてほんまやろ。なあ、タイ子ちゃん」

――こ、このドアホ～～～～！　うすらとんかち!!

叫びたかったが、できない。タイ子は、真っ赤になって身をすくめている。男子の一人が、にやにやといやらしい笑みを浮かべながら言った。

「松岡、気ぃつけよ。タイ子は芸者の子やでぇ」

「妾の子やでぇ」

その言葉に、タイ子がびくりとした。うつむいて、唇をかみ、こぶしをにぎりしめて、震えている。鈴子は、カッとなって叫んだ。

「あんたら、許さへんぞ！　泣かしたるわ！」

こぶしを振り上げて、鈴子は男子たちに突っ込んでいく。止まらなかった。相手は全部で五人。殴りかかろうとしてもはねのけられ、髪の毛を引っ張られては、小突かれる。痛いし、悔しい。でも、勝ち目はないとわかっていても、黙っているわけにはいかなかった。

「ネーヤン！」

加勢しようと駆けだした六郎がこけて、男子たちはさらに笑う。それも、鈴子の怒りに火をつけた。笑われるべきは、六郎ではない。

「アホっ！　あんたらごっついカッコ悪いねん！　松岡、お前もしょーもないやっちゃ！」

乱闘には加わらず、涼しい顔で見ているだけの松岡に鈴子は叫ぶ。

「しょーもないのはお前や」と笑う男子たちにさらに小突かれ、鈴子がよろめいたその瞬間。

「やめて！」と、聞いたことのない声量で、タイ子が叫んだ。

ぶるぶると、震えている。顔色も、真っ青だ。だが、その気迫に飲まれたように、男子たちもぴたりと動きを止めて、押し黙る。

「……なんであかんの？　芸者の子やったらアカン？　妾の子やったら……ア、アカン？」

「なんやこいつ。おかしなったんちゃうか」

「けったいなやっちゃ」

せせら笑う男子たちに、けれどタイ子は退（ひ）かない。

「お……おかしいのは。あんたらや。ウチ……松岡くんのこと、好きやで。ずっと……ずっと好きやってん。ウチ、おもらししてもうたことあったやろ。そのとき、松岡くん、ウチに言うてくれてん。『気にせんでええぞ。わしなんか、こないだウンコもらしたわ』って」

まさかの言葉に、場が静まり返る。

さすがの松岡も、すまし顔をひっくりかえして、目を見開いている。だがタイ子は、「ウチ、すごい嬉しかった」とまっすぐに松岡を見つめた。松岡は頬を引きつらせた。

「ひ、人がうんこもらすんが嬉しいんか」

「だって、ウチに恥かかせんように言うてくれたんやろ。あれから……ずっと好きやねん」

　そういうことやったんか、と鈴子はうなずいた。やりかたはどうあれ、ええとこあるやん、と松岡を見る。だが当の松岡は、状況を受け止めきれずに硬直するばかりだ。

「なんか言うたりぃな、松岡！」

「……ごめん」

　タイ子の表情から、少し緊張が抜けた。けれど、鈴子は納得がいかない。

「なにがあかんのや！　タイ子ちゃんがどんだけ優しい子なんか、今の話でわかったやろ！　あんたもまあまあええ奴やってわかったのになんであかんねん。義理と人情ないんか！」

「な、なんや義理と人情って……わし……好きな人おるねん」

　鈴子は、ぼう然とする。だが、当のタイ子は、動揺した様子をかけらも見せなかった。

「……おおきに、松岡くん。なんかすっきりしたわ！　ウチ、鈴ちゃんみたいにちゃんとものを言える人になりたいってずっと思ててん。ウチでもちゃんと言えるってわかった。鈴ちゃんのおかげや！　義理返してもろたわ！」

「ほんま？　返した！」

「うん！　たっぷりや！」

　六郎も、にこにこと笑っている。

　毒気を抜かれたように、男子たちは「行こうぜ」と背を向けて、おもしろくなさそうに去っていく。そのあとを追いかけようとして、松岡はふとふりかえった。

「お前ら、なんやええな！」

　飾り気のないその言葉に、鈴子とタイ子は、目を見合わせて笑う。

気分がよくなった二人は、『証城寺の狸囃子』を歌いながら夜道を歩いた。

「タイ子ちゃん、ほんま下手やなあ！」

笑う六郎に、「コラッ！　しばくど」と、タイ子がすごんでみせる。「ネーヤンみたいや！」と六郎がけたけたと腹を抱えるこの夜のこの情景を、たぶん鈴子は一生忘れない。


その年の瀬、大正天皇が崩御し、今年も残すところあと少しというところで元号が昭和に変わった。たった一週間の昭和元年が終わり、年が明けて昭和二（一九二七）年。世間は正月どころではない雰囲気だったが、どんな日も人は風呂に入る。はな湯は、いつもどおり忙しかったし、喪に服すなんて発想のない鈴子は、タイ子と初詣に出かけた。

「もうすぐ小学校、卒業やろ？　鈴ちゃんは卒業したら、やっぱりお風呂屋さん手伝うん？」

「たぶんそうすると思うわ。タイ子ちゃんはどうするん？　決めた？」

「ウチ、女学校行くねん。お父ちゃんがそうせぇって。お金だしたるから勉強せえって」

「良かったやん！　タイ子ちゃん、勉強ようでけるし、なんにでもなれるわ」

「せやけど、ウチはいつかお母ちゃんみたいな芸者もええかな思うてんねん」

「ええと思うよ。タイ子ちゃんのお母ちゃん、かっこええもん」

タイ子が嬉しそうに笑う。祭りの夜の一件以来、松岡がいてもいなくても、タイ子は前よりも堂々と胸を張るようになった。それが鈴子には嬉しい。


新学期はじまってすぐの昼休み、担任の田山先生がみんなの似顔絵を描いてくれると言った。

先生がくれた絵のなかで、鈴子は満面の笑みで歌っていた。

「鈴子の家は風呂屋やったな。お父ちゃんとお母ちゃん、手伝うんか」

「手伝いいうか、ワテ、お風呂屋さんの仕事好きやし。勉強よりずーっとよろしいわ！」

「すべてが勉強や。鈴子は向いてる思うし、しっかり親を助けなあかんぞ」

うん、とうなずきかけたとき、タイ子が口をはさんだ。

「ウチが鈴ちゃんみたいに歌えたら絶対花咲受けるけどなあ」

「せやけど、お金もかかるんやろ」

「そうやけど……鈴ちゃんほんまはこっちが向いてる思うから」

「タイ子、それぞれ事情もあるんや。人のことに口出しせんでええ」

先生が、いつもより少し厳しめの声を出し、タイ子は、はっとうつむいて謝る。

ええよ、ええよ、と笑いながら、鈴子は心に何かがひっかかるのを感じた。

花咲。たった一度、遠目で見ただけの、ブロマイド。だけど確かに、強烈に胸をつかまれる何かが、そこにはあった。

――ワテが？　花咲に？

煌（きら）びやかに輝く舞台のうえで、思い切り歌って拍手喝さいをあびる自分。

想像して、ふりはらう。けれど、先生の話が終わっても、はな湯の休憩所でみんなとおしゃべりしていても、想像の情景は消えなかった。

六郎は、将来、カメ博士になりたいらしい。梅吉は、すでに風呂屋の主人だというのに、いつか映画を作りたいと、夢みたいなことを言っている。そんなふうに、なりたい自分を想像してみることが、これまでの鈴子にはなかった。ただいつまでも、はな湯でみんなにかこまれ、好きなときに歌って踊る日が続くものだと思っていた。

　店じまいのあと、誰もいない女湯で、鈴子はありったけの声で歌った。気持ちはちっとも晴れなかった。

「えらい長湯やったがな」

　ほかほか蒸気をあげながら居間に行くと、ツヤが一人で酒を飲みながら本を読んでいた。

「……お母ちゃんはワテくらいのころは何になりたかったん？」

　そやなあ、とツヤは首をひねる。

「これになりたい言うんはなかったけど……外国行てみたい思うてたわ。海の近くで育ったやろ。向こうにどんな国があるんやろかて思てたんよ。どんな人たちがおるんやろって。なんやしゅっとしてな。お酒もおいしいらしいで。高（たこ）ぅて飲めんけど」

「そこかいな！　お父ちゃんはいつから映画作りたい思うてたん？」

「いつからやろなあ。あんたが生まれたころには台本みたいなん書いてたんやで。懸賞にもなーんべんも応募して」

「すごいやん。今はやめたん？」

「やめたいうか……まぁ、落ちまくったし、どうにもならんこともあるんや。……それでも人は自分がこれや！　思うとこで生きていくんがええ。そういう場を探していかなあかん。お母ちゃんかて、今はお風呂屋さん、ものごっつい楽しいで」

　ふと見ると、壁に、田山先生が描いた似顔絵が飾られている。先生が歌う鈴子を描いたのは、それがいちばん、鈴子が楽しそうにしているときだからじゃないのだろうか。

なあ、歌わんの？　もっともっと、歌いたないの？

絵の中の自分が、しつこく問いかけてくるような気がする。


思い悩んだまま、鈴子は釜焚き場に向かった。そこにはいつも、ゴンベエがいる。川に飛び込んで死にかけていたところ、梅吉が拾ってきた彼は、目を覚ましたときには一切の記憶を失っていたという。だから素性のわからない、名無しのゴンベエ。

「ゴンベエさんは何の仕事してたんやろね。何になりたかったかも覚えてへん？」

「覚えてまへんけど、今は風呂屋がいちばん楽しいでっせ。ここで鈴ちゃんの歌聴きながら薪割りしとるんはほんま楽しいんだす」

「ワテの歌、聞こえてるん？」

「よう聞こえまんがな。鈴ちゃんの歌聴いとったら、記憶が蘇って来る気ぃしますわ。小さいころこんなんやったかもなあとか……虫採ってるとことか、お母ちゃんの姿がなんでか見えるいうか……ようわかりまへんねんけど、ええ心地になりますねんわ」

それは、歌が上手だね、と言われる以上に胸の弾む言葉だった。

鈴子は、考えた。それから数日、一人で、じっくり。『少女の友』に載っていた花咲の紹介記事を何度も読み込んで、風呂場の床を磨きながらありったけの声で歌い、休憩所で指先まで神経をめぐらせて、あたかもそこが劇場であるかのように踊って……そして、決めた。

「ワテ、花咲行ってみたい。歌う（うと）て踊ってるときがいちばん楽しいって気ぃついたんや！」

一大決心だったのだが、拍子抜けするほどツヤも梅吉も驚かず、やったらええやんと背中を押してくれた。金のことなら気にしなくていい、とまで言ってくれた。

その晩、鈴子は久しぶりにのびのびと眠りに落ちた。

「ほんまこの子は立派やわ。自分で生きて行く道見つけて……偉いわ」

六郎と並ぶ寝顔を見つめながら、ツヤは言った。

「ツヤちゃんの言う通りやったな。あれせぇこれせぇ言わんと自分で道を見つけさせるんはなかなかできるこっちゃない思うたけど、鈴子はすごいわ」

「六郎かてそないしまっせ」

そやな、とうなずいて、梅吉がしんみりとした調子で言う。

「……もう十二年も経ったんやなあ」

ツヤは、思い出す。十二年前のあの日、二人の赤ん坊を抱えて、実家の香川から帰った日のことを。魚を焼いていた梅吉は、今と同じのんきな笑顔で「おかえり」と出迎えてくれた。

「ご苦労さんやったな。どやった香川は？　みんな喜んどったやろ、赤んぼ見せたら……あれ？双子やったかいな？」

答えられずにいるツヤに、梅吉はすぐにこう続けた。

「まぁ、ええわ。一人も二人も一緒や。こっちは女の子か？　ツヤちゃん似やな。なんや笑ろてるみたいな顔やなあ」と何も気にする様子なく、赤ん坊の頰をちょいちょいとつついた。

「……大けぇ口開けて」

あのときと同じ慈しみに満ちた声で、鈴子の口をとじてやる梅吉に、ツヤはあのときと同じ、泣きたいような気持ちになる。

あっというまに二か月が過ぎ、花咲音楽学校の試験の日がやってきた。

会場にいる女の子たちはみんなすらりと背が高く、いかにも舞台映えしそうで、鈴子の不安と緊張を煽った。梅吉に言われたとおり、人の字を手のひらに書いて飲み込む。何度も繰り返したせいで、オエッとえずく鈴子を見て、はな湯開業の日の梅吉みたいだとツヤは笑った。

座学の試験は、まあまあ、うまくいった。歌は、いつもどおりだ。三味線にあわせて踊る日舞は、いくらい、優美にできた。面接でも、練習してきたとおり、しっかり思いを告げられた。腹の底から、思いきり感情をこめて歌い上げる。

絶対、大丈夫。合格するに決まってる。鈴子は達成感で自信をもった。

それなのに――。

昼食を終えて貼り出された合格者の紙に、鈴子の名前は見当たらなかった。

かわりに、鈴子より歌も踊りも下手だった子の名前がいくつもあった。彼女たちは、背が高い。

鈴子にはない、すらりと伸びた手足をもっている。

打ちのめされる鈴子を、ツヤはぎゅっと抱きしめた。

梅吉は鈴子以上に泣いた。また来年受けてもええ、というツヤの言葉も聞かず、「終わりや」「耐えられん」と子どもみたいにわめいて、ツヤにどつかれていた。

――そうや。もう終わりや。

夢は、途絶えた。その晩、湯船につかりながら、鈴子は一人で泣いた。人生で初めての、静かで孤独な、涙だった。

　翌朝、起きあがる気になれず昼過ぎまで布団にいた鈴子を、興奮した梅吉がたたき起こした。

「鈴子！　これや、これ、梅丸や！　梅丸少女歌劇団！　略してＵ！　Ｓ！　Ｋ！　や。かっこええやろ。昨日、お前に追い出されたあと映画館で観たんや。踊ってたんや！　これから観に行くで。はよ起き！」

　連れていかれた先は、梅吉が入り浸っている映画館である。とくに興味のない映画を、何が何やらわからぬまま観せられたあと、舞台袖の活動弁士が話し始めた。

「さてお次に控えましたるは、当座花形・梅丸少女歌劇団によりますレビューショー。耳に届くは浄土の楽の音、眼に映じたるは泰西の妙技、題して『胡蝶の舞』。楽団演奏をあしらいましてご高覧に供しますれば、最終最後までごゆるりとお楽しみください」

　言い終わるやいなや、派手な音楽とともに、きらびやかで肌を露出した女性たちが舞台に躍り出る。興味を失って出ていく客もいるなか、梅吉は「始まったどぉ！」と叫んで手をたたいた。

　鈴子は、言葉を失った。そこで繰り広げられる歌と踊りの光景は、花咲を初めて知った衝撃をはるかにしのぐものだった。


　梅丸の入団試験は、ちょうどその翌日だと梅吉が教えてくれた。「花咲よりもお前に向いとる」という梅吉の言葉にも励まされ、鈴子は一人で、意気揚々と試験会場に向かった。

　ところが、である。試験は花咲と同じ、昨日。梅吉は勘違いしていたのである。

　もちろん、鈴子は受付で門前払いされた。それでも、あきらめるわけにはいかなかった。

「ワテ、花咲落とされたんが悔しゅうてしゃあないんです！　昨日ですわ、昨日！　ちょっと背ぇが足らんだけで……来年なったらワテ、七寸は背ぇのびて花咲行ってしまいますよ。よろしいんですかそれで！」

必死で食らいつく鈴子に、事務員のまなざしは冷たい。

「よろしいがな、行ったら」

「ちゃいますねん！　来年まで待てませんねん！　お父ちゃんもごっつい落ち込んで家追い出されて……それはええんやけど、お母ちゃんもがっかりしてるんです。ワテが花咲入ることだけが夢やったんです。せやけど、ワテは梅丸観たらもうここしかあれへん思たんです！　お願いします。子どもが必死になって頼んでますねんで。歌と踊りだけでも見てください。ほんま頼ますわ！」

「なに訳わからんこと言うてんのや……」

「ほんまにお願いします！」

鈴子のものではない声が響いた。日程の間違いに気づいて追いかけてきたツヤである。

「せめてこの子の歌だけでも聴いたってくれまへんやろか。親の欲目かも知れまへんけど、ほんまええ歌うたいますねん」

「ようしゃべる親子やなあ」

そろって頭をさげる鈴子とツヤの上に、陽気な声が降ってくる。顔をあげると、瓶に入った真っ赤な液体を飲みながら、小柄な男がおもしろそうに二人を眺めていた。

「しゃーないから歌わせてみぃや。せやないと帰らへんやろ、この親子」

鈴子は、顔を輝かせた。

「ええか。お母ちゃんやお父ちゃんのことなんぞ考えんでええ。自分のために歌うんや。いちばん好きな歌を、自分が歌いたいように思い切り歌ってみ」

ツヤに言われたとおり、鈴子は大きく息を吸って吐き、胸のうちから歌以外のすべてを追い出した。花咲に落ちた悔しさも、梅丸に入りたい必死さも、すべておしのけて、ただ、歌うのが大好きだという気持ちだけでいっぱいにする。

「ほな、『恋はやさし野辺の花よ』を歌います」

伴奏なしでも音階のくるわない歌声が鈴子の唇から漏れる。

追い出したつもりでも、歌っているうちに、自然とツヤや梅吉、タイ子の姿が浮かんできた。海子、六郎、田山先生、ゴンベエ、常連客のみんな。鈴子が大好きだと思うすべてが、次々と脳裏をかけめぐって、心がぽかぽかあたたかくなっていく。

自然と、手足も動いていた。日舞に似た、けれど正式の型とはちょっとちがう、歌に合わせたしなやかな踊り。

「入れたれや」と、聴き終わるやいなや、男が言った。「どうせすぐ何人か辞めるやろ。上にはわしから言うとくわ」

知りませんよ、と事務員たちが唇をとがらせる。けれどその表情には、しかたがない、というような色も浮かんでいた。

こうして、鈴子は梅丸少女歌劇団の一員になったのである。

第2章 笑う門には福来る

強く、たくましく、泥くさく、そして艶やかに。それが、梅丸少女歌劇団に掲げられた、精神だった。

発足してまだ五年。煌(きら)びやかで洗練された美しさを誇る花咲に比べて歴史は浅い。鈴子ほど背丈の低い少女はいないが、花咲を落ちてやってきた団員も少なくないという。

けれど梅丸には、花咲には芽吹かせることのできない何かがあるような気がして、鈴子は期待に胸をふくらませて昭和二（一九二七）年四月の入団式を迎えた。最初に憧れたのは確かに花咲だったけれど、厳しい練習にも耐え抜いて、きっと夢見た舞台に自分も立ってやるのだと。いちばん背が低いことくらい、なんだ。身長の差を埋めるくらい歌と踊りが上手になればいいだけだ。

だが、その意気込みは初日からぺしゃんこにつぶされることとなった。二の腕を出した真っ白なワンピースに黒いベルトというどこか可憐(かれん)さの残る練習着を身にまとい、もじもじしている鈴子たちの前に、厳しい顔つきで現れたのは一人の上級生だった。

梅丸の強さとたくましさを体現するような凛々しいたたずまいに、鈴子は思わず見惚れる。

「新人教育係の橘アオイや」

そう名乗るのを、黙って聞いている鈴子たちに、橘は眉を吊り上げた。

「あんたら返事もロクにでけんやつらや。そんなやつらにまともな踊りがでけるはずがあらへん。まずは返事くらいでけるように、普段の生活態度から指導していくから心して生活せえよ。朝は上級生より一時間はよ来て掃除からや！」

そうして、梅丸での日々が始まったのである。


橘の厳しさは、脅しではなかった。床の磨き方がぬるければ、

「あんた、雑巾使たことあらへんのか！　なでてるんちゃうぞ！」

挨拶するときにちゃんとお辞儀をしなければ、

「『おはようございます！』と言い終わってから頭を下げる！　この角度や」

話しかけられて顔だけでふりむけば、

「話を聞くときは体ごと相手の方を向く！」

そのたびに鈴子たちは並んで、正しいやり方を復唱し、何度も練習させられた。鈴子たちから笑みが消え、一挙手一投足に怯えがまじるようになるまで、そう時間はかからなかった。

鈴子には無駄に思えるようなルールも多すぎた。たとえば上級生に話しかけるときは「私は研究生の花田鈴子ですが、今、お話しさせていただいてもよろしいでしょうか！」と元気よく前置きしなくてはならない。覚えるのも実践するのも、うんざりしていた。

毎日の楽しみが弁当の時間だけだなんて、学校に通っていたとき以上の苦行だ。しかもここにはタイ子のように、一緒に愚痴を言い笑い転げられる友達がいない。

ただ、踊りの時間は、見学するだけでも楽しかった。日舞は習っていたけれど、西洋のバレエは踊る以前に、観るのもほとんど初めてである。ロシアから来たという先生は、大柄だがそのぶん手足も長く、ふだんの所作からして優美だった。鞭をもって先輩たちを指導する姿はおそろしかったけれど、その指導のもとで踊る橘にはひときわ迫力があり、鈴子は思わず嘆息を漏らした。

それ以上に目を惹いたのが、大和礼子の踊りだ。

軽やかに舞い、ふわりと着地する彼女は、まるで重力にとらわれない妖精のよう。それでいて、橘とはまたちがう力強さが感じられた。

その美しさを脳内で反芻し、弁当を食べるのも忘れて惚れ惚れしていると、同期の白川幸子があきれたように言った。

「梅丸の大トップやで。知らへんの？」

言葉もふるまいも甘ったるい幸子は、メザシがご馳走の鈴子と違って、肉団子や卵焼きなどが詰まった豪勢な弁当をちまちまとつついている。羨ましそうに見ていたら、卵焼きを一切れくれた。砂糖の甘みの奥に、食べたことのない上品な出汁の味が口のなかいっぱいに広がる。

幸子は、バレエも上手だった。バーレッスンでつま先立ちをしても片足をあげても、すぐにバランスを崩してしまう鈴子と違って安定しているし、指の先までしなやかだ。習っていた、と聞いて鈴子は納得するより先に「金持ちなんか！」と声をあげた。

「ウチの家、大きな大きな乾物屋してんねん。金持ちやわ、たぶん」

「はぁ～」と、鈴子はため息をつくしかない。デビューするまでは月給のない身分だというのに、何かにつけて食べて帰ろうと誘ってくるし「デビューしたかてたったの二十円やろ」などとのたまうし（※大学卒会社員の初任給は五十円程度）、相当なお嬢様なのかもしれない。

対照的なのが、桜庭辰美だ。弁当の時間も、片隅で干し芋をかじり、話しかけてもそっけなく、担当分の掃除が終わると、鈴子たちを残してさっさと帰ってしまう。橘アオイに憧れて梅丸に入った、と最初のあいさつで言っていたけれど、それ以外のことは何もわからなかった。感じ悪い、と幸子はいつもふくれっつらをしている。

幸子は、噂話も好きらしかった。

「大和さん、東京の人やねんけど、お父さんとお母さんに反対されたんやって。梅丸が学費免除する言うて、家出同然で来たらしいわ」

聞かされたのは、初めて、映画館での幕間公演を見学した日のことだ。

梅丸少女歌劇団は、週に一度か二度、映画館で踊るのを仕事にしている。鈴子が梅吉に連れられて観た、あれである。出演する上級生の化粧や衣装の準備をするのは下級生の仕事だった。だから、鈴子たちが見学しなければならないのは、本番よりもむしろ準備の手際のほうだったのだけど、顔に粉をはたき、鮮やかな色をまぶたや唇にのせて変身していく橘や大和の姿に、自分もいつかと夢想せずにはいられなかった。

本番前、橘の声掛けで出演者たちは輪になり、手をつないだ。壇上に漏れないよう声を抑えて、けれどよくとおるハリのある音で、橘が言う。

「お客様とは一期一会です。今日のお客様とはもう二度と会わないかもしれません。そんなお客様に、また梅丸を観たいと思っていただけるように、そして単独公演目指して全力でいきましょう。強く、たくましく、泥くさく、そして艶やかに！」

その輪の中で、大和を包む空気だけが、澄み切って静かであるように鈴子には感じられた。扇子のような羽根を背負い、閉じたり開いたりしながら、稽古場で初めて観たときと同じように、大和は軽やかに優雅に舞台で跳ねる。やっぱり一人だけ重力から解放されているかのようだ。

その日の演目は『胡蝶の舞』。本物のちょうちょみたいや、と鈴子は思った。

家族と縁を切ってまで踊りたい、その気持ちがあるから大和はあんなに美しいのだろうか。鈴子には、帰る家がある。どんなに練習が厳しくても、橘に叱られて落ち込んでも、はな湯でおもしろおかしくしゃべっていれば、すぐに心が切り替わる。鈴子は大和とはちがう。でも、それでも——。

あんなふうに、いつか自分も。

そう思わずにはいられないものが、大和にはあった。


入団から一か月、梅丸に残り続けたのは、鈴子のほかに幸子と辰美だけだった。鈴子よりも踊りが上手だった子も、恵まれた長い手足をもった子も、厳しい練習に耐えかねてやめてしまった。

中庭で洗濯物を干していた鈴子と幸子に、部長の林がしみじみと声をかけた。鈴子に試験を受けさせてくれた男である。

「あっちう間に半分になってもうたなあ。おまけで入った鈴子が真っ先にやめる思うてたけど。……大きいのはどこ行ったんや？　もう帰ったんか？」

辰美のことだ。いつもどおり、自分の担当分を終わらせてさっさと帰ってしまったことを、幸子が文句まじりに報告すると、林は苦笑した。

「堪忍したれ。畳屋やってんねん、あいつの家。兄弟も多いし、お母ちゃんも病弱で夜遅うまで仕事手伝ってんねん。……飲むか？　辰美に飲ませたろ思うたんやけど。疲れ取れるで」

とりだしたのは、いつも林がもっている赤い液体の入った小瓶。中身は、マムシの生き血だという。

「いりません！」と鈴子と幸子は声をそろえた。つまらなそうに去っていく林の背中を見送りながら、鈴子は辰美の苦労に想いを馳せる。だが、幸子は変わらず冷淡だった。

「苦労してるんは、あの子だけちゃうわ」

幸子の父親もまた、乾物屋を継げとうるさく、梅丸に入ることを反対していたという。

「女学校行けて毎日うるさいわ。そやからはよデビューして認めさせたるねん」

その意地が、甘ったれの幸子をふんばらせているのだった。足が痛い、もう動かれへん、同期がやめて仕事が倍に増えた。思い返してみれば、日々、文句を言ってばかりの幸子だが、一度として辞めたいと泣きごとを漏らしたことはない。

自分は恵まれている、と鈴子は思った。ツヤと梅吉は反対するどころか、心から応援してくれている。二人のような反骨心は、鈴子にはない。

でも、鈴子にだって意地はあった。鈴子は毎晩、遅くまでひとり残って稽古を続けていた。大和に追いつくためには、人の何倍も、何十倍も努力しなければいけない。自分にできることはなんでもしたかった。

ある日、鈴子はツヤに頼んで、弁当を二つ作ってもらった。いつも芋だけをかじっている辰美に、わけてあげようと思ったのだ。だが差し出すと、辰美は「どういう意味や」と声を尖らせた。

「いろいろ大変なんやろ？　家の手伝いとかもあって。お母ちゃん、病気や聞いたから、お弁当作られへんのちゃうかと思うてワテのお母ちゃんに二つ作ってもろてん」

それが、辰美の怒りを買った。

「大きなお世話や！」と怒鳴って稽古場を出ていく辰美の姿に、思い出したのは、うつむいて震えていたあの日のタイ子の姿だった。

「ワテ、またやってもうてん」

久しぶりに会ったタイ子は、女学校の制服がよく似合っていて、心なしか少し大人っぽくなったように見えた。鈴子は、何も変わっていない。いつまでたっても考えなしで、誰かを怒らせ、傷つけてしまう。タイ子は、ひょっとして、と眉をひそめた。

「また誰かくっつけようとしたん！」

「ちゃうちゃう！　そやないけどまた余計なお節介してもうて、落ちこんでまうわ」

「相変わらずやな、鈴ちゃんは」と、タイ子は笑った。

「せやけどな……ウチ、あのときはやめて言うたけど、あれが鈴ちゃんのええとこやとも思うねん。いつか鈴ちゃんの余計なお世話が人を助けるときがくると思うわ。せやし鈴ちゃんはそれでええと思うねん。それがのうなったら鈴ちゃんやないわ」

「それ、喜んでええん？」

「褒めてるつもりやで」

「……ほな、喜んどこうかな」

あはは、と鈴子はむりやり声をたてて笑う。「その笑顔もええわ」とタイ子が言ってくれるから、もっと大きく、もっと明るく。そうして形だけでも笑っているうち、腹の底に力が戻ってきてくれるような気がした。

鈴子たちが、幕間公演の準備を担当する日がやってきた。

当日は、上級生が楽屋に入る二時間前から、掃除をしたり化粧道具の準備などをしなくてはならない。名前もわからない道具をそろえるだけで、頭が混乱しそうだった。二時間はあっというまにすぎて、上級生がやってくると、さらに鋭い指示が飛ぶ。自分たちが何をして、何をしていないのか、把握することなどとうていできなかった。

そして本番直前、事件は起きた。幸子が、橘の羽根を準備するのを忘れたことが判明したのだ。背中につけた羽根は、最初は閉じているけれど、本番では、両手で広げれば半透明の扇となって、踊り子を蝶へと変身させてくれる重要な道具である。本番では、壇上で橘だけが何も持たず、両手を広げて、ひらひらと華麗に舞っていた。ないはずの羽根が見える気がする、そんな踊りができる橘を鈴子は心の底からすごいと思ったけれど、それでいいはずがなかった。

幕が閉じたあと、橘は鈴子たちを整列させて、睨んだ。

「ミスは絶対起こらんもんや！　準備はあんたら全員の仕事や。全員で確認すればミスが起こるわけあらへん。起こったとすれば全員がアホかやる気がないだけや。あんたらまだ遊び半分でやってんねん。一つの舞台は全員で作るもんや。そやからミスは全員の責任や。あんたら自分のことしか考えてないねん。そんなやつらは梅丸にはいらん」

　橘の声は、舞台裏にびりびりと響いた。

　自分のミスじゃなくても、こんなに悔しいのだ。さすがに落ち込んだだろう、と幸子を心配した鈴子だったけれど、当の本人はけろりとしている。

「ええこと言いはると思うたわ。全員で確認すれば、確かにミスは起こらへんもんなあ」

「あんたが言うな！　連帯責任取らされてるんや！」

　声を荒らげたのは、辰美である。けれどやっぱり、幸子は悪びれない。

「ほんまにごめんなぁ。ウチ、不器用やしうっかりしてしまうこと多いから、これからもちょっとでも助けてもらえたら嬉しいわ」

　ほんまもんのお嬢さんや、と鈴子はあきれた。というよりも、感心していた。甘えることに、慣れ過ぎている。それがとうとう、辰美の逆鱗(げきりん)に触れた。

「あんた、なに甘ったれたこと言うてんや。ほんまに自分のことしか考えてないんか」

「そんなことないで。これからは気をつけよう思うてるわ」

「助けてもらうことばっかりやないか。少しは自分でなんとかしよう思わんの！」

「思うてるよ！　せやけどうっかりすること多いから助けて言うてるだけやん」

「助けたないわ！　あんたみたいなん虫唾(むしず)が走るわ！」

「ちょ、ちょっとちょっとちょっとやめとき！」

　激高した辰美の肩を、鈴子はあわてておさえる。けれど、遅かった。幸子の顔色も、変わっていた。

「……あんたこそなんなん。いっつもギスギスギスして、苦労してるかなんか知らんけどあんただけちゃうから。苦労でえばらんといて！」

「あんたになにがわかるんや！　苦労なんかしたことないやろ。鈴子もや！」「バレエや日舞習わしてもろて……せやけどな、ウチはあんたらみたいに遊び半分やないわ。仲良しごっこやないねん！　これでお金稼いでいこう思てんねん！」

「そんなん……ウチかて思うてるわ！」

先に摑みかかったのは幸子だった。辰美がおとなしくやられているはずもなく、あっという間に、とっくみあいの大乱闘と化した。止めに入れば鈴子が引っかかれそうな勢いで、二人は爪をたて、髪を摑み、肩を揺さぶりあう。

「二人とも野良猫のケンカやないんやから！」

やがて、やっとれんわ、というように辰美が背を向けた。ぼさぼさになった髪もそのままに楽屋を出ていく。ふー、ふー、と気の立った猫のように荒い息をくりかえす幸子は、かろうじて鏡の前で身づくろいを済ませると、やはり挨拶もせずに去ってしまった。

あとには鈴子がたった一人、大量の洗濯物と終わっていない掃除とともに残された。


一人で仕事を終えた鈴子は、疲れ果てて稽古場に戻った。今日ばかりは練習せずに帰ろうか。やる気を失っている鈴子の目に、一人で稽古する大和の姿が飛び込んでくる。

——やっぱり、きれいや。

他の人と、いったい何が違うんだろう。どうして大和礼子だけが、こんなにも鈴子の心を締めつけるのだろう。見つめていると、視線に気づいたのか、大和が振り返った。

「あなたたちのミスでいちばん迷惑こうむったのは誰だと思う？」

「それは……やっぱり橘さん……」

「違う。お客様。お客様はね、現実から離れたくて劇場に来てるの。そのお客様に、私たちは一瞬でも現実を感じさせちゃダメ。それはプロじゃない」

鈴子は、はっと息をのんだ。

「あなた、どうして踊るの？」

「お、踊りたいから」

「その先を、これからは考えていきなさい」

大和の声はおそろしく静かだったけれど、冷たくはなかった。背を向けて帰り支度を始めた大和に、鈴子は思わず声をかける。

「あ、あの……！　ワテ、ちゃうわ、私も踊ってよろしいでしょうか！」

「踊れば。私はもう帰るから」

「はい！」と元気よく答えて、鈴子はバレエシューズをとりだす。もとより、一緒に稽古したいなんておそれおおいことを考えていたわけではなかった。けれど大和の気配が残るこの場所で、それをつかむように、自分も踊りたかった。

ふと、大和が鈴子の足元に目をやった。うまくバランスがとれずに転んでばかりの痣だらけの足。つま先も、バレエシューズと同じようにぼろぼろで傷だらけだ。大和は、バッグから布を出して、鈴子に渡した。

「これを足首に巻いて練習しなさい。バレエはひたすら反復」

　鈴子は、顔を輝かせた。


　そのすぐあとに橘がやってきて、早く帰れと稽古場を追い出されてしまったけれど、鈴子は夢見心地だった。家に帰ると、ひとり大和にもらった布に頬ずりをして、足に巻く。バレエシューズを履いて立ち上がると、少しだけ大和に近づけたような気がした。

「同期は大切にね」と大和は言って、橘をからかうように横目に見た。

「この人もね、あなたみたいに劣等生だったのよ。だから人一倍梅丸愛に溢れてる。トップなのに教育係までして。あなたたちも自分のいるところを愛して」

　大切にしたくても、幸子も辰美も自分勝手で、鈴子を気遣うそぶりもない。けれど、その布を巻いて練習していれば、いつか大和の期待に応えられるような気がした。

　そうして、バレエシューズがさらに傷だらけになったある日、林が、梅丸の社長である大熊とともに稽古場に現れて、告げた。

「三か月後の十二月三日、梅丸劇場において梅丸少女歌劇団、第一回単独公演を行う！　お前らだけで、劇場を一杯にしてみぃ！」

　それは、団員の誰もが待ち望んでいた鬨（とき）の声だった。橘は涙ぐみ、大和は表情を動かさないながらも、珍しく瞳の色が感情的に躍っていた。

　話は、それだけで終わらなかった。

鈴子たち三人も、デビューできることが決まったのである。

ただし、たった一人だけ。三人とも役があるほど甘くないと言う林は、どこか面白がるように鈴子たちを見比べた。

えらいことになった、と言う鈴子の声は弾んでいた。

「せやけどあれやな。誰がデビューしても恨みっこなしや！」

「うちは恨まれそうやけど。この人、たぶんめっちゃくちゃ恨んでくるんちゃう？　自分はなんも習ろてへんからデビューでけへんかったとか言われそうやわ」

幸子は肩をすくめた。

「あんた……まさかデビューでける気でおるん？」

辰美も負けじと鼻で笑う。ぴりつく空気に、鈴子はまたも取っ組み合いが起きてはかなわないと、「とにかくな、みんなで頑張ろ。な」と二人の間に割り込んだ。

ところが、矛先が今度は鈴子に向かった。幸子は、いつになく冷ややかに言う。

「鈴ちゃん、ちょっと人が良すぎるんちゃう？　辰美の言う通りやで。ウチら、仲良しごっこでやってるんちゃうねん。おまけで入ったとしても、甘いで」

おまけ。それは何度も、林からもいなくなった同期からも言われた言葉だった。

実際、鈴子は、林のお情けで入れてもらったようなものだ。最初は、団員になれれば一緒だと思っていた。歌も踊りも誰にも負けない。泥くささにだって自信がある。自分より背の高い女の子たちより、強くたくましく、そして艶やかになれるはずだと信じていた。

今は、違う。そんなに簡単なもんじゃないことくらい、誰よりも鈴子が、身にしみて知っている。それでも、いや、だからこそ、鈴子は努力し続けるしかないのだった。みんなのように背負うものがないからこそ、地に足をつけた重みを自分の手でつかみとるしかないのだ。

鈴子は悔しさをふりきるように、いつも以上に自主練を続けた。家に帰ってからも、みんなを起こさないよう気をつけながら、部屋でひとり、壁に手をついてバレエのポーズをとり、苦手なタップを続けた。

寝不足で、見学中にうつらうつらしてしまいそうになっても、頬の裏の肉を噛(か)んで目を覚まし、辰美のように仕事を手早く終わらせ、寸暇を惜しんで、稽古に時間を注いだ。

ある日、床を磨きながら、独り言のように鈴子は言った。

「……確かにワテは、あんたら二人に比べてバレエは下手や。タップも負けてる」

幸子と辰美は、手をとめて顔をあげた。

「せやけどな、ワテが勝ってるとこもある。梅丸愛や。それだけはあんたらに負けへん。ワテはあんたらと違(ち)ごておまけでここに入れてもろてる。ほんまは入れんかったかもしれへんのに。……ワテはこの劇団にめちゃくちゃ恩があんねん。義理があんねん。そやから、ワテがごっつい劇団にしたろ思うてる。いや、思た。それが人情や！　あんたら、それぞれデビューしたい気持ちがあるんは知ってるけどな、ワテもそういうわけや！　負けへんで！」

話しているうちに興奮して、鈴子も掃除の手を止めていた。

無言の二人を、挑むようににらみつける。

「誰がデビューか決まるまでは、あんたらと口きかへん！」

それが、最後だった。

地震だ、と思った。ぐらりと揺れて、天と地がひっくり返る。「鈴ちゃん！」「鈴子！」と慌てた二人の声が聞こえた、気がしたけれど、さだかではない。次の瞬間、視界がまっくらになって、鈴子は意識を失っていた。揺れたのは、鈴子のほうだったのだ。


百日咳、と鈴子は診断された。

命の危険はない。だが少なくとも三か月は安静にしていなくてはならないと、はな湯の常連でもある熱々先生は言った。

まなじりに涙が浮かんだのは、高熱のせいだけではなかった。

鈴子を家に運んでくれた林が、同情するように小瓶を懐からのぞかせて「生き血……飲むか？」と聞く。飲むわけがない。そうか、と林は肩を落とした。

「しっかり治して戻って来いよ。お前がおらんとあの二人余計に仲悪るなるわ」

確かに、と鈴子は笑う。今度こそ、殺し合いに発展したらどうしよう、と半分本気で心配しながら、鈴子は半開きの目で、ツヤを見上げる。

「お母ちゃん……うつるで」

「お母ちゃんは大人やから平気や。もろたるわ」

「……やるんやったらお父ちゃんにやるわ」

「お父ちゃん、真っ先に逃げたけどな」

「アホ！　お父ちゃん、風邪には弱いだけや！　すぐこじらすねん！　せやけどな、お父ちゃん廊下で頑張ってるで！　鈴子のそばにおるで！」

声をはりあげる梅吉が、あまりにいつもどおりで、鈴子とツヤは視線をかわして苦笑する。

鈴子が頑張っているからやる気に火が付いた、と最近の梅吉は映画の脚本を書いてばかりだ。ほんましょうもな、と思いつつ、その姿に励まされる気持ちがするのも事実だった。

「デビュー……できるかもしれへんかったのに」

「そんなんいつかできるわ。もうしゃべらんでええから寝とき。治らんで」

頑張りすぎたんや、とツヤが額をなでてくれる。そのぬくもりがあまりに優しくて、鈴子は「それ、好きや」と笑った。けれど同時に、涙もこぼれた。

「せやけどな……やっぱり悔しいわ」

頑張るしかないのに、頑張りすぎたせいで何もかもがダメになるだなんて。鈴子は、唇をかみしめながら、静かに眠りに落ちていった。


寝ているあいだ、鈴子はいろんな夢を見た。

羽根飾りをつけて、橘や大和と一緒に舞台にあがっている。だけどハッと気づいたときには、客が誰もいなくなっていて、衣装も化粧も準備が整っていない状態で、たった一人、壇上に取り残されている。かと思えば、目の前で幸子と辰美がとっくみあいの喧嘩を始めて、けしかけるように笑いながら林が、大きな平皿になみなみ注いだ生き血を豪快に飲み干している。

ううう、とうなされる鈴子に、今度は「ネーヤン、ネーヤン」と呼び掛ける悲愴な声がした。ぼんやりかすんだ視界に、泣きそうな顔をした六郎が飛び込んでくる。

「なんやあんた……うつるで……」

夢かうつつかわからないままに、鈴子はつぶやく。けれど六郎は、聞いちゃいない。鈴子にすがるように覆いかぶさる。

「ワイとネーヤン、ほんまの姉弟やないかもしれへんわ。アホのおっちゃんが言いよったんや。ワイは河童の子ぉで、ネーヤンはクジラの子ぉやって」

「はぁ……？　なんやそれ……」

それを言うならあんたはカメの子やんけ。そう言いたかったが、うまく舌がまわらない。

やがて、今度はツヤと梅吉の声が聞こえてきた。

「大丈夫やろか……武一みたいなことにならんやろな」

「アホなこと言わんとき！　あの子だけは……絶対死なせたらアカンのや。顔向けでけへん」

顔向けって、誰に。

それもやっぱり、聞けなかった。ああ、なんだか頭がぐるぐるする。たまらなくなって鈴子は、

「ウワーッ！」と大声で叫んだ。その瞬間、自分の声に驚いて跳ね起きる。寝巻も布団も汗で湿っていて、どおりで気持ちが悪いはずだった。

駆けつけたツヤに寝巻きを変えてもらいながら、桃が食べたい、と甘えたことを言ってみる。わかった、とツヤは力強くうなずくと、季節外れだというのに、どこからかゴンベエが手に入れてきたらしい瑞々(みずみず)しい桃を切ってくれた。梅吉と六郎、それからゴンベエに囲まれながら、甘い果汁でのどを潤す。生き返るような心地がしたのは、みんなが鈴子を思ってくれていることが、芯から伝わってきたからかもしれない。

桃を食べ終えるころには熱はすっかり下がって、咳も止まった。ただの風邪だったのかもしれん、と熱々先生が言って、さすがの梅吉も「このやぶ医者！」とこぶしを振り上げた。

ということは、三か月も休まなくていい？

稽古に出られる？　つまり……デビューできるチャンスが消えたわけじゃない？

だるさの残る身体を布団に横たえながら、鈴子は胸が弾むのを感じた。無理は、禁物だ。完全に回復するまでは、寝ていたほうがいい。それでも、期待するのをこらえきれなかった。

そのときだ。

「鈴ちゃんにお客さん来てはりまっせ。梅丸のお友達だすって。大けい子ぉと、可愛らしい子が二人」

辰美と幸子である。

まさか二人が揃って見舞いにきてくれるなんて。嬉しさで、すぐにでも飛び跳ねられるような気がしたけれど、鈴子はあることを思いついて、布団を頭からかぶった。

「入ってもろて……」とわざとか細い声を出す。

ふすまを開けた二人は、ふだんからは想像できない鈴子の衰弱っぷりに言葉を失った。

「わざわざ……き、来てくれたん？」

腕をふるわせながら伸ばす鈴子に、幸子が泣きだしそうになりながら駆け寄る。

「これ、高級最中や！　高いんやで」

「おおきに……せやけど、ワテ、もう食べられへんわ……まったく食欲ないねん」

「た……食べんと……治らんで」

辰美も、ぼう然としながら布団のわきに膝をつく。鈴子は、弱々しく笑った。

「うん……せやけどな、ワテはもうあかんのや……。もう……踊られんかもしれへんわ」

そんな、と二人が息をのむ。鈴子は、続けた。

「ワテな……ほんまはあんたらのことちょっと尊敬してたてん。あんたら……すごい思うてた。ワテ、梅丸愛はほんまに負けへん思うてるけど……せやけど、必ずやデビューしたるいう二人の気持ちはすごいと思てたてん。ほんまに尊敬してたわ。あんたらが同期でほんまに良かった思うてる
……二人には……ワテのぶんも頑張ってほしいわ」

「な……なに言うてるねんな！　三人でこれから梅丸を盛り上げるんやろ！」

鈴子の手をとる幸子の目には涙が浮かんでいる。辰美も、唇をふるわせた。

「あんたが戻って来るんやったら、この女とも仲良うするわ！」

目論見（もくろみ）通りの展開であった。

だがこういうときに、すべてをぶち壊すのが六郎である。

「ネーヤン入るで。……あ、友達来とったん？　ネーヤンな、もう治ったで！　百日咳やのうて五日咳やったんやて」

幸子と辰美はぽかんと口を開けた。

「え……なに、どういうこと？」

「す……鈴子！」

二人に揺さぶられて、鈴子はぐええとひしゃげた声を出す。

「堪忍やで。二人を仲良うさせるための芝居やがな。せやけどな……さっき言うたんはほんまや。ほんまに二人のこと尊敬してる」

鈴子が言うと、眉をつりあげていた二人の肩が、小さく震えた。しだいにくつくつと声が漏れて、そろって大笑いを始める。それは、同期三人が初めて心を一つにした瞬間だった。


休んだのはたった一週間だったのに、何か月も経ったかのような遅れを鈴子は感じていた。一日休んだら五日戻る。一週間休んだら一か月。先生の言葉が、骨身にしみる。けれど、乗り越えられたのは、バーレッスンでバランスを崩しそうになると助けてくれる辰美、そして鈴子の苦手なステップを教えてくれる幸子がいたからだった。

もちろん鈴子も、得意の日舞で辰美を助けることがある。欠けているところは誰かが補い、居残り練習も全員で重ね、いつしか三人は調和のとれた美しい踊りを披露するようになっていた。

そうして、単独公演まで残り一か月を控えたある日、三人はそろってデビューすることを告げられた。与えられたのは滴(しずく)の役。

「まともな役がつくには全員まだまだちゅうこっちゃ！　せやけどな、先輩らが血の滲(にじ)むような努力してつかんだ単独公演や。精進(しょうじん)せぇ！」

林の言葉に、三人は踊りと同じ、調和のとれた返事をする。

ようやく三人は、梅丸少女歌劇団の正式な一員となったのだ。

演出家のついた稽古の厳しさは、これまでの比ではなかった。

「なんやお前の滴は！　美しないねん！　滴の儚(はかな)さがないねん！　雨漏りちゃうねんぞ！」

そう言われても、正直、意味がわからない。なんやねん、滴の儚さって。と思いながらも、鈴子にはやはり稽古を重ねることしかできない。

それでも、明確な目標のある努力は、楽しかった。どんなにダメ出しされても、嬉しかった。

そうして迎えた本番の日、初めて唇に紅を載せる手がふるえ、はみ出しそうになってしまう。鈴子でも緊張することがあるのかと、大和が笑って、筆をとった。鈴子のかわりに、迷いのない手つきで紅をひいてくれる。遠くから憧れるばかりだった顔が間近に迫り、鈴子はさらに緊張で身体をかたくした。

「私もね、いつもすごく緊張する。だからお客さんのことをジャガイモだと思うようにしてるのよ。あたし、ジャガイモ大好きだから食べてやるーって。……でもね、私たちはそのジャガイモのためにも踊るのよ」

大和は言った。

「いつか聞いたでしょ。どうして踊るのって。答えなんてたくさんあるの。私、お客さんは現実を忘れに劇場に来るって言ったけど……それだけじゃない。現実に立ち向かう力をもらいに来るの。生きる力」

「生きる力……」

「……しっかりね」

ぽんと叩かれた肩が、熱い。気のせいか、大和の指先も少し、震えていたような気がした。

そうだ、と鈴子は思い出す。大和や橘は、何度も舞台にあがって客から拍手をもらっている。

けれど、今日は単独公演。これまでの幕間を埋める公演とは、規模も意味もまるで違う。緊張しないわけがないのだ。

本番直前、いつもと同じように円陣を組む。いつもと違うのは、そこに鈴子たちが加わっていること。そして掛け声の主が林であることだった。

「ほんまお前ら、この日を目指してよう頑張った。誇りや。せやけどな……今日がゴールちゃうぞ。今日が梅丸少女歌劇団の新たなスタートの日や。もっともっとこの劇団を大きしたってくれ。たのんまっせ！」

全員で「はい！」と応じて、手をつなぐ。今日は、自分たちだけが主役なのだ。声をひそめる必要もない。鈴子たちは腹の底から出す声で唱和した。

「強く、たくましく、泥くさく、そして艶やかに！」

幕が、あがる。

鈴子の、そして梅丸少女歌劇団の、新しい一歩が踏み出される。

笑う門には福来る。そこから転じて、福来スズ子。デビューにあたって必要となる芸名は、ツヤがつけてくれた。

「見てみぃな、お父ちゃんら。いっつもアホなこと言うて、大笑いして。せやけど、なんや幸せな気になってくるやろ？　人が笑ろとるのを見たり、自分が大笑いしたりすると、なんでか知らんけど幸福な気になるねんなあ。鈴子もこの家に、はな湯にようけ福を持ってきてくれたわ。これからはうちだけやのうて、お客さんにもぎょうさん福を届けたり」

子どものころから、歌って踊ることが大好きだった。それは楽しいから、というだけでなく、ツヤの言うとおり、みんなが幸せそうに笑ってくれるからだったのかもしれない。

照明のあたる壇上にあがったら、緊張で身がすくんで、動けなくなってしまうんじゃないかと鈴子は不安だった。けれど、期待に満ちた表情で舞台を見つめる客の顔を見たら、すべてが吹っ飛んだ。

――はな湯の常連たちと、同じだ。鈴子は、いや、福来スズ子は、目の前にいる人たちのために、ただ全力を尽くすだけ。

「本日は私たち梅丸少女歌劇団の第一回単独公演『四季の宴』をご覧くださり、誠にありがとうございます！　まだまだ未熟な劇団ではありますが、皆さまに愛される劇団になるようにこれからも精進しますので、どうかよろしゅうお願いします！」

終演後、頰を上気させながら橘が客席に頭を下げた。

「それと今日は三人の新人がデビューしましたのでご紹介します。リリー白川！　桜庭和希（かずき）！　福来スズ子！」

幸子、辰美、そして鈴子が芸名で呼ばれ、客席に深々と頭を下げる。

視線の先には、それぞれの家族の姿があった。反対していたはずの幸子の父親も、病弱な辰美の母親も、そしてツヤと梅吉もみんな、涙を浮かべて我が子の雄姿に拍手を送る。

「三人まだまだこれからですが、劇団ともども彼女たちのことも愛してやってください！　これからもどうか梅丸少女歌劇団をごひいきくださいますよう、よろしゅうお願いします！」

きっとすべてがうまくいく、と鈴子は信じて疑わなかった。
けれどこの先、梅丸少女歌劇団に、思いも寄らぬ苦難が降りかかっていくのである。

第3章 桃色争議や！

「しっかりし！　一人のミスは全員のミスや。舞台は一人で作るもんちゃうで！」

舞台裏に、聞きなれた叱責が飛ぶ。

口にしているのは、橘ではない。鈴子――いや、福来スズ子である。

鈴子が福来スズ子となって六年が経った。映画館の幕間に立つこともなくなり、単独公演に客が押し寄せるようになった梅丸少女歌劇団の立派な戦力として、表の看板に名を連ねている。リリー白川こと幸子と、桜庭和希こと辰美も同様である。

だが、スズ子には、悩みがあった。自分の〝売り〟が、わからない。

「あんたいっちゃんかわいいで」とツヤは言うが、それは親の欲目というものだ。

女性だけで構成される梅丸では、それぞれ背丈や雰囲気にあわせて男役と娘役に振り分けられる。小柄なスズ子はもちろん娘役。だが、年上とは思えぬ可憐さをまとう大和や、お嬢さまらしい甘えを色気に変えつつあるリリーのような武器がない。

スズ子の魅力はその屈託ない笑顔だと、両親やはな湯の常連客にどれほど認めてもらえても、客がいいと言ってくれなければ意味がなかった。

「役に悩んでる暇あったら恋の一つでもし。ほんま和希は真面目やし、スズちゃんは……まだまだお子ちゃまやなぁ」

洋食屋でライスカレーをかきこむスズ子にリリーが言う。恋人を切らしたことはなく、流し目一つで食堂の給仕すら魅了するリリーの真似をスズ子がしても、笑われるのがオチである。

行き詰まっているのは、男役の和希もまた同じ。花咲少女歌劇団から移籍してきた秋山美月(あきやまみつき)という団員が、後輩ながらにその才能を発揮し、男役の面々を脅かしていた。

秋山は、上級生相手にも遠慮がなかった。

「桜庭さんに言わせていただきたいんですけど、もう少しテンポあげられませんか？　ちょっと遅れてますよね？　少なくともウチらよりはちゃんとやってもらわな困ります」

梅丸の定番演目である『四季の宴』を、大和の演出で装いを変えることが発表されたばかりであった。憧れの大和の指揮する舞台である。なんとかして大役を勝ち取りたい、と意気込んでいるのはスズ子だけではない。先輩も後輩も分け隔てなく起用したい、という大和の言葉に、秋山もいっそうやる気を漲(みなぎ)らせていた。

ただ生意気なだけなら、和希も落ち込まない。その指摘が的確だからこそ、むっとしてしまうのだ。秋山に同調するような大和の態度も、追い打ちをかけた。その厳しさは、いつもは大和に寄り添う橘が苦言を呈するほどだった。

「先輩後輩関係ないのもわかるけど、まとまるもんもまとまらんで」

稽古が終わったあと、居残り練習をしようと残っていたスズ子の耳に、橘の言葉が飛び込んできた。大和は、頑として首を横に振る。

「それでバラバラになるようじゃダメ。私は劇団を一段上にあげたいの」

「ついて来られへん子もおるんちゃうか」

「絶対にみんなをついて来させるわ。今回はこのやり方でいく」

そのとき、稽古場を覗き込んでいるスズ子に気づいて、二人は口をつぐんだ。大和は、何事もなかったかのように微笑む。

「練習しに来たんでしょ、私たちももう帰るから」

納得しかねる表情で出ていく橘の背を視線で追いながら、大和は言った。

「焦っちゃダメよ。自分の個性みたいなものはね、いつか必ず見つかるから。続けていれば。でも……続けることが、いちばん大変なんだけどね」

なんで、と問うより先に大和は稽古場を出ていってしまう。

いつか、必ず見つかる。大和が言うならそうなのだろう。けれど、今はどうしてもその言葉を信じ切れなかった。


才能がほしい、とスズ子は切実に思った。足りないぶんは、頑張るしかない。練習を重ねた先にしか、結果は出せない。わかっていても、迷いと焦りは消えない。その不安定さが伝わったせいもあるのだろうか。

「構わんといてよ。大きなお世話や！」

しつこく自主練習に誘いすぎて、和希を怒らせてしまった。

その日、和希は大和に何度も注意を受けていた。あろうことか、秋山を手本にしてみて、とまで言われていた。それがどれほど悔しいことなのか、スズ子には痛いほどわかる。だからこそ一緒に、頑張りたかった。一人で練習を続けるには、限界があったから。けれど。

「あんたはええよな。娘役やもんな。秋山の才能と勝負せんでええんやから！」

――またやってもうた。

気鬱を抱えながら、それでも居残り練習をサボることもできなくて、とぼとぼと稽古場に向かっていたスズ子の耳に、繊細なピアノの音色が届く。

「ああ、スズちゃん。おったん？」

股野義夫である。梅丸の専属ピアニストである彼もまた、大和の厳しい叱責を受け、伴奏曲を練習していたらしい。

「大和さん、怖いわ。片手間でやって大和さんの演出台無しにしたら承知せえへんって、橘さんにもえらい怒られたわ。僕、ほんまは浪花交響楽団に入りたい思うてたから……」

「やりはったらええのに」

「せやけど才能がねえ」

才能。その言葉が、スズ子の胸に、ちくんと刺さる。だがそのとき、

「ちょっともう聞いてえやー！」

と、空気の重さを吹き飛ばす勢いでリリーが駆け込んできた。今日も今日とて、デートに行くと浮かれていたはずだったのだが。

「ムカつくねん、あの男！　いきなり好きな人できたから、別れてくれって！　フラれる前にフッ

たったわ。ウチも別れよ思うてた言うて」

「ほんま、リリーちゃんはへこたれへんなぁ」

苦笑する股野に、リリーはわざとらしくしなをつくる。

「それがウチのええとこでっしゃろぉ？　股野はん、よう見てはるわ。付き合いまへん？」

「え……い、いやー、僕は好きな人いてるから」

「大和さんでっしゃろ？」

「え、な、なんで？」

顔を真っ赤にする股野に、今度はリリーが苦笑した。

「丸わかりですやん。稽古中にあんな見とったら。あー、これからどないしょ。ウチは恋をしてんと才能が咲かん女(おなご)やねん。ほんまスズ子も恋せぇな。キッスの一つでもしたら悩み解決や。なぁ股野はん」

「え、ど、どうかな……」

「まさか……したことおまへんの」

「あ、あるよ！」

「……ワテかて」と、スズ子はこぶしをにぎった。漫才のようなやりとりを続ける二人を前に、飛んで行ったはずの気鬱が舞い戻ってくる。

「ワテかて、あんたや大和さんの才能と勝負してるねん」

「なに？」

戸惑うリリーを無視して、スズ子は背を向ける。練習を続ける気には、とてもなれなかった。

家に帰ると、居間で梅吉とタイ子が盛りあがっていた。

女学校を卒業したあと、母親の反対を押し切って芸者見習いの道に進んだタイ子は、ますます淑（しと）やかに凛として、着物姿もずいぶん板についている。そんなタイ子に、どうやら芸者の物語を書くための取材をしていたらしい。

「お父ちゃん、書く書く病の発作やねん。季節の変わり目はこうなるねん。なんぼ書いても返事ももらえへんのに」

「せやけど、ずっと書いてはるんは偉いわぁ」

「偉ないわ、才能もないのに」

「才能もないのに書いてるんが偉いやろ。やめたらそこで終わりや。続けるんがいちばん難しいねん」

梅吉の言葉に、スズ子は、はっとする。

同じことを、大和も言っていた。お父ちゃんに言われんでもわかってるわ、と毒づきながら、確かにそうかもしれないとも思う。自分が梅吉の立場なら、何年追いかけ続けてもふりむいてもらえない夢を、手放さずにいられる自信はない。

もしこのまま、自分になんの才能も見いだせないまま、後輩にも追い抜かれて、居場所を失ってしまったら。それでもスズ子は、梅丸に居続けることができるだろうか。

翌日、和希は稽古を休んだ。入団して以来、初めてのことだった。

「大丈夫やろ。ちゅうか、こんなんで挫けとったらもたへんわ」

心配するスズ子に対して、リリーは辛辣だ。

「そらリリーは……ワテらより才能あるし……」

「あるとしたら、落ち込まん才能や。挫けそうなときは、ぎょうさん食べたらええねん。ああ、腹立つ！　ウチかてホンマは落ち込んでんねんで！」

そう言って、リリーは昼休みにライスカレーを七杯も食べた。どれだけ食べても太らない体質なのが羨ましい。落ち込んでいる理由が、稽古のことではなく、恋人にフラれたことであるのも、今は少し、妬ましかった。

そんなスズ子を蹴とばすように、稽古場に怒号が響き渡る。

「ほならやめてしまい！」

秋山だ。

もちろん、スズ子に向けられた言葉ではない。この春に入ったばかりの新人たちに、激しい剣幕で怒鳴り散らしている。

「大和さんも言うてたやろ！　今回先輩も後輩も関係ないねん！　あんたらも出るチャンスあんねん。なんで頑張らんのや！」

「なになに、どうした？」

思わず割って入ったスズ子に、秋山は「なんでもあらしまへん」と冷ややかに言い捨て、稽古場を出て行った。残された少女たちは、大粒の涙をぼろぼろこぼす。

「ウチ……もうダメです。もうあきまへん。限界です……才能ないならやめえって」

あちゃあ、とスズ子は顔をしかめる。打ちひしがれる少女たちは、全員そろってこのまま辞めてしまいそうなほど、しおれていた。そうなれば、責任は教育係であるスズ子にもかかる。スズ子は少女たちを連れ出すと、なけなしの金をはたいて、全員分の焼き芋とラムネを売店で買った。

「ええから食べ。挫けそうなときはまず食べ」

さっそく、リリーの受け売りである。しょぼしょぼしながらも、少女たちは焼き芋に口をつけた。力ないながらも、おいしい、とつぶやく彼女たちに、ほっとして「そやろ、そやろ」とスズ子はうなずく。

「同期みんなで苦しい稽古のあとに食べるからうまいねん。そんな簡単に辞める言うたらあかん。ワテかて才能ないのに続けてるんや。仲間と頑張って来たんや。そやからあんたらも一つになって乗り越えなあかん。そんでうまい焼き芋食べるんや」

「……福来先輩は、なんで才能ないのに続けられるんですか？」

瞳をまだうるませながら、少女の一人が聞く。そうそう才能もないのに……って、オイ！　とつっこむスズ子に、彼女は悪びれない。

「このまま芽ぇ出へんかったら、どないに頑張っても大和さんみたいにはなれへんやないですか。焼き芋は……おいしいですけど」

純真無垢（むく）な瞳に、かえって、胸を衝（つ）かれたような気持ちになる。

それでもスズ子は「また食べさしたるから、とりあえず頑張り」とむりやり笑った。

頑張って、頑張って、その先に何があるのかなんて、スズ子にだってわからない。だけど、頑張る以外にいったい、何をすればいいというのだろう。

　スズ子が次に連れ出したのは秋山だった。当然ながら迷惑そうに、面倒そうに対応されたけれど、ライスカレーをご馳走すると言うと、あっさりついてきた。現金なヤツである。

「あんたなぁ、新人追い詰めてどうすんねんな」

　遠慮のかけらも見せず、豪快にライスカレーを食べる秋山に――リリーと同じで、いくら食べても太らないお宝体質らしい――スズ子はため息をついた。

「追い詰めてませんよ。やる気ないんやったらやめえ言うただけです」

「才能ないならやめえ言うたんやろ。あのなあ、みんながあんたや大和さんみたいに才能あるわけやないやろ。才能なかったら続けたらあかんのか」

「才能いうんは頑張る才能のことです。それがないんやったらやめえ言うただけです」

「頑張ってるやろ。あの子らも」

　秋山は、スプーンを置いた。

「ウチ、踊りの仲間に目標やった子ぉがおって、一緒に花咲受けたんです。二人とも受かって、せやけど、その子は入学前に事故でケガして踊れんようになりました。想像もつきませんわ。踊れんようになるってどういうことか。そやから、花咲入ったってだけで、どっか余裕ある人たち見ると腹立つんです。それでケンカして……」

「やめたん？」

「はい。あんな人らと踊るんやったらもう踊りなんかええわって思うてましたけど……やっぱりまた踊りとうなって。そしたら、林部長が誘ってくれたんです。恩もあるし、梅丸、もっと大きいして花咲抜いたろうとも思てます」

スズ子は言葉を失った。それは、スズ子が抱いていたはずの夢だ。

「せやからウチ、この調子で厳しやりますよ。嫌われるんは慣れてますから。……でも、福来先輩はよう頑張ってはるやないですか。一人で居残って練習してはるでしょ。そういうこと言うたんですよ。見習えて。そのわりには、あんまりうまくなりはらへんけど」

「やかましわ。あんたみたいな才能ないねん」

秋山は、目元をほんのわずかに和らげ、ふふっと笑う。

「ここのライスカレーおいしいわぁ。イライラしたときは食べるに限ります」

みんながいているんや、とスズ子は思った。

才能があっても、なくても。みんなそれぞれに、自分の壁と戦っている。


和希が休み続けるなか、大和から新しい演出の指導があった。全員が舞台上に一直線に並び、肩を組んで、足を交互に高くあげるのだという。

「ラインダンスよ。これを『四季の宴』の最後にみんなで踊るの」

誰も観たことも聞いたこともないその振り付けは、スズ子たちにとって、奇抜というより奇怪に思えた。橘も、珍しく渋い顔をしている。

「なんでこんな踊りせなあかんねん。今さら新しい踊りってみんな戸惑うてるやんか」

「これを一糸乱れずに踊ることができるとみんなまとまれるし、何より楽しいと思うから。絶対にやりたいの。信じてついて来てほしい」

そう言われても、足を高くまっすぐあげることもできないのに、全員でタイミングをあわせるなんて、至難の業である。稽古を終えて、リリーに手伝ってもらいながらストレッチをしていたところに、一週間ぶりに和希が姿を現した。

「うち、梅丸辞めるわ」と、和希は言った。

「家がな、けっこう大変やねん。今、ごっつい不況やろ。お母ちゃんも入院してるし……お金いるねん」

でもそれは、今に始まったことではないはずだ。梅丸に入団したときから、和希は実家の畳屋を手伝いながら、練習を重ねてきたのだから。

どこかさめたまなざしで、リリーが聞く。

「ほんまに家のことだけなんか」

「……どういう意味や」

「自分がいちばんわかってるんちゃうか。あんた……ほんまに終わりでええんか？」

リリーの声は、いつになく静かだ。和希も、押し殺したような声で返す。

「死ぬ気で考えたんや」

引き留めるための言葉を、スズ子は、持っていなかった。

はな湯に帰ると、酔っ払った梅吉が、常連客たちの前でクダをまいていた。

「つまらん映画ぎょうさんあるのに、なんでワシの台本が採用されへんのかわからん！」

また、だめだったらしい。タイ子に根掘り葉掘り話を聞いてまで書いたものなのに。

それでも、梅吉は諦めないのだろう。成功するあてもないのに、ツヤに苦労をかけながら、いつまでも性懲りもなく書き続けるのだ。これまでずっと、そうだったように。すごい、というよりも、なんで、という憤りにも似た気持ちが湧く。そんなスズ子に、ツヤが眉をひそめる。

「どないしたん、最近元気ないで」

「……和希ちゃんが、やめるんやって」

言うつもりはなかったのに、ぽろりと口からこぼれ出た。何度かスズ子の舞台を観に来てくれた按摩(あんま)のアサおばさんをはじめ、常連客も集まってくる。初舞台のときからスズ子と肩を並べ続けているリリーと和希のことも、みんな、同じように応援してくれているのだ。

「和希ちゃん、男役で秋山と被るから。今、秋山ごっつい人気やし、才能もごっついあるし」

「和希ちゃんかて上手やないの」

「フン。それ以上やわな。あの子は」

割って入ったのは、梅吉だ。酔ってはいるが、眼光はいつになく鋭い。

「スズ子はあれか。和希ちゃんをやめさせたないんか。なんでや」

「そら今まで一緒に頑張って来たし……」

「ケッ、しょーもな」

「なんや、しょうもないって！」

「やめるいうんはごっつい勇気いることやぞ。自分のいちばん好きな事を諦めるんやから。和希ちゃんがどんだけの覚悟で辞める言うたか、お父ちゃんはわかる。お父ちゃんもほんま何回もやめよ思うたからな。書いても書いても採用されへんし、才能あるやつぎょうさんおるし……ものごっつい惨めになるねん。ええ年して恥ずかしいねん。お前らみんなバカにしとるやろ！」

　ふらふらして、ろれつもまわっていないが、梅吉はスズ子をまっすぐ見据えて、そらさない。スズ子は、たじろぎながらも口を開いた。

「ほな……なんで続けられるんや。続けるのがいちばん難しい言うてたやんか」

「それはな、こいつが……お母ちゃんがやめさせてくれんのや。口ではやめとかアホとか言うけどな、ほんまはお父ちゃんにかけとんねん」

　目をひんむいたのは、ツヤである。

「アホ！　なに気色悪いこと言うてんねんな。もうええから寝え！」

「寝ん！　お前ごっつい重荷やねん！　ほんま死にそうやねん！　ワシも頑張ってんねん！」

「頑張りがぜんぜん足りへんわ！」

「ほらこれや！　どう思うスズ子！　お父ちゃん、もう耐えられんわ。ワシも頑張っとんねん！せやけど頑張ってもどうにもならんねん！　どうしたらええんや。何とかしてくれや！　和希ちゃんもそういうこっちゃ！」

「あー、もうええ！　聞きたない！」

　ツヤが叫んだ。

「六郎！　お父ちゃん、中に連れてって！　ゴンベエはん、手伝ったってー！」

　すぐさま六郎とゴンベエが飛んできて、梅吉を抱えこむ。「何するんや、裏切者！」とわめきながら自宅へ連れていかれる梅吉に、ツヤやアサおばさんたちはいつもどおりあきれていたが、スズ子は違った。

――どうしたらええんや！　何とかしてくれや！

それは、スズ子自身の叫びでもあったから。

翌朝、誰よりもはやく更衣室についたスズ子は、傷だらけの自分の足をなでながら、これまでの日々を思った。

花咲に負けないくらい梅丸を大きな劇団に育てる。それは、秋山よりずっと前から、スズ子が抱いていた野心だった。梅丸から受けた義理を返すのが、スズ子にとっての目標だった。そのために、文字どおり寝る間も惜しんで努力してきたのに。稼いだ金も、半分以上はツヤに渡し、昼食代以外は使う暇もなく、練習ばかりしてきたのに。

シューズと練習着を床に投げつける。

報われない。圧倒的な才能を前に、努力なんて塵(ちり)のように散ってしまう。

――でもじゃあ、捨てれるんか。

踊るのが、歌うのが、何より楽しいというこの気持ちを。自分より上手な人たちが山といるからといって、このほとばしる悔しさを手放してしまっていいものなのか。

シューズと練習着を拾い上げると、スズ子は声を張り上げた。やけくそのように、『大阪音頭』を歌う。うまいとか、下手とか、関係ない。ただ歌いたくて、腹の底から、思い切り。

そこへ、入ってきたのは、大和だった。

「おはよう。迫力あったわね」

「……すんません。ただの憂さ晴らしです」

「憂さ晴らしでも、あなたの歌っておもしろいわよ。今の梅丸には合わないかもしれないけど、いつかあなたの武器になるかもしれないわね」

「え……？」

「もしかしたらね。それはそうと、桜庭さんがやめるってほんと？　どうして？」

　スズ子は、くちごもった。

「家庭の……事情で……」

「あなたたちは、それでいいの？」

「……仕方ない、思うてます」

「そう。なら、私が桜庭さんと話すわ。脱落者は一人も出したくないから」

「すんません。もう……無理です」

　答えたのはスズ子ではなく、いつのまにか背後に立っていた和希だった。大和は、ため息をつく。

「あなた、逃げてるのよ。秋山さんからじゃない。自分から逃げてるの。誰だって逃げたくなるときはある。でもね」

「……ええんちゃいますか。逃げても」

　そんなこと、言うつもりはなかった。けれどスズ子は、言わずにおれなかった。

「どうにもならんことって、ありますねん。どう頑張っても、どうにもならんこと……。大和さんにはわからしまへんやろけど。……そやから、辞めたらええと思うわ。勝てんもんな。ワテも絶対勝てまへん。大和さんにもリリーにも」

「ほんならスズ子は……なんで続けられるんや」

　和希が、まっすぐに問う。スズ子は、なんでやろな、と首をかしげる。

「ワテも、怖いねんで。なんも売りが見つかれへんし……どないしてええかわからん。せやけど……何でかやめられへんねん。下手やけど……和希ちゃんよりも才能もないけど……たぶん、好きやねん。歌って踊るんがどうしようもなく好きやねん。どんなに下手でも、ずっと劣等生でおっても、好きで好きでしゃーないねん。そやから……やめられへんねん」

「そんなん、ウチかて好きやわ！」

和希の表情が、くしゃっとゆがんだ。

「ほんまは辞めたないわ。好きに決まってるやろ！　せやけど……せやけど悔しいてしゃーないねん。抜かれるんが惨めやねん！」

「つらいよなあ……。ワテらどんどん後輩に抜かれたり、同期に差つけられたり。せやけどな、二人で抜かれよ。差ぁつけられよ。ワテも二人やったら平気や。一緒にへこたれよ。そんで……そんでいつか見返したろ！」

気づけば、ぼろぼろ涙をこぼしていた。和希も、真っ赤な目でスズ子をにらみつける。

「あんた……あんたほんまいつも大きなお世話してくれるわ！」

「堪忍なあ、堪忍やで！　ワテ、この癖ほんまに直したいねん！」

抱き合ってわんわん泣き始めた二人の頭を、いつしか見守っていた橘が優しくなでる。

大和が、悔しそうに唇をかんだ。

「……私にだって、どうにもならないことはある」

その声は、かすかにふるえていた。

「ごめんなさい。私、自分の演出のことばかりだったかもしれないけど……誰も辞めさせたくないの。みんなで、楽しくやりたい。稽古もつらいし、才能ないのもつらいけど、辞めてしまうことがいちばんつらいでしょ。だから……みんな続けてほしい。やめないでほしい」

「……それでラインダンスちゅうわけか」

やっとわかった、というように橘が目を見開いた。

その刹那、スズ子の脳裏に情景が走る。スズ子と和希、それからリリー。秋山も、新入生の子たちもみんな、対等に肩を組んでしなやかに足をのばし、美しく軽やかに舞台上でリズムをあわせて踊る姿。梅丸でしか生み出せない、壇上の輝きが。

橘が、両手をたたいた。

「ほな練習すんで！　聞いたやろ。ウチらは続けていくしかないんや！　それで一つ一つ壁を乗り超えていく。そんでもすぐに次の壁が来る。永遠に修行や！　楽しい修行や！」

あはは、とスズ子は笑った。嬉しいはずなのに、涙が止まらなかった。

「イヤや！　イヤやなぁ！　永遠に修行はイヤやなぁ！」

廊下には、リリーがいた。秋山がいた。みんなが「イヤやなぁ」と言いながら、笑っている。

ワテはここで頑張るんや、何があっても。スズ子はその顔を見ながら、心に決めた。

だが――この世には本当に、どうあがいてもどうにもならないことがあるのだと、スズ子たちはさらに思い知らされることになるのである。

二十世紀最大の不況と呼ばれる世界恐慌が起きたのは昭和四（一九二九）年のこと。日本国内でも長く続いた不況は、梅丸少女歌劇団の経営母体である梅丸株式会社も無縁ではなく、突如として、人員と賃金の削減を行うことが発表されたのだった。

「会社とは必ず話をつけるわ。こんなことは絶対に許さない」

大和はそうこぶしをふるっていたが、ただでさえ少ない給料が三分の二に減らされては、生活がたちゆかない者も出てくる。和希もその一人で、今度こそ辞める決意をかためた彼女を引き留めることは、誰にもできなかった。

スズ子たちは、無力だった。無力ながらにできることは、賃金の是正と辞めていった団員たちを呼び戻すために、嘆願書を提出することだけだ。

レビューガールと呼ばれるスズ子たちが会社を相手に強固な姿勢をみせたことは「桃色争議」として新聞でも報じられ、世間の注目を浴びた。梅吉や六郎は、警察に捕まるのではないかと心配していたけれど、スズ子は一歩も退く気はなかった。

「私たちにはレビューガールとしての誇りがあります。梅丸少女歌劇団員としての矜持(きょうじ)がありま す。だからきちんとした待遇のもとで歌って踊り、演奏する権利があります。その誇りを守るために、私は断固として戦います」

そう言ってくれた大和に、ついていこうと決めていた。

そんなスズ子のもとへ、会社から一時金を支給すると梅丸本社の社員が訪ねてきたのは、本番を間近に控えたころである。

「福来さんはこれからの梅丸を背負って行く人やと思うてます。そやから会社としても大切にしていきたいんです。しょうもないことで衝突したないんです」と社員は言った。

一時金は、労働争議から抜けると約束した人にだけ支払われるという。

なんで、とスズ子は悔しさでどうにかなってしまいそうだった。スズ子たちは、会社と喧嘩したいわけじゃない。むしろ、踊りや歌と同じくらい会社のことも大好きで、少しでも大きい劇団にするために必要だと思うことをやっているだけだ。それなのに、なぜ会社が、内部分裂を煽るようなことをするのかと。

　こうなったらストライキをするしかない、と大和は言った。

　念願だった初演出の舞台を、あれだけの苦労を重ねてみんなで完成させたラインダンスを、客に披露することなく、ボイコットしようというのだ。

「この戦いはね、今ここで活動している私たちのためだけじゃない。ずっと下の子たち、これから梅丸に入って来ようとする子たちのための戦いでもあるの。だから絶対に引けない」

　反対したのは、橘だ。

「あんた、よう言うてるやろ。お客様に現実を見せるなって。ストライキは最悪の現実や」

「そうね。お客様にとっては、いちばん見たくない……見せちゃいけないことだと思う。でも、もっとしちゃいけないことがあるって気づいたのよ」

　橘は、なかなか首を縦に振らなかった。大和に心酔しているはずの股野も、だ。

「僕は才能もないし、ここを切られたら行くとこがないんや。それが怖あて怖あて……」

　股野は、会社からの一時金を受けとったということだった。

「やっと見つけた、音楽やれる居場所なんです。申し訳ない」

「謝ることじゃないわ」と大和は言った。

「きっとみんな怖いと思う。それに……ここは私にとっても、やっと見つけた居場所なの」

だから守るのだ。会社を、愛し続けるために、立ち上がるのだ。そう言い切る大和が、スズ子にはまぶしかった。

「明日、最後の話し合いをしに本社に行きます。そこで会社の態度が変わらないようなら私はストライキに入ります。賛同してくれる人がいたら、正午に難波駅に来てください。そのまま山寺に立て籠もります」

いったいどうして、大和はそんなにも強く、志を曲げずにいられるのだろう。

スズ子には、何が正解かわからなかった。大和の言うことは、たぶん正しい。でも、お客さまをがっかりさせたくない、そう言う橘の気持ちもよくわかる。自分の境遇よりもお客さまのほうが大事で、恩義のある会社に迷惑をかけたくないという想いも。

迷うスズ子に、ツヤは言った。

「お母ちゃんはあんたが決めたことやったらどっちでもええ。どっちにしたかてえらい後悔するかもしれへん。傷つくことになるかもしれへん。せやけどな、これだけは約束や。絶対辞めたらあかんで。ここで辞めるのはお母ちゃん、許さへん」

母も強い、とスズ子は思う。大和とツヤ、見た目も性格も全然違うけれど、二人はどこか似ている気がする。

「なんでお父ちゃんの脚本はやめさせへんの？」

ふと気になって聞いてみると、ツヤは気恥ずかしそうに言った。「女の意地や」と。

スズ子には、よくわからない。だけど大和にも、同じものがある気がする。

スズ子は、梅丸劇場の前で大和を待った。腹はまだ決まっていなかったけれど、大和を一人きりでは行かせたくなかった。

ところが、社長室には先客がいた。

「礼子がおれへんかったら、梅丸もここまで来れへんかったはずです！」

橘の声が、廊下にまで響き渡り、大和が驚いたように目を見張る。

「あの子かて……ほんまはこないなことしたないんです。なんで話し合いの場も持ってくれへんのですか！　礼子は会社にごっつい感謝してます。愛してます。でも……会社と刺し違える覚悟でストライキするつもりですよ」

その声の必死さに、スズ子も胸がつまる。だからこそ、続いて聞こえてきた社長の返答に、ぷちんと何かが切れた気がした。

「ほならそうしたらええがな。あいつがおらんかて梅丸はびくともせんわい。さっさと出て行け言うとけ」

「なんや、さっきから聞いとったら、コラァッ！」

スズ子は、社長室のドアを勢いよくあけて、飛び込んだ。

「ワテは六期の福来スズ子でっけど、今、お話しさせていただいてもよろしいでしょうか？　はい、ありがとうございます！　話します！」

面食らう社長に、スズ子は一方的にまくしたてる。

「ストライキなんかしとうない。そんなん誰もしたないです！　せやけど、イヤなことイヤや言わんと……ちゃんと言える人間にならんといかん気がしますねん！　会社のため、お客様のため、人のため、素晴らしいです。世の中のためケッコーなことです。ですけど……いちばん大切なんはなんや！　なんやねん！」

「自分自身です」

スズ子に続く大和の声は、こんなときでも、澄み渡っていた。

「自分を大切にできない人間が会社やお客様を大切にはできません。だから私はストライキを決行します」

「勝手にせぇ」

冷ややかな社長の声は、決裂を意味していた。大和は静かに一礼すると、背を向ける。

「あかん！」と叫ぶより先に、橘が扉の前に立ちふさがっていた。

「行ったらあかん！　絶対行かせへんで！」

大和は、答えない。ただまっすぐ、橘を見つめる。

「ウ、ウチは……ウチは……あんたのこと……」

そんなふうにふるえる橘を見るのは、初めてだった。大和は、そっと橘に近づき、その体を両腕で包む。

「……ありがとう。あなたがいたから私も頑張ってこられた」

胸に針がささったような、味わったことのない痛みがスズ子を貫く。みれば、部屋の片隅で林もこぶしをふるわせて泣いていた。あえて二人を見ないように腕を組んで目をつむる社長に、スズ子はそれでも一礼すると、大和とともに部屋を出た。

第4章 ワテ、香川に行くで

その山寺は、梅丸少女歌劇団の第一期生である大和や橘がデビュー前に合宿した思い出の場所だった。以来、ずっと梅丸を応援して見守ってくれている住職は、面倒そうな顔一つみせず、ストライキを決めた団員たちを全員迎え入れてくれた。寺の小僧と一緒に雑巾がけをしたり、庭の掃き掃除をしたり、稽古のあいまに手伝いにも励むスズ子たちに、地元の住民も好意的で、食事を作りにもきてくれるから、太ってしまいそうなほどである。

だが、穏やかな山寺の日常に反して、世間は賑やかで、立てこもりを続ける〝桃色争議〟には賛否の声が飛んでいた。今日こそ再開されるのではないかと、毎日劇場に足を運んでいるらしい客のことを思って、胸が痛まないと言えば嘘になる。でも、だからといって、要求も通らないまま、一度始めたことをやめるわけにはいかないのだった。

世間の声に煽られたのか、団員たちの家族が山寺に押し寄せてきたのは、一週間が経ったころだ。

「こんなとこで何してるんや！　踊ることは許してやったんや。会社に迷惑かけるな！」と怒り心頭なのは、リリーの父親。

「あんたも、梅丸に拾ろてもろたんやろ！　ワガママがすぎるで！」と責めるのは、秋山の母親。

「戻って来い」「人様に迷惑かけるな！」「子どものくせに、何がストライキや。社長さんに謝り行くで！」と、子どもを連れ戻そうと騒ぎ立てる親たちのなかで、

「あんたの好きなおいなりさんとバッテラも作ってきたで〜！」

とのんきにやってきたのはもちろん、ツヤと梅吉である。花見やないんやから……とあきれるスズ子をよそに、梅吉は住職に「修行の息抜きにどうぞ」と一升瓶を差し入れている。

「この子らよう頑張ってますわねえ。親としては応援したらなねえ」

にこにこしているツヤと梅吉を前に、他の親たちは毒気を抜かれたらしい。そのまま、住職に誘われ、みんなで昼食をとることとなった。

空気を読まずにツヤが「どうぞどうぞ」と弁当をふるまい、大和にも「この子、大和はんみたいになれまっしゃろか？　妙なスター性はあると思いますねん」とずけずけ話しかけるのが、スズ子は気恥ずかしくてしょうがない。梅吉は梅吉で、どこにいても騒がしく目立つものだから、公開夫婦漫才が始まったかのようである。

「すんません……ちょっとおかしいんです、ワテの親。親バカ言うか……」

はな湯では名物のやりとりも、梅丸のなかでは珍妙に映る。恐縮するスズ子に、大和はくすくすと笑う。

「いいご両親じゃない。お母さん、梅丸の試験にもついてきたんでしょ。林さんが言いふらしてた」

恥ずかしさのあまり逃げ出したくなったが、ツヤと梅吉にのまれたのか、気づけばどの親も、

久しぶりの我が子との再会を楽しんでいるようだった。

文句を言うのは、心配だから。我が子を、守りたいからだ。大和の提案で、一日、稽古の様子を見学した親たちは、その懸命さに触れ、少しずつ表情を柔らかくしていった。帰るころには「会社に謝れ」なんていう親は一人もいなくなっていた。

「羨ましいな……」

山を降りる梅吉が、豆粒ほどの姿になっても振り返り、子どものように手を振る姿を見て、大和がつぶやく。

「私は踊ったり歌ったりしているところを一度も親に見てもらったことがないから。こんなストライキをしてるのも、どっかで親に向けてるのかもしれない」

──大和さん、お父さんとお母さんに反対されたんやって。家出同然で東京から来てんて。

いつかリリーが言っていたことを、スズ子は思い出す。

「ごめんね。あなたたちには関係ないのに」とさみしげに微笑む大和に、スズ子はぶんぶんと首を大きく振った。大和についていくと決めたのはスズ子たちだ。大和がどんな本音を秘めていようと、その想いは変わらない。

「大和さんは、なんで梅丸に入ったんでっか？」

それは、ずっと聞いてみたかったことだった。大和なら、花咲にだって合格できていたはずだから。大和は、懐かしむように目を細めた。

「私のバレエの先生と、大熊社長が知り合いだったのよ。私は家を出てでも踊りを続けたいって思ってたけど、一人じゃ花咲や梅丸を受験するお金もなかったの」

十六歳のころだった、という。

「授業料もなんもいらん。安心して飛び込んで来なさい」と大熊は言ったのだと。あまりに都合のいい話にたじろぐ大和に、大熊は続けた。

「親に反対されて諦めた人間はようけ見とる。せやけど、お前さんみたいに親と縁切ってでもやりたいいう人間はめったにおらん。これからはワシが親代わりや。ずっとお前さんのことを見たる。思いっきりやったらええがな」

聞いて、スズ子は驚いた。大和を切り捨てようとした人物と同一とは思えない。

「私も拾われたのよ。ずっと見てるって言われたときはほんとに嬉しかったな。梅丸はそういう人を受け入れてくれる場所なの。あなたや秋山さんと一緒。梅丸に」

「ワテも……ワテもずっと大和さんを見てます。初めて梅丸に来て、一人で居残りレッスンしてはる大和さんに釘付けになってから……ずっとずっと大和さん見てます。これからも見させてください。イヤや言われても隠れて覗き見しますけど！」

「……ありがと」

はかなげで、けれどその実、芯の強い大和のその微笑を守るためなら、スズ子はなんだってできるような気がした。

誰もいなくなった稽古場に、橘は毎日、足を運んでいた。ともに肩を組む相手もいないのに、まっすぐにのばした足を高らかにあげて、ラインダンスの練習をする。吐きだす息も、ステップも、一人きりでは音が響きすぎる。それでも橘は、稽古することをやめなかった。

肩で息をしながらふと、鞄にいつも入れたままにしている一枚の古びた写真をとりだす。中央には、橘と大和が身を寄せ合って笑っていた。今はもういない一期生のみんなと、いつまでもずっと踊っていられると信じていた、あのころの記憶がよみがえる。

――私は誰もやめさせたくないの！

そう、悲痛に叫んだ大和の声がこだまする。そんなの、わかっている。みんなで楽しく笑っていられる梅丸という居場所を守りたい。その気持ちは、橘だって同じだった。だけど。

かたん、と音がして顔をあげると、入口に股野が立っていた。もの言いたげな視線をかわして鞄に写真を戻す橘に、股野は意を決したように言った。

「僕……梅丸をやめるわ。やっぱり、今の僕はみっともないことに気づいた。いや、気づいてたんやけど……気づいてないフリしてただけや。大和さんや橘さんを見とったら……ほんま自分がイヤになるわ」

――あんた、自分の信念がないんか。

数日前、橘は股野にそう怒鳴りつけたばかりだった。

大和のことが好きなくせに、目先の一時金に踊らされて、彼女を裏切った股野が許せなかった。いや、ちがう。橘とちがって、堂々と大和のそばにいられる権利をもっているくせに、怖気づいて何も行動しない股野に、無性に腹が立ったのだ。橘だって、大和の味方をしなかったくせに。肝心なところで、彼女を一人ぼっちにしたくせに。

八つ当たりだった。そんなことは、わかっていた。だけど、言わずにはいられなかった。あんた、無茶苦茶みっともないわ。こんなしょーもないあんたなんか、誰も好きになれへんで。それはもしかしたら、ふがいない自分自身にぶつけたかった言葉かもしれない。

「やめてどうするんや？」

「明日にでも寺に行って、まずは大和さんに話すわ」

そうか、と橘は吐息とともにうなずく。発破をかけたのは自分だが、それが、どれだけ勇気のいる決断であるかは、よくわかっている。梅丸という居場所だけでなく、音楽そのものを失うかもしれない。それでも股野は、けじめをつけることを選んだのだ。

「……見直したで、少しだけやけどな」

言うと、股野はぎこちなく笑った。

さて、と橘は立ち上がる。次は、自分の番だ。約束した時間に、社長室に向かう。神妙な顔で──おそらくは心配を押し隠して──林も同席していた。

「どうすれば、礼子たちの条件を飲んでもらえるでしょうか」

橘は頭をさげた。

「ウチが……梅丸を辞めることでなんとかなりませんか。礼子は……あの子は梅丸に必要な人間です。絶対にここにおらなあかん人間です。それは社長もようわかってはると」

「お前らの条件は飲んだる」

かぶせるように、社長が言った。橘だけでなく、林も驚きに目を見はる。

だがそれは、妥当な判断でもあった。仕事放棄をする団員たちの無責任をなじる声もあるが、同じくらい、少女たちの健気さに同情し、応援する声もあがっている。それに、これ以上劇場をしめたままにしておくことは、損害以外の何物でもない。

「ワシの負けや。ただし――」

安堵する橘に釘をさすよう、社長の目がぎらりと光った。


ピアノを弾く以外の筋肉は人並み以下の股野にとって、山寺にある階段をひとりで登り切るのは拷問に近く、山門にたどりついた瞬間、ばたりと倒れこんだ。せっかくの大和との再会も、まるで格好がつかない。でも、そもそも自分が大和の前で格好つけられたことなんて一度もなかったのだと、開き直って股野は「話が……あって」と大和を連れ出した。

「僕は、梅丸を辞めます」

僧坊で二人きり、向かい合って座ると声がふるえた。それは疲労のせいでも緊張のせいでもなく、久しぶりに会う大和が変わらず、凛と美しいせいだった。

「僕一人が辞めてどうにかなるもんでもないのはわかってますけど……もしかしたら会社もなんか考えてくれるかもしれへんし。何より……もう一度、オーケストラ目指してみよう思いまして」

「オーケストラ？」

「はい。僕、もともとオーケストラに入りたぁて」

「いいじゃないですか」

初めて、大和の口元がほころんだ。

「いいと思います。股野さんがそう決めたのなら、私は応援します」

「は、はい……！　あと、僕……僕は、大和さんのことが好きです」

勢い込んで、前のめりになる。大和の表情から、笑みが消えて困惑が浮かぶ。

「今は、それどころじゃないので……」

「わかってます。すんません、こんなときに一方的に……せやけど、ここで伝えな、二度と会えへんかも思て……」

「そんなことは……ないと思います」

「え？」

「お互い、どんな形になろうと……この道を続けていれば、いつかきっとまた会えるような気がします。だから……頑張ってほしいです。簡単には挫けないでほしいです」

それは股野にとって、何よりも強い光に満ちた、希望の言葉だった。


団員側の要求を全面的に受け入れる、と大熊が記者の前で宣言したのはその翌日のことだ。

スズ子たちは喜びに沸き立った。これで、劇場に戻れる。客の前に立てる。すべてが元通りになるのだと。

けれど、山を降りて最初の稽古の日、かたい表情で林が全員を集めた。

「大和と橘が、本日付で梅丸を辞めることになった」

勝利に浮足立っていたスズ子たちから、表情が消える。林の隣に並ぶ大和と橘は、いつも以上に胸を張って、前を向いていた。

今回の騒動の責任をとってのことだという林の言葉に、今度は場が怒りに湧きたつ。ぴしゃりとたしなめたのは、いつもと同じように静かで透明感のある大和の言葉だった。

「ストライキっていうのは、それだけ大変なことなの。お客様に迷惑をかけて、会社にも大きな損害を与えたのだから」

その声と表情から大和の覚悟が伝わってきて、スズ子は悲痛な声をあげる。

「そんなん会社のせいやないですか！　なんで大和さんが責任取らなあかんのですか！」

「私がみんなを巻き込んだからよ」

「巻き込まれたなんて思うてまへん。ワテ、自分で考えてやったんや！　こんなん納得いかへん。またストライキや！」

「そうや！」「ストライキや！」とスズ子に続いてあがる怒号に、

「話を聞け！」

と橘が一喝する。大和は、全員を平等に見渡した。

「こうなった以上、私はどうしたってこの場にいられないの。あなたたちは、もう立派なレビューガールよ。私たちがいなくてもやっていける。みんなで団結したことを忘れないで、新しい梅丸を作ってほしい。必ず作っていけるわ」

「イヤや！」と反射的にスズ子は叫んだ。

「納得いきまへん。なんで大和さんと橘さんがやめなあかんのですか！　ストライキなんかせんほうが良かったわ！　こんなとこ……梅丸なんかなくなってまえばええわ！」

その言葉を聞いた瞬間、橘がつかつかとスズ子に近寄り、思い切り頬をたたいた。パチーンという音が鳴り響いて、場が静まり返る。

「なに甘ったれたこと言うてんのや。礼子がやめるかわりに、会社は条件を飲むんや。礼子はあんたら守るために辞めるんや。梅丸を守るために辞めるんや！」

「橘さんは……なんでやめるんですか……」

ふだん、勝ち気な姿しか見せたことのない秋山が、今にも泣き出しそうになりながら聞く。橘は、ふっと笑った。

「礼子だけに責任取らせるわけにはいかんやろ」

「ウソや……大和さんがおらんようになるからや……」

スズ子は、涙がこぼれないように、精一杯、目を見開いた。

「ワテら、守ってなんかいりまへん……条件なんか何でもええから大和さんおってくださいよ。橘さんもおってくださいよ！　二人がおらな、梅丸は梅丸やないわ。みんながおらんと寂しい言うたの大和さんでっしゃろ！　ワテ……二人がおらん梅丸なんか考えられまへん。ワテらも二人がおらな寂しいわ。寂しいて死んでしまいますわ！」

「ありがとう。そんなに思ってもらえて……それだけで私はこれからも生きていける」

大和の声も、とぎれとぎれにかすれる。

「一緒にこれからの……みんなと一緒に……やりたかったけど……」

「せやったら一緒にやってくださいよ！」

「ごめんなさい。本当にごめんなさい。……あー、悔しいなぁ、辞めたくないなぁ。やめたくないよー！」

大和の目から、こらえきれず涙があふれだす。限界だった。スズ子だけじゃない。その場にいる誰もが、わんわんと大声をあげて泣き始めた。

さみしい。悲しい。悔しい。その感情をわかちあい、涙と咽喉(のど)が枯れるまで全員で抱き合っていた。

大和と橘がいなくなっただけで、梅丸は小さくすぼんでしまったように感じられた。だが、かわりに得たものもある。

和希が帰ってきた。ほかの、出て行った団員たちもだ。

二人は、梅丸を守るために戦い、そして去ったのだ。スズ子たちのこれからに期待を託して、未来を信じて。であれば、いつまでも落ち込んではいられない。

大和たちに恥じない舞台をつくる責務が、スズ子たちにはある。大和の残したラインダンスを唯一無二の武器にしたてあげ、花咲にも、他のどんなショーにも負けない、レビューガールとしての矜持を見せつけてやるのだ。

強く、たくましく、泥くさく、そして――艶やかに。

桃色争議はこうして幕を閉じた。


新たな事件が起きたのはその一年後である。ただし、梅丸少女歌劇団は関係ない。

事の始まりは、はな湯の脱衣場。鏡にうつった自分の顔をまじまじと覗き込む六郎だった。

「なんぼ自分の顔見たかてええ男にはならんぞ」

からかう梅吉を、六郎は自分の横に立たせる。並んだ顔を見比べ、自分の顔をなでまわし、

「……似てない」

と六郎はぼそっとつぶやく。あいかわらず変なやっちゃな、と首をかしげる梅吉をよそに、六

郎は次に、ゴンベエ作の河童人形と自分の顔を並べて見比べた。

やがてスズ子が帰ってくると、六郎はカメを抱えて出迎えた。尋常小学校を卒業し、はな湯の手伝いに勤しむようになった今も、六郎にとってカメは大事な相棒である。

「ネーヤン、おかえり。ちょっと来て」

「なんや、いきなり」

「ええから来て」

連れて行ったのは釜焚き場だ。仕事中のゴンベエを、内緒話があるからと無理やり追い出し、姉弟の二人きりになる。

「ネーヤン、びっくりしたらあかんで。ワイな、えらいことに気づいてもうたんや。ワイとネーヤンな……ほんまの姉弟とちゃうで」

——何をいうかと思えば。

あまりの突拍子もなさに、スズ子は眩暈がしそうになる。けれど六郎は本気だった。

「ネーヤン、覚えてへんか、こないだアホのおっちゃんが言いよったこと」

「こないだ……なんか言いよったかいな？」

「ワイが河童の子ぉでネーヤンがクジラの子ぉって言うてたやろ。ネーヤンが熱出して、死にかけたときや。ほら、ネーヤンが桃食べたい言うたら、ゴンベエはんが魔法みたいに桃出したやろ」

ああ、とスズ子は声をあげた。それはスズ子が梅丸に入ったばかりのころ、熱々先生に百日咳だと誤診されたときのことである。

「何年前の話やねん！　ワテ、熱出しとったから悪夢や思うてたわ」

「残念ながら悪夢ちゃうで。河童とクジラいうんはウソやけど、ワイとネーヤンは、ほんまに姉弟やないんやないか。その証拠にワイとネーヤン、ぜんぜん顔似てないやろ。まだカメのほうがお母ちゃんと似てるわ」

「あんなあ……カメと似てるやなんて言うたらしばかれるで。お母ちゃん、どっちか言うたらトカゲや」

「ワイのカンはよう当たるんや。易者のおっちゃんより当たるんや」

「易者のおっちゃんはぜんぜん当たらへんがな。ええか、ネーヤンとあんたはほんまの姉弟や。その証拠に、ネーヤンはあんたのそういうアホなとこが好きや。たいていはそういうとこが大嫌いなるはずやけど、そういうところが好きやねん」

誰かに何か言われたのかもしれない、とスズ子は不安になる。のんびり屋で、ちょっと変わり者でもある六郎は、ずっと学校にもなじめなかった。心ないかつての同級生に、お前はどこぞから拾われてきたのだとからかわれていたとしてもおかしくない。

「そんなこと人に言うたらあかんで。余計にアホやと……余計な心配させるだけやからな」

けれど六郎は、納得いかないというように、唇を尖らせるだけだ。

ほんまにアホやな、と風呂に入りながら、しかしスズ子は思い出していた。熱を出したとき、ツヤが言っていたではないか。この子だけは死なせたらアカンのや、と。それはもしかして、スズ子だけがツヤの娘だから、ではないだろうか。スズ子も六郎も聞いていないと思ったからこそうっかり漏れでた本音だったとしたら。

ありえる、とスズ子はのどを鳴らした。六郎のアホは梅吉の遺伝だと思っていた。けれどいくらしょうもなくても、梅吉は六郎ほどではない。確かに顔も、似ていない。……そうか。六郎はよそからもらわれてきた子だったのだ。なんてことだ！

ざばっと音を立ててスズ子は立ち上がった。この秘密は、なんとしても守り通さねばならない。


異変は、ツヤと梅吉にも訪れていた。

ツヤの生まれ育った香川に住む、妹のタカから手紙が届いたのだ。

「白壁の家が……白壁の治郎丸（じろうまる）さんが、スズ子に法事に出てほしいらしいわ」

その名を聞いて、梅吉がいつになく真顔になった。

「法事？　……なんやいきなり」

「梅丸で活躍してるん、聞いたみたいやわ」

「なんで今さら。今まで一度も言うて来たことなかったやろ」

「……得意先やねん、白壁。実家の」

「手袋の工場の？」

「白壁は地主で顔も広いし、ようけお客も紹介してくれたから、スズ子に会いたい言われてタカも断れんかったんやろ……」

梅吉はため息をついた。

「ほうか……まぁ、そやったら行くしかないんちゃうか」

「せやけどワテ、今さらタカに合わせる顔ないわ」

「ワシも、松吉とケンカしとるしな……。困ったのう、白壁が会いたいいう気持ちはわからいでもないからなぁ。子どもニ人で行かせたらどないや。存外わしらと一緒に行くよりええ気がするで。ツヤちゃん行ったら、なんやタダではすまん気がするわ。気が気やないやろ」

たまには梅吉もまっとうなことを言う。

翌朝、ツヤはなにげなさを装って、スズ子に言った。

「スズ子、今度の休みな。久しぶりに香川、行かへんか？」

大和のおかげで、スズ子たちには年に一度、一週間の休暇が与えられるようになった。だが、リリーのように一緒に旅行する恋人もなければ、年中無休のはな湯がある限り、和希のように家族旅行をすることもない。スズ子は、休み中もずっとはな湯で働くつもりだった。

「ワイも行きたい！」

スズ子より先に乗り気の声をあげたのは六郎だ。

「もちろん六郎も一緒や。ばあちゃんも久しぶりに会いたいらしいわ。ほら、風呂屋忙しなってからぜんぜん帰れんようなったやろ」

「小学校一年か二年のときが最後や」

「ワイ、うどん食うたの覚えてるで！」

「食べたなあ。それでな、お母ちゃんの知り合いの治郎丸さんいう家があるねん。白壁の大きな家やねんけどな。そこの法事に出たってほしいねん」

「誰やねんな、白壁って……」

「手袋工場のお得意さんやねん。そこの息子さんが若うで亡くなってはって」

「なんでワテのこと知ってるん？」

「……その人のお父さん、まだ生きとってな。梅丸のファンやねん。スズ子が梅丸で頑張ってるいう噂聞いて、どうしても一目会いたい言うて」

なんだか要領を得ない話である。スズ子は首をかしげた。

「別にええけど、それならワテより秋山かリリーがええんちゃう？」

「スズ子が休みに入ったらや。ほんでな、今回は二人だけで行ってほしいねん」

「二人って……六郎と？　せやけど、そんな遠くまで二人で行ったことないで」

「船乗っとったら着くわい。すぐや」と梅吉。

「風呂屋、休むわけにはいかねん。……頼むわ」

なんだか妙なものを感じながらスズ子は、まあええけど、とうなずいた。

「大丈夫や！　カメも連れてってええやろ！」と六郎だけが上機嫌である。


カメは当然、留守番である。六郎は、出立の寸前まで、何度も梅吉に餌のやり方を説明していた。だが、船に乗り込み、スズ子と二人きりになると、妙に真剣なおももちになって、耳打ちをしてくる。

「ネーヤン、ワイな、香川で秘密を調査しよ思うてねん。ワイとネーヤンがほんまに姉弟かどうか。香川行ったらなんかわかるんちゃうか」

まだ言うてんのかいな、とスズ子は軽く流す。ひょっとして、と疑念はもたげたものの、一晩寝たあと、考えすぎだという結論にスズ子は至っていた。どれだけアホでも、顔が似ていなくても、そんな姉弟はごまんといる。六郎はスズ子にとってかわいい弟である。

その弟を連れて二人だけで旅をするのは、さすがにスズ子も緊張した。六郎は十五歳、スズ子は十八歳。世間的に見れば大人の仲間入りをしてもおかしくないが、六郎はあまり頼りにならない。何かあったときに身を守れるのはスズ子だけである。

だが緊張は、ツヤの妹であるタカとその夫のヒデオに出迎えられた瞬間、溶けた。スズ子は、懐かしさの漂う家で、祖母のトシに思いきり飛びついた。

「よう来たなあ。大きゅうなって、ツヤかと思うたわ」

「似てきたてよう言われるねん」

それはスズ子の自慢である。トシは相好を崩した。

「六郎も大きゅうなったな」

人見知りをしているのか、秘密があると本気で疑っているからなのか。六郎はやや警戒した様子で、こんにちは、とそっけなく頭を下げる。

夕食の席には、梅吉の弟である松吉も、新妻のユキをともなって、やってきた。

「ツヤさんに迷惑をかけとるんやないか」と松吉はしきりに心配をする。

「兄貴にはたいがいに迷惑かけられたんじゃわい。こっちのお宅にも迷惑かけて、親同士せんでもええいがみ合いや……」

何をしたん、とユキが聞くと「駆け落ちや」と苦々しげに答える。

「兄貴、役者目指してツヤさん連れて駆け落ちしてしもうたんや」

「駆け落ちしたん？」と声をあげたのは六郎だ。

「その前に役者ってなに？　台本書く人になりたかったんちゃうの？」

スズ子も初耳である。松吉は、はんっ、と笑った。

「ちがうわ。ほんまは役者になりたかったんじゃわい。まあすぐ諦めたんじゃろうけど……そら親にも勘当されて当たり前やけん。ほんで、お父ちゃんがお母ちゃんをさらって駆け落ちしたんじゃ」

「さらったんやない。お母ちゃんはな、お父ちゃんのことが大好きで、ついていってしもうたんよ」

訂正するトシに、スズ子は目をむいた。ツヤから聞いていたのとは逆である。

「せやけど、お母ちゃん、勘当されたのに何度も来てるやん、香川。ワテら連れて」

「平気な顔して戻ってきたわ。あんたらこっちで生む言うて」

ツヤらしい、とスズ子は笑う。なんだか、くすぐったい気持ちにもなる。トシは慈しむように二人の孫を見つめた。

「これでよかったわ。スズ子と六郎見たら、ツヤも梅吉さんも幸せなんはわかる。二人ともほんまええ子に育っとる」

――奇妙な、間があった。

だが、スズ子が何かを問うより先に、松吉が言う。

「六郎もお父ちゃんに似たらダメじゃわい。まあ、顔はあんまり似とらんけど、人様に迷惑かけるような生き方はしたら……」

「そうなんや！　顔似てへんねん！」

勢い込む六郎に、スズ子は慌てた。

「そんなことないわ！　近頃似てきたで。鼻の穴とかそっくりや。松吉おじさん、お父ちゃんとだいぶ会うてへんから。お父ちゃん、こんな顔やで！　……そや、明日の法事！　おばあちゃん、どこやった？」

「ほんに悪いなあ、面倒なことお願いして」

「白壁の治郎丸さんには、この辺で商売しとる人らはみんな世話になっとって、断れなんだんじゃわい」ヒデオがすまなそうに訴える。トシが空気を読まずに、

「おばあちゃんの幼なじみや。心配いらん。みんなでちょっと顔出せばええだけじゃけん」

としめくくった。

話がそれたことにホッとするスズ子は、大人たちが、なんだか居心地の悪そうな顔をしていることに気づかなかった。


治郎丸家は、立派な白壁にかこまれた豪邸だった。庭に鶏やウサギが放し飼いにされているのを見て、六郎が大喜びで駆けていく。

スズ子は、やや緊張していた。なんといっても、梅丸のファンという人の家である。礼儀正しくふるまわねば、梅丸の名を汚してしまう。タカに連れられ、立派な玄関から出てきた女性を紹介されると、スズ子ははきはきと名乗った。

「はじめまして。ＵＳＫのふくら……」

「遠いとこすんませんなあ。ウチの人がどうしても会いたいいうけん」

敵意すら感じる冷たさにスズ子がたじろいでいると、廊下の奥から騒がしい足音を立てて「きたか、きたか！」と白髪の男が飛び出してくる。どうやら、スズ子を呼んだのはこちらの男らし

い。だが、スズ子はすっかり、最初の勢いを失っていた。

「USKの福来スズ子です……」

「あんたがUSAの……似とる……よう似とるわ……」

そう言って、顔をべたべた触ってくる男に、スズ子は全身を硬直させた。そもそもUSAではなくUSKである。ファンなのにそんなことも知らないのだろうか。

「さ、さ、入って入って。菊三郎も待っとるけん」

誰やねん、と思ったが、写真の飾られた祭壇まで連れていかれて察する。ツヤの言っていた、はやくに亡くなった息子というのが菊三郎なのだろう。

だがいったいぜんたい、どうして彼がスズ子を待つというのか。戸惑いながら焼香を終えると、強い視線を感じて振り返る。廊下から、黒い喪服を着た女性がスズ子を意味ありげに見つめていた。しかし、目が合ったとたんに背を向けてどこかへ行ってしまう。

わからないことだらけだ。参加しているのは見知らぬ顔ばかりなのに、なぜかみんな、スズ子に興味津々だった。あまりに次々と顔を覗き込まれるので、距離をとるためしかたなく出された食事を口に放り込み続ける。せっかくのご馳走なのに、味がよくわからない。そんなスズ子を、最初に出会った女性——治郎丸の妻であるミネが厭味(いやみ)ったらしく見下ろしている。

「皆さん、見世物小屋じゃないんじゃけん。なんぼ梅丸のスターさん言うても、そんな近くで見られるとお疲れになるんと違いますか」

「そんなスターやあらしまへんから」

スズ子が照れたように言うと、

「わかっとる、そんなことは。ようけ食べて図々しい」

とぴしゃりとやられてしまう。呼ばれて来ただけなのに、理不尽である。

「しかし、ほんによう似とる。な、ミネ。菊三郎と同じ目や」

「菊三郎はもっとパッチリしとりました」

「え……それはどういう」

聞き返そうとしたスズ子に、「あっちの人にも挨拶に行こか！」とタカが割り込む。だが治郎丸は「そんなんあとでええやないか」とスズ子を傍に置いておきたがる。

「それよりあんた、スズ子。ちょっと踊ってもらえんか。なあ、ミネ。見たいわなぁ」

「別に見とうはないけど。スターさんはタダでは踊らんのやないかな」

「あ、金か。そりゃそうじゃ。スターさんにタダというわけにはいかんじゃろ。いくらや？　千円もあればええんか。金は腐るほどあるけんの」

そこに、六郎がウサギを抱いてやってきた。

「ネーヤン、庭に動物いろいろおるで！　池にカメもおったわ、かわいいのんが！」

「カメ好きなんか？　持って行くか？」

と、治郎丸は六郎にも愛想がいい。

「ええの？　あれ、イシガメやろ！」

「ええ、ええ。なんぼでも持っていけ！　他人やないんじゃけん」

スズ子は、はっと顔をあげた。他人じゃ、ない？　だがやはり聞き返すことはできずにいると、治郎丸はすっくと立ちあがった。

「おーい！　ＵＳＡのスターさんが踊るでぇ。みんな注目じゃ！　もう二度と見られんど。な、スズ子、踊れ」

そうとう酔っ払っているらしいことは、足元のふらつき具合からわかる。さすがにトシが「うちの孫を呼び捨てにせんで！」と眉をひそめた。タカとヒデオは「さすがにそれは」「ちょっとだけ」とひそひそやりあっている。

なんだか、よくない雰囲気である。ここは自分がおさめたほうがよさそうだ、とスズ子は「踊りくらいええよ」と立ち上がった。

みんなが手拍子して「金毘羅船々（こんぴらふねふね）」を歌い始めるなか、スズ子は舞踊を披露する。いつのまにか菊三郎の遺影を抱え、スズ子を見せつけるようにしている治郎丸と、その隣に座るミネが涙ぐんでいた。

いったい、なにが起きているのだろう。

やがて治郎丸は感極まったように「わしも踊る！」と立ち上がる。もうやめとけ、と止める手を「孫と踊ってなにが悪いんじゃ！」と振り払う。

ミネは目元を着物の袖で隠しながら、夫の腕を引いて立ち上がった。

「あんた、ちょっとあっちで休も。ウチもな、もう見てられん。やっぱり菊三郎にそっくりじゃわ」

「そうじゃな。目元なんか瓜四つや！」

「カズちゃん！　ほんま怒るで！　ツヤに顔向けできんじゃろ！」

「ええやないか！　初めて会う孫やけん！　孫を孫言うてなにが悪いんじゃ！」

治郎丸とタカたちが言い争うなか、スズ子はぼう然と立ち尽くしていた。

もしかして、六郎のことを言っているのだろうか。やっぱり、六郎はスズ子の弟ではなくて、どこかから、いや、この家からもらわれた子だったのか――？

そのとき、バサバサバサッと音がして、数羽の鶏が広間に駆け込んできた。追いかけているのはカメを抱いた六郎である。突如舞い込んだ動物たちの暴動に、立ち上がろうとしたトシがよろめき、鶏嫌いのユキが叫び、ミネが足を思いきりつつかれて、場がもみくちゃになる。その隙をついて、タカがスズ子の手を引き、逃げ出した。

「何やの？　なに隠してるん？」

「スズ子……申し訳ない。この通りじゃ」

誰もいない玄関で二人きりになると、タカは、深々と頭をさげた。大人にそんなふうにされるのは初めてのことだった。

「あんたは……ほんまはここの家の子じゃけん。菊三郎さんの子じゃけん」

スズ子ー！　と叫ぶ治郎丸の声が聞こえる。

六郎じゃ、なかった。もらわれてきたのは、スズ子のほうだったのだ。

第5章

ほんまの家族や

「あんたは……菊三郎さんと、この家で女中をしとったキヌさんとの間に生まれた子やけん」

と、観念したようにタカは言った。

「さっき、喪服で仏間を覗いとった女の人がおったやろ。あれがキヌさんや。あんたを生みはった人や。今は隣の村の西野さんいう農家に嫁いどる。菊三郎さんの法事だけは顔出させてもろうとるみたいやけど、白壁はキヌさんをええように思うてないけん。大事な跡取り息子がたらし込まれた思ったんじゃろ」

スズ子は、聞いていることしかできない。ただぼんやりと、一瞬見ただけの顔を思い出す。

「菊三郎さんは病弱な人で、あんたが生まれてすぐくらいに亡くなってしもうたんよ。でも白壁もな、言うても孫じゃろ。あんたが梅丸で頑張っとるんを聞いて、どうしても会いとうなったんじゃわい。ほんま……申し訳ない。ワテがちゃんと断れば良かったんや……」

「ワテ……知らん。わからん……」

知らん、と震えた声でつぶやくと、スズ子はあとずさった。

そのとき、離れたところからスズ子たちを見守る六郎と目が合った。

スズ子はもう一歩、あとずさる。六郎を守らねば、なんて呑気に考えていた自分が恥ずかしかった。血がつながっていないのは、家族じゃないのは、スズ子のほうだったのに。

「スズ子……！」

気づいたら、駆けだしていた。タカの声を、六郎の視線を、ふりきるようにがむしゃらに。

――知らん。なんも知らん。知りたくもない……！

林のなかを駆け抜ける。

心臓が、ぎゅっと握りつぶされるような、破裂してしまうような、味わったことのない痛みが走る。そのまま壊れて、何も考えなくて済むようになればいいのにと、歯を食いしばり、こぶしを握りしめながら、スズ子は駆けた。タカたちから、そして白壁の家から、一刻も早く遠ざかりたかった。


気づけば陽が落ちて、スズ子は何もない草原にごろんと寝そべり、夜空を見上げた。満天の星がきらめいて、こんなときなのにきれいだと感じる自分がなんだか悔しい。

夏で、よかった。このまま夜明かししても、凍えて死ぬようなことはない。スズ子は、さわさわと風が葉を揺らす音を聞きながら目を閉じた。何も、考えたくなかった。ただ疲れに身を任せて、眠りに落ちた。

太陽の気配に目を覚ましたときには、少し気持ちが落ち着いていた。現実を受け止められたわけではない。タカや六郎には、まだ会いたくない。だけど――会ってみたい人はいた。

隣村に続く道をとぼとぼ歩き出す。やがて畑の広がる場所に出て、道すがら出会った人に聞くと、目的の家はこの先まっすぐだと教えてくれた。

その家は、白壁のように豪勢でもなければ、暮らしに困っているようなみすぼらしさもなかった。ごくごく普通の、農家だ。何も知らなければ通りすぎてしまうくらい、なんの変哲もない家。

ぼんやり眺めていると、「だれ?」と背後から声がした。ふりむくと、八歳くらいの男の子が、いぶかしげにスズ子を見上げている。

家のなかから「ゆたか!」と呼ぶ女性の声がした。ぴくりと反応したところを見ると、その男の子の名前らしい。

「ゆたか、福田さんのとこにお使い……」

ゆたかよりもっと小さな男の子を抱え、家から出てきたのは、白壁の家でスズ子を見つめていた女性。スズ子と息子が向き合う姿に言葉を失うも、今度は逃げることなく、スズ子を家の中へと招き入れる。

母親の異変に気づきながら、ゆたかは言われるまま、お使いに出かけた。もうひとりの、名も知らぬ男の子は三歳くらいだろうか。囲炉裏のそばでおとなしくひとり遊びをしている。この子たちは、もしかしなくてもスズ子の――。そう思うと、言葉が出なかった。女性――キヌも、何も言わない。スズ子に水を出したきり、囲炉裏に薪をくべ、家族の食事なのだろう、釜の煮物をかきまぜている。

「……教えてください」

長い沈黙のあと、かすれた声で、スズ子は言った。

キヌは手を止め、静かに深い息を吐く。そして振り絞るように「わからなんだんよ」とつぶやいた。

「どうしてええのんか……。お腹にあんたがおって、白壁の家も追い出されて、実家からも出て行け言われて」

そしてぽつぽつと語りだす。スズ子のためというよりも、自分の記憶を確認するように。


大きいお腹を抱えて実家を追い出されたキヌは、途方に暮れながら道を歩くしかできなかったらしい。おそらくはゆうべ、走るしかできなかったスズ子と同じように。

そんなとき、ツヤがやってきたのだった。

生まれたばかりの武一を抱いて、自分とは違って母親になれた喜びに満ちて、幸せそうにあやしていた。幼なじみのツヤが梅吉と駆け落ちしたことも、大阪でどうにか暮らしているらしいことも、親づたいに聞いて知っていた。香川にいるということは、実家とも和解したということだ。

我が身との落差に、キヌはたまらなくなった。きっとツヤも、親づたいにキヌの事情を知っている。今の自分を、いったいどう思っているのだろう。逃げ出したくなって、だけどどこにも行けなくて、ぼう然と立ち尽くしていたキヌに、ツヤはためらいなく手を差し伸べた。

「うちんくで産んだらええ」

そう言って、キヌの返事を待たずにその手を握ると、自分の家に連れて帰った。指先まで冷えていたキヌの体温は、ツヤの家で過ごすうちに、少しずつ温められていった。

出産は、無事に済んだ。

ようけ泣く子じゃなあ、とツヤがスズ子を抱いてあやす姿に、流れた自身の涙の意味を、キヌは今もはかりかねている。嬉しかったのか、切なかったのか。ただ、小さくてほにゃほにゃしたスズ子の姿に、きゅっと胸がしめつけられた。

「この子は、ワテが育てたる」

幾日かが過ぎたあと、ツヤは言った。

「一人も二人も一緒やけん。それがこの子とあんたのためや。毎年一度は連れて帰って来る。そんとき思いっきり抱いたって。ほんであんたが育てられる思うたら、この子はすぐあんたに返す」

キヌがどうしたいかなど、問題ではなかった。選択肢は、他になかった。

「ほんま……ツヤちゃんには感謝しとるんよ。あのままじゃったら……あんたも私も生きてなかったかもしれん」とキヌは言った。

「あんたがツヤちゃんとこで元気にしとる思うと、うちも何とか頑張れた。会えるんは年に一度じゃったけど、あんたを抱っこしたら、ほんまに生きる力が湧いたわ。……こなん立派になって」

そこで初めて、キヌの目に涙が浮かんだ。それでもスズ子には、わからない。この人こそが本当の母親なのだという実感もわかない。「覚えてへんわ……」というのが精いっぱいだ。

「こんまいころやったから。ツヤちゃん、こっちに帰ってこんようになってもうてたし」

キヌはさみしげに微笑んだ。

「ツヤちゃんの気持ちはよう分るんよ。うちもまた子どもができてわかった。ツヤちゃん、あんたをウチに会わせたくなくなっ――」

「なーんも覚えてへん」

遮るようにもう一度、今度は強く、スズ子は言う。

「……なーんも知らん」

キヌは、押し黙った。その気まずさを打ち破るように、男の子が「ねむたい」と甘えた声をあげる。キヌは、男の子を抱き上げ、あやすように背中を叩きながら口ずさむ。

その子守歌には聞き覚えがあった。優しく、甘い、心に響くような声も。

いつか、ツヤが歌ってくれたものと同じ。スズ子が大好きだったという、あの歌だ。

男の子は、すぐにすやすやと眠りに落ちた。キヌは、そっと床によこたえると、思い出したように顔をあげた。

「あんたにあげたいもんがあったんよ。ちょっと待っとって」

だが、家の奥に消えたキヌを、スズ子は待っていられなかった。あどけない男の子の寝顔を一瞥すると、そのまま静かに家を出る。そこに、帰ってきたばかりのゆたかの姿があった。

まっすぐ、挑むようにスズ子を見つめるゆたかの脇を、黙ってすり抜けようとすると、「許さんけん」と鋭い声が飛んだ。

「お母ちゃんのこと……悪う言うたら許さんけん」

この子は、知っているのかもしれない。スズ子は振り向くと、黙ってゆたかの顔を見つめた。何か言わなきゃいけないような気がしたけれど、何も思い浮かばなかった。

スズ子が歩き出そうとすると、あわてた様子でキヌが飛び出してきた。

「これ、もろてくれん」とキヌが差し出したのは古い懐中時計だ。

「菊三郎さんの形見や。がいに高いもんらしゅうて……もしものとき、なんか困ったことがあったら金にでもせぇ言うてくれたんじゃけど、ずっとあんたにあげたい思うとったんよ。もしも……なんか困ったことがあったらお金にでも何でもして……」

キヌの声が、ふるえる。

「うち……アホやからこんなことくらいしか考えられんけん……」

スズ子の手をとり、懐中時計を握らせる。鉄の、かたくて冷たい感触が手のひらに広がる。

「あんたがどれだけ驚いて傷ついたんか……よう考えもせずベラベラ話して堪忍な」

それは、別れの言葉だった。それでもキヌの手は、スズ子の手に吸いついたように離れない。んぐ、とキヌの咽喉が小さく鳴って、やがてそっと手を放した。ほんだらな、と微笑み、ゆたかの背をなでながら、二人で家のなかに戻っていく。

胸が、腹が、体中が熱くて張り裂けそうだった。だけどその場にとどまることだけはできなくて、スズ子はまたひとり、ふらりと、歩き出した。


道すがら、川遊びをする子どもたちを眺めて、思い出す。

いつだったか、浜辺で水遊びをした。「お母ちゃんもきてー!」と叫ぶと、はあいと軽やかに返事をしてやってくるツヤのかたわらに、一緒に駆けてくるキヌの姿もあった。二人ともが、愛情いっぱいにスズ子を見つめて、そして抱きしめてくれる。

それは、本当にあったことだろうか。それとも、都合よくつくりあげた夢だろうか。

たまらなくなって、スズ子は川に飛び込んだ。見知らぬ子どもたちに混ざって、一緒に遊ぼう!と水をかけあう。全身びしょぬれになって、太陽の光をさんさんと浴びながら、もらったばかりの懐中時計が反射して輝くのを見つめる。

何も知らなかった。知りたくもなかった。けれどスズ子は——知ってしまった。

それでもスズ子の帰る場所は、一つしか思い浮かばない。


祖母の家にたどりつくころには、歩きすぎて足の裏がひりひりと痛んでいた。けれど、休むまもなく、家の前でまちかまえていた六郎に飛びつかれる。

「どこ行ってたんや！　心配したんやで！」

そんなにも必死な六郎をみるのは、初めてだった。六郎は、家のなかに向かって声を張り上げる。

「ばあちゃん、ネーヤン帰って来たで！　はよ晩御飯作ったって！　って、ずぶ濡れやないか。どないしたんや！　なにしてたんや？　海で泳いでたんか？　ほんま……心配したで。もしネーヤン帰ってこんかったらっておもたら……なんや妙な気分やった。手も足ものうなって……なんやお腹にポーンと穴があいたみたいやったで」

そんな一気にまくしたてられても、答えられない。ちょっとは落ち着いたらどうなのか。一晩姉が帰ってこないからって、騒ぎ立てるような年齢でもあるまいし。ああ、ちがう。姉じゃなかった。スズ子の母親はツヤじゃなくて、父親はもう死んでいて、弟は囲炉裏のそばでねむっていた、スズ子を挑むように見据えていたあの子たちで——。

「六郎……」

気づけば、ぼたぼたと大粒の涙がこぼれていた。スズ子はしゃくりあげながら、自分を見上げる六郎に、たったひとりの弟に言う。

「だ、抱きしめてくれ……ワテも、身体がバラバラになってしまいそうや……」

うう、と咽喉の奥から嗚咽がもれた。六郎は、何も言わずにそんなスズ子をぎゅうと抱く。

「大丈夫や。バラバラになんかせえへん」

六郎らしからぬ頼もしい声に、スズ子は堰を切ったようにわんわん泣きだした。初めて見る姉の姿に、六郎は戸惑うこともなくただ、スズ子の背にまわした腕に力をこめる。

おかあちゃん、と気づけば叫んでいた。

「わああん、おかあちゃん、おかあちゃん……おかあちゃーん！」

「……ワイ、六郎やで？」

「ア、アホー！　知ってるわー！　おかあちゃん言うてみとうなっただけやー！」

「ほうか。なら言うてええで。なんぼでも言うてええわ」

「き、気分壊れたわ、アホー！」

やっぱりこいつはただのアホや。アホの六郎や。おかしくて、悲しくて、そして切なくてたまらなかった。

スズ子の涙が止まるまで、二人は抱き合ったまま立ち尽くしていた。

泣きはらした目で戻ったスズ子に、誰も何も聞かなかった。ただ夕食を囲みながら、ぽつりとトシが申し訳なさそうにこぼした。

「……すまなんだな。みんなで内緒にしとって」

その言葉で、食器の音がぴたりと止まる。

「なにを思うとったかはツヤにしかわからんけど……ワテは察しがつくけん。スズ子のことが大切で大切で……もう、おかしなるくらい大切で……スズ子の心も身体も、みーんな自分のものにしとうなったんじゃろ。どこにもやりたなくなったんや」

――うちもまた子どもができて……わかった。

キヌが言いかけて遮った言葉を、スズ子は思い出す。

「おばあちゃんかてな……スズ子のことも六郎のことも大好きで大切やけど、ほんまのこと言うとツヤやタカのほうが大切やけん。自分の子ぉやけんね。当たり前や。ツヤも……あんたをほんまの自分の子ぉやと思うとるんよ。でも……スズ子は知ってもうた。それをツヤに言うかどうかはもうスズ子の問題や」

「ちょっと……お母ちゃん」とタカが止めに入るが、トシは止まらない。

「おばあちゃんは、ツヤのお母ちゃんじゃけん、ツヤが悲しむとこは見とうない。やけど、スズ子はスズ子でひとりの人間や。スズ子が苦しかったら言うてもええと思う」

「言うてもネーヤンのこと嫌いにならへんか？」とスズ子のかわりに六郎が聞く。

「ならん。スズ子はなにがあってもワテの孫やけん」

「当たり前やん。ワイもやろ！」

「そうや。六郎もや」

そのきっぱりとした口調は、いつも堂々と胸を張るツヤの姿を思い起こさせた。

夜、布団に入ってもなかなかスズ子は寝つけなかった。

お母ちゃんに会いたい、と思う。番台から梅吉に怒ったりあきれたり、常連客とおしゃべりしたり、いつだってせわしなく働いているツヤだけど、スズ子が「ただいま！」とはな湯に飛びこめばいつだって誰より最初に気づいて「おかえり」と笑ってくれる。ちょっとでも落ち込むことがあれば、スズ子がどんなに隠していても「どうした?」と聞いて、頭や背中をなでてくれる。六郎に対しても同じだ。その扱いに、分け隔てたものを感じたことは一度もない。ああ、でも、六郎がカメを拾ってきたときは「なにやっとん!」と声をひっくりかえしていたっけ。香川からもカメを持ち帰ったらいったいどんな顔をするだろう。

ふふ、とスズ子は笑った。笑った瞬間、枯れるほど流した涙がまたこぼれて、スズ子は肩をふるわせた。

「ネーヤン、なに笑てるんや」

眠ったと思っていた六郎に聞かれ「あほ、笑てへんわ」とそっけなく返す。身をまるめて、六郎に顔を見られないようにしながら、スズ子は布団のなかで小刻みに震え続けていた。

梅吉とツヤには何も言わないことに決めた。はな湯の前で六郎に告げると、「ワイとネーヤンの秘密や」と六郎は無邪気に喜んだ。六郎ときたら、スズ子と血がつながっていなかったことよりも、留守番させているカメと新入りをはやくひきあわせたくて必死なのだ。悩んでいる自分がばかばかしくなってくる。

はな湯に入ると、「おかえり」と　番台からツヤが迎えた。何かをうかがうような気配があったけれど、スズ子は気づかないふりをする。お母ちゃんはお母ちゃんや、とあたりまえのように「ただいま」と返す。

はな湯は常連客であふれていて、梅吉が酒を飲んで顔を赤らめていた。いつもどおり、何も変わらない。これからも変えないために、スズ子は黙っていることを決めたのだ。

それから三年が経った。

昭和十二（一九三七）年七月に中国で起きた盧溝橋事件をきっかけに中国との間で戦争が始まり、街中では軍歌を歌う人々や、万歳三唱で出征者をおくりだす姿を見かけることが増えた。一方で、軍事需要の好景気で、世の中の空気は明るかった。おかげで、スズ子たち梅丸少女歌劇団の舞台も連日、大賑わいである。

かつて大和と橘のいたスターの座は、今やリリーと秋山のものだった。スズ子と和希も、決して不人気とは言わないけれど、世間の扱いには大きな差がある。記者に取材されるのはもっぱら男役で華のある秋山だし、リリーには荷車が必要なほどの花束と、一晩かけても読み終われぬほどのファンレターが届く。

スズ子も、歌のソロパートを与えられていたものの、秋山がやはりソロでタップを踏みはじめたとたん、観客の注目はすべて奪われ、引き立て役のようになってしまう。秋山のタップのために歌っているわけじゃないのに、とスズ子は不満である。

――ええか。今回の公演はスズ子の歌と秋山の踊りを二本柱にしていくつもりや。

スズ子と秋山を呼びだして、林はそう言った。今回だけではない。今後の梅丸は、その二本柱でまわっていくはずだから頼むぞ、と。それなのに。

「ほんまスズ子は野心家やなあ。もっともっと目立ちたいんやろ」

不服を漏らすスズ子に、和希が肩をすくめる。以前の和希なら、一緒に悔しがってくれたはずだ。それなのに今は「うちらがおってこそ、リリーや秋山も輝けるんやがな」なんて物わかりのいいことを言う。

スズ子は、目立ちたいわけではなかった。秋山とリリーのように記者にかこまれたいわけでもない。でも、だったらどうしたいのか。うまく言葉にすることができないのだ。

すっきりしない気持ちではな湯に帰ると、脱衣場に『露営の歌』が流れていた。近頃はラジオも軍歌ばかりをよく流す。梅吉と常連客も新聞を広げて、日本の勝利を喜び盛りあがっている。勝つのはいいことだし、嬉しいけれど、スズ子の胸は躍らなかった。

冷蔵庫からラムネをとりだし、ため息をついたスズ子にツヤが心配そうな眼差しを向ける。どないしたん、と問われ、以前だったら素直に愚痴を吐いていたのに、なぜだかそれも上手にできない。

――ツヤちゃんには感謝しとるんよ。あのままじゃったら……あんたも私も生きてなかったかもしれん。

忘れていたはずのキヌの声がよみがえる。ツヤがスズ子を守り育ててくれたことに、なんの変わりもないとわかっているし、今も変わらぬ日常を送っている。それなのにときどきふと、きゅっと胸が締めつけられて、言葉にならないやるせなさがこみあげてくるのだ。

そのとき、ラジオから軍歌とはまた違うしっとりとした曲が流れ始めた。スズ子は、はっと顔をあげる。

「あー、またこの歌や。最近よう流れとるけどなんや、好かんねん」と消そうとする梅吉の手を止め、じっとその歌に聴き入る。しんきくさい、とアホのおっちゃんが言うとおり、確かに歌詞はとても暗い。波止場から旅立つ恋人に向けた、別れの歌。こぶしのきいた低い声が、心をさみしく刺激する。けれど同じくらい、力強い。別れなどに負けんとする心意気の感じられる、不思議な声。

　スズ子の胸も、びりびりふるえた。いてもたってもいられずレコード屋に走った。そしてその歌――茨田(いばらだ)りつ子の『別れのブルース』を部屋で何度となく聴きふける。微笑んではいるけれど、濃い化粧で挑むようにこちらを見ているジャケット写真は、怖いけれど一度目にしたら忘れられぬインパクトがある。

　スズ子は、鏡に自分の顔を映して、そのまぶた、鼻筋、唇を視線でたどった。そしてジャケット写真のように口角をあげて、挑むように鏡のなかの自分を見つめる。


　大和礼子と再会したのもそのころだ。上演中の『恋のステップ』を観にきてくれたのである。

「やるじゃない！　私がいたころよりも華やかになったわよ」

　そう言う大和は、最後に会ったときと変わらず、たおやかで美しいが、瞳の奥に潜む芯の強さは以前よりも増しているような気がした。それは、大きくふくらんだお腹のおかげかもしれない。

　その隣には、やはり以前より少し――ほんの少しだけ頼りがいが増したような気がする股野の姿がある。股野の泣き落としのようなプロポーズで二人は結婚し、今はともに踊りとピアノの教室を開いているのだ。

「私の言ったとおりね。あなたの歌、武器になったでしょ」

　大和に手放しでほめられ、スズ子は戸惑う。けれどそんなスズ子の胸中も、大和は見透かしたように笑う。

「秋山さんの踊りに負けちゃってると思ってるんでしょ。さっき、秋山さんも同じこと言ってたわよ。自分の踊りがあなたの歌に負けちゃってるみたいだって」

「秋山が……」

「相変わらずよね、あなたたちは。ずっとそうやって切磋琢磨していくのね。羨ましいわ」

「けど、そんなことやない気もするんです。別に秋山より目立ちたい言うわけやなくて。歌も踊りも楽しいんでっけど、こんなもんやないやろいうんか……」

「物足りなくなっちゃってるんじゃない？　今の自分に。でもどうしていいのかわからない」

「それです！」と声をあげたのは、離れた場所にいたはずの秋山だ。

「別にうちも福来さんの歌に勝ちたいとかそういうんやないんです。もっと……もっとやれる言うか……」

「そやねん！　ワテ、もっとやれるんちゃうかって！」

スズ子が前のめりに同調すると、大和はまぶしそうに目を細めた。

「……私ね、この子が生まれたら、私の何かが変わりそうな気がするの。踊りとかそういうことも含めて、自分がどう変わるのかすごく楽しみ。何か生活の変化が、歌や踊りに出ることもあるような気がする。股野くんもね、最近ピアノが柔らかくなった気がするのよ」

「それは、ワテにも赤ん坊作れちゅうことですか……？」

たじろぐスズ子に、大和は声をたてて笑う。その背景に流れるラジオから『別れのブルース』の音色がこぼれて、ふと、場のおしゃべりがやんだ。そんなふうに誰もが聴き入ってしまう、不思議な魔力みたいなものがこの歌にはある。

「歌い手と作り手の魂が入っとるわな」と林は言う。そして、思い出したように続ける。

「今度東京の梅丸の連中が視察に来るらしいで。理由はよう知らんけどな、大阪の意地見せたれ」

以前のスズ子なら、みんなと一緒に「はーい」と何も考えずに応じられただろう。だが今は、どうしたらこんなふうに、唯一無二の歌声を生み出せるのか。そのことばかりを考えてしまう。別に、ブルースが歌いたいわけじゃない。ただ、もっと先へ。壁をこえて、行けるはずのところまで行ってみたい。


東京の社員が来るというその日、スズ子は思い立って、いつもとメイクを変えることにした。手本にしているのは茨田りつ子のジャケット写真だ。アイラインをぎゅっと太く引いて、長いまつげをつけると、おぼこさが薄らいで、迫力が増したような気がする。リリーがその派手さに驚きつつ「意外とええかも」とまつげをカールしてくれた。

それが、大阪の意地なのかどうかはわからないが、その甲斐あってか、舞台を終えて楽屋に戻ると、盛大な拍手で迎えられた。

「ブラボー！　グレイトフルブラボー！」と興奮しているのは、東京で演出家をしている松永（まつなが）という男だ。財閥の子息らしく、どこか浮世離れした軽やかさと上品さがある。

「素敵なレビューだったよ。『トップハット』のフレッド・アステアだね、キミは」と秋山の手を両手で握り、「キミはジンジャー・ロジャースだ」とリリーの手にキスをする。さらにスズ子には、親指を立てて大げさにウィンク。あっけにとられながらも、まねして親指を立て、慣れないウィンクをかえすスズ子に、松永はけたけたと笑い、「それじゃ、グッドラック」と去っていった。嵐のような男である。

その来訪が、ただの冷やかしではなかったことは、すぐにわかった。スズ子と秋山が林に連れ出され、東京行きを打診されたのだ。

「梅丸楽劇団いうてな、男女混成で、外国にも負けん音楽劇やレビューショーを作るいう話があるんや。さっきの松永のボンが演出家で、その横におった男、辛島(からしま)はわしの元部下で、東京ではわしみたいな立場なんやけど、大阪にもええ踊り手とか歌い手がおらんか見に来てはったんや。それでお前らがお眼鏡にかなったいうわけや」

秋山は、一も二もなく行くと即答した。だがスズ子は、行きたい、という言葉がのどの奥に引っかかって、なぜか上手に出てきてくれない。秋山の踊りと同等に自分の歌が評価されたことは、嬉しくてたまらないはずなのに。

その夜、スズ子は仕事終わりのタイ子をつかまえて、屋台に誘った。

「あの家をな……はな湯を離れるのがなんかピンとこんいうか。お父ちゃんも六郎も頼りないやろ。今まで以上にお母ちゃんの仕事増えてまう気もするし、あの家にワテがおらんいうのが想像つかんいうか……」

歯切れの悪いスズ子に、「なに言うてんの？」とタイ子は一蹴する。

「スズちゃんのお母さんやったら絶対東京行けって言うで。スズちゃんの大ファンやし、そんなん言うたら大喜びや。スズちゃんが今、壁を感じてるんやったらなおさら行け言うと思うわ。なに悩んでんねんな」

「……そやな。なに悩んでるんや、ワテ。なんや……なんや不安やってん」

「ほんまはあれちゃうの？　スズちゃんが寂しいんちゃう？」

「ちゃ……ちゃうわ！」

タイ子の言うとおりだった。ツヤならきっと、タイ子が言ったよりもっと強い想いで「なに言うてんの」と背中を押してくれる。不安を吹き飛ばしてくれる。心が軽くなったスズ子は、足早に家路を駆けた。ところが。

「行かんで……ええんちゃう」

東京で勝負したい。そう言ったスズ子に、ツヤはむっつりと返した。

「もう十分、認められてるがな。ここにおり。東京行ったかて、やることは同じやろ。大阪おってもじゅうぶん変われるわ」

なんで、とスズ子は頬をひきつらせた。「行ったらええがな！」と喜ぶ梅吉や「ネーヤン、すごい！」と目を輝かせる六郎のように、それ以上に、賛成してくれると思っていたのに。

「……お母ちゃん、そんなんやなかったわ。前やったら絶対背中押してくれた！」

「アカンもんはアカン！」

声を荒らげ、ツヤは居間を出ていく。梅吉がそのあとを追い、六郎と二人きりになってスズ子はこぶしをにぎりしめて、うつむいた。

本当は、わかっていた。自分が何に不安だったのか。東京に行くと、どうして即答できなかったのか。

「……不安やってん。ワテがこの家を出たら……このまま、ほんまのことなんも話さんとこの家出たら……なんや家族の縁が切れてまいそうで……」

だからツヤには、どうしてもどうしても喜んでもらいたかった。泣くほど喜んでくれたら、やっぱり母は母なのだと、いつでもスズ子の背中を押してくれる本当の家族なのだと、心の底から信じることができる気がしたから。そんなスズ子の背を、六郎が優しくなでる。

「ほんまの家族や。ほんまの家族やから……きっとお母ちゃん、めちゃめちゃ寂しいねん」

けれど今のスズ子には、そうやな、とうなずくことができなかった。

そして、ツヤとしゃべるどころか、うまく目も合わせられないまま数日が経ったころ、スズ子をさらに打ちのめす報せ（しらせ）が入った。

大和礼子が、死んだのだ。


葬儀は、梅丸の稽古場で行われ、大勢のファンが焼香に訪れ、そこかしこですすり泣く声が聞こえた。だがスズ子は、悲しいはずなのに、なぜだか泣くことができない。一か月前、梅丸に来てくれたときは元気で幸せそうで、みんなで出産の前祝いだとケーキを食べたのに。

「急すぎて涙も間に合わへんわ」というリリーの言葉がすべてだった。

「もっと……もっともっと生きたかったやろなあ。お母ちゃんとようけ話したかったなあ」

腕の中の赤ちゃんに語りかける、股野の目に涙が浮かぶ。

大和は腎臓（じんぞう）を患っていたのだという。医師に出産も止められていたけれど、大和はあきらめなかった。そしてお産の最中に、命を落とした。赤ちゃんを抱くこともできないまま。

「きっと踊りと歌の天才になるわ、あんた」と、ぷくぷくした赤ちゃんの頬をつつきながら、橘は微笑んだ。赤ちゃんは、切れ長の目が大和によく似ていた。

そこへ、一組の夫婦がやってきた。

「礼子がお世話になりました」と頭を下げる女性は、絶縁していたはずの大和の母である。

「い、いえ、あの……こちらこそ、結婚のことから何から、お知らせもできずに」

慌てる股野が赤ちゃんの顔を見せると、大和の母親は愛おしそうにその頬に触れた。隣で、父親はむっつりといかめしい顔をしたまま、股野だけでなく赤ん坊のことも睨みつける。

「こんなところに来なければ、礼子は生きていた。私が見ていれば、絶対に礼子を死なせなかった。そんな体で子供など生ませなかった。ここに来たから……礼子は死んだんだ」

そして、ぐるりとまわりを――離れた場所に立つ社長の大熊もふくめ、梅丸に関わる全員を睨みつけて、憎むように吐き捨てる。

「半分は……君たちが礼子を殺したようなものだ」

そのとき、スズ子が思い出したのは、大和が見せたさみしげな横顔だった。

「私は踊ったり歌ったりしているところを一度も親に見てもらったことがないから」と両親に自分の姿を見せたいのかもしれないと、山寺でぽつりとこぼしたときの。

「ワテ……お会いできて良かったです」

立ち去ろうとする大和の両親の背中に、スズ子は叫んだ。

「うまいこと言えまへんけど、大和さんはお二人に育てられたんやなって……。ワテ、大和さんのこと大好きでした。せやから……お会いできてよかったです」

だって大和はずっと、会いたがっていた。梅丸にも、来てほしかったのだ。

父親はふりむきもせず、何も言わず歩をはやめる。母親だけがふりかえり、小さく頭を下げた。

それ以上、何も言えないスズ子の背中を、橘が黙って、優しく叩いた。

焼香を終えてはな湯に戻った梅吉とツヤは、喪服から着替える気力も湧かず、居間で座り込むとやるせない息を吐いた。娘と縁が切れたまま永遠の別れを迎えた、大和の両親を思うとたまらなかった。と同時に、ツヤの脳裏に、キヌの姿が浮かぶ。

「ワテな……香川に帰らんようになったん……あの子をわての子だけにしたい思うたんよ。キヌには毎年会えばええやなんて言うて……あの子がどんどんかわいなってしもうて。もうワテの子や……ワテだけのもんやって……」

スズ子は香川ですべてを知ってしまったかもしれない。そう疑いながらも聞けなかったのは、自分だけの子だと思い続けていたかったからだ。

「ワテは身勝手でズルい人間や。そやから……ここでスズ子と離れたら取り返しのつかんことになる、もう二度と会えへん気ぃして……。でも、ワテは何があっても、スズ子にどんなに嫌われたとしても、あの子を手放しとうないんや。あの子は宝や。こんなん言うたら悪いけど、大和はんみたいに縁が切れてしまうやなんて、ワテは耐えられん」

「大丈夫や思うで。あいつ、何があってもツヤちゃんのこと嫌いにならへんわ。なんやわからへんけど、ワシらとスズ子の縁が切れてまうようなことは絶対ない気がするねん。それに、身勝手でズルいんはワシかて同じや。ツヤちゃんが香川に帰らんのをええことになんも知らん振りしてた。ワシも卑怯(ひきょう)やねん」

それはただ、スズ子がかわいかったから。ツヤと同様、絶対に手放したくなかったから。

「あいつ、どんだけ反対しても絶対東京行きよるで。そう育てたんはツヤちゃんや。何でも自分で考えて、生きていけるように育てる言うてたがな。その通りに育ってるわ。ツヤちゃんもそうやってワシと駆け落ちしたやろ。せやけどな、スズ子は出て行っても平気な顔して『ただいま』言うて帰ってくる思うで」

「なんでや……」

「そらツヤちゃんの子ぉやからや。ツヤちゃん、勘当されても平気な顔して帰ってたがな。厚かましいねん、二人とも」

おどけて言う梅吉に、ツヤは初めて、少し、笑みを浮かべた。そやな、と言葉にはせず思う。あの子はワテにそっくりや。血のつながりのことなんて、つい忘れてしまうほどに。

ツヤは静かに息を吸う。――誰が何と言おうと、ワテはあの子の母親なんや、と。

はな湯に帰るなり、スズ子は開店準備をしているツヤと梅吉、そして六郎に言った。

「ワテ……やっぱり東京行きたい」

三人が手をとめ、スズ子を見る。

「お母ちゃんも、お父ちゃんも、六郎も、みんな大好きや。ずーっとこの家におりたい。いちばん好きな場所や。自分の家を……ここをいちばん好きな場所やと言えるように育ててくれて……ほんまにありがとうございます。せやけどワテ……大和さんみたいになりたいんです。あんなふうにお客さんを釘付けにするスターになりたいんです」

思い出す。初めて出会ったころの大和の姿を。稽古場で誰よりも自分に厳しく練習を重ね、舞台ではみんなの視線を釘付けにする。美しく、凛とした、憧れの人。

「お客さんを励まして、お客さんに励まされながら、もっともっと……今よりもっと、歌って踊ることが楽しゅうなりたいんです。せやから……東京に行かせてください」

スズ子は頭を下げた。ダメだと言われても、曲げるつもりはなかった。

「……行ってきなはれ」とやがてツヤが言った。

「東京で思い切り歌って踊ってきなはれ！　せやけど、辛なったらすぐ帰ってくるんやで。我慢したらあかん。すぐに帰れるとこがあることを忘れたらアカンで」

「あ……当たり前や。ワテ、こう見えて意外と根性ないねんで。ほんまに……すぐ帰ってきてしまうかもしれんわ」

「根性ないんはワシに似たんや！」と梅吉が笑い、「ワイも根性ないで！」と六郎が続く。

「根性なんかないほうがええ。ワテみたいに苦労してしまうわ！」

ツヤが言って、みんなで笑う。けれどいつもよりどこか少し、しんみりしていた。

旅立ちの時が、やってきたのだ。

第6章 バドジズってなんや？

スズ子と秋山の退団公演は華々しく行われた。

最後の演目は『桜咲く國』。西から東から舞い散る桜吹雪のなかで、夢見て旅立つ大切な〝君〟を想って希望の歌を奏でるのだ。観客席にはツヤと梅吉、六郎だけでなく、赤ん坊を抱く股野やタイ子もいた。大阪の記憶を凝縮したような劇場で、スズ子はこれまでのすべてを出し尽くすように歌った。大和や橘から受け継いだ梅丸の精神を、この先も決して失わないよう、全身に刻みつけるように。

そして劇場の外にも桜が舞う昭和十三（一九三八）年四月、夜行列車に乗ってスズ子と秋山は東京へ向かったのだった。スズ子は二十四歳、秋山は二十二歳になっていた。

二人の下宿を仕切るのは小村（おむら）チズという、スズ子も押し負けてしまうほどによくしゃべる女性だった。何をしゃべっていても強面の夫・吾郎が「ん……」としか反応しないのは、チズが彼の言葉を奪っているからじゃないかと疑ってしまう。

「二人とも東京は初めてなんでしょ。どう？　大阪とはずいぶん違うでしょ。あたしゃ大阪行ったことないけどさ。ね、あんた。いいとこよね、東京は」

「ん……」

「んじゃないわよ、ほんともう。辛島くんから話はだいたい聞いてるから。すごいわね、あなたたち。歌って踊るんでしょ。辛島くんがそんな仕事してるなんて知らなかったわよ。あの人、学生の頃ここに住んでてね。まだ私の両親がやってたころだけど、暗い人でねえ。今は、男の学生さんが二人住んでるけど、女の子はめったにないからあたしゃ楽しみでさ」

とまあ、こんな具合である。秋山が上京するのは三度目だと言ったこともたぶん耳には届いていない。

ただ、かしましさに比例して親切でもあった。吾郎は元相撲取りだそうで、さほど強そうでもない体格どおりに、あまり成果を出せなかったようだが、ちゃんこ番を担っていたため料理には慣れているという。彼の作る朝食と夕食を、夫婦と一緒でよければいつでも食べに来ていいと言われたのは、二人にとって、ありがたかった。歩いてすぐの場所にくず湯という名の銭湯があることも、スズ子にとってはなんとなく心強い。

「今日からここがあんたたちの根城。二人とも立派な大人なんだから、したいようにしてちょうだい」

チズに案内されたのは、日当たりのいい二階の六畳一間。相部屋だったが、平日はおそらく朝から晩まで稽古漬けのはずで、寝に帰るだけと考えれば十分だろう。何より、窓の外には日帝劇場がよく見えるのがいい。これからスズ子たちが歌と踊りを披露する場所だ。心なしか、東京は空の色も、街ゆく人たちの顔も、大阪とは全然違うような気がしてしまう。

汽車でツヤの作ってくれたおにぎりにかぶりついたときは心細さで胸がちりちりしたけれど、こうして東京の地に降り立って、住む場所も決まって、初めて自分が一人前の大人になれたような自信が沸き立つ。

梅丸楽劇団、略してＵＧＤの旗揚げに、東京梅丸の人間は並々ならぬ思いを託していた。莫大な資金を投入し、欧米にも負けない男女混成の画期的なミュージカルショーを目指すのだ。会社として絶対に失敗は許されない、一大プロジェクトである。その期待は、ショーの目玉として見込まれている秋山の踊りとスズ子の歌に、過大なほどのしかかっていたのだが、上京したての二人が、そんなことは知るよしもない。観光気分で、スズ子はさっそく秋山を連れて散歩に出た。目にするすべてが珍しく、あっというまに三時間が過ぎていた。

「ワテ、浅草寺が気に入ったわ！　上野の動物園も。また行こなあ」

下町の空気は、スズ子の肌によく合った。

「歩いとったらおなかすいたわ。なんか食べていかへん？」

と、秋山の返事も待たずにずいずい歩く。めざしたのは下宿からほど近い場所にたたずむおでんの屋台である。大阪に比べてずいぶんと出汁（だし）の色が黒くて、濃すぎるのではないかと一瞬ひるんだが、大根はほくほくと軟らかく、ちょうどよく味が染みている。おいしい、と歓声をあげる二人に、屋台の主人は「あたりまえだ、ばかやろう」と尖った声を出す。どうやら大阪弁がきらいらしい。

「ワテは東京弁好きやけど、なんやおっちゃんのは好かんわ。怖い」

言い返すと「東京はこええところなんだよ」とまた主人は怖い顔をして見せるが、そのすぐあとに出汁をこぼして「あち、あちち」と慌てふためくのが妙にかわいらしくて、スズ子と秋山はけたけたと笑った。なんだ、全然、怖くない。

最後に寝たのは夜行列車のなかで、心身ともに疲れ果てているはずなのに、その晩はなかなか寝つけなかった。明日はついに日帝劇場へ行く日で、絶対に寝坊できないのに、脳が冴えわたって、目がらんらんと輝いて、睡魔が襲ってくる気配もない。スズ子は布団からはねおき、「なんかして遊ぼか！」とやはり眠れずにいる秋山を揺らした。

「なにして遊ぶんですか？」

「なんでもええがな。せっせっせーでもしよか」

「なんでまた」

「ええがな、ほなやるで。せっせっせーのよいよいよい……」

幼い子どものような掛け声に、しかたなさそうに秋山が乗る。なんだか、おかしかった。秋山が梅丸に入ってきた当初は、その率直すぎる物言いで和希が思い悩むのをよく見ていたし、悪い子ではないけれど、なかなか厄介だなと思ったこともある。それなのに今、こうして二人きり、東京で同じ部屋に暮らして、せっせっせーをして遊んでいる。リリーでも、和希でも、はな湯のみんなでもなく、秋山だけがスズ子の相棒なのだ。

そうして二人は、夜がふけるまで懐かしい遊びに興じた。そのうち、肩を寄せ合って、いつの間にか眠りに落ちていた。

寝坊をしなかったのは、幸いである。時間ぴったり……より少し過ぎたのは道に迷ってしまったせいだが、どうにかたどりついた日帝劇場の豪奢（ごうしゃ）な外観に、スズ子は「ふぇー」と緊張感のない声をあげた。これはまた、庶民的なＵＳＫとは全然違う。

「ややあややあや待っていたよ。レディたち。また会えてうれしいよ。大丈夫。緊張しなくてもいい。なにも心配はいらないよ。リラーックス」

出迎えてくれたのは松永だ。

会うなり両手を握られ、スズ子と秋山を両脇にしたがえて肩をくみ、あいかわらず自由な男だった。その隣で辛島が「すぐに手を握るのはやめてください！」とそわそわしている。

スズ子たちを待っていたのは二人だけではなかった。連れていかれた稽古場にいたのは、いかにも芸術家然とした中山史郎（なかやましろう）というダンサー、それからトランペット奏者でバンドマスター、つまり楽団の中心を担う一井（いちい）。他に幾人ものスタッフが詰め寄せていた。

「なかなか華のある子じゃないですか。スタイルもいいし」と秋山を見て一井が言う。続いてスズ子に視線を送り、「もうひとりのもやしは大丈夫かな」と鼻で笑うが、スズ子は聞いていなかった。女性だらけのＵＳＫと違い、男性ばかりであることに気圧されていたのだ。

「さぁ、ご挨拶してごらん。彼らは君たちが来るのを首を長くして待っていたんだ。おかげでみんな身長が伸びたようだよ。なんてね、フレンチジョークさ。さ、ご挨拶しましょうか」

「は、はい！　あの、ワテ……ちゃう、私は大阪から来ました福来スズ子です。精一杯やりますのでどうかよろしゅう頼んます！」

「秋山美月です。一生懸命頑張りますんで、どうぞよろしゅうお願いします」

続いて、男性陣が挨拶に入る。松永の下の名前が大星（たいせい）だということを、そのとき初めてスズ子は知った。

スタッフを順に紹介され最後に引き合わされたのが、音楽監督の羽鳥善一だ。『別れのブルース』を作曲したその人である。

「ワテ、あの歌大好きです！　レコードも持ってます！」

興奮するスズ子に、善一は気をよくした様子で「じゃあ、せっかくだからちょっとだけ歌ってもらっていい？　なんでもいいから」とうながす。松永が、それはいいというように手を叩く。

「それじゃミス・スズ子。僕が大阪で見た『恋のステップ』を聴かせてやってくれ。武くん、弾けるかい？」

武というのはピアニストの男性だ。松永が指をぱちんと鳴らすと、武が演奏をはじめ、スズ子の背筋はすっと伸びた。舞台の上でも、外でも、ここが大阪でなくても、スズ子のやることは同じだ。心を込めて、のびやかに歌うだけ。

ひととおりフレーズを歌い終えると、善一はにこにこしながら言い放った。

「じゃあ、今から稽古しようか！」

慌てたのは、スズ子よりも辛島だ。

「だから待ってくださいって！　今日は顔合わせだけって言ったじゃないですか。このあと協賛会社のお偉いさん方がお見えになるんですから、稽古は明日からみっちりお願いします」

「お偉いさんは辛ポンが面倒見ればいいじゃない」

と羽鳥はどこ吹く風である。

「絶対ダメです！　いつも羽鳥先生と松永さんがいないって文句が出てるんですから、今日は絶対に顔を出してください。大崎くん、武くん、彼女たち帰して！　明日は他の歌手やダンサーたちも来ますからね。今晩はゆっくり鋭気を養ってください」

しかたないなあ、と言うように松永は肩をすくめ、

「明日からエンジョイしよう」

と二人に向かって投げキッスをする。思わずジャンプしてそのキスを受け取る仕草をしたスズ子に、松永はますますご機嫌になって笑った。

「おもしろいな、ミス・スズ子は」

おもしろいのは松永のほうだと思ったが、何も言わない。かわりに、善一から「もう一つ、おみやげ」と渡された楽譜を抱えて、秋山と並んで頭を下げた。

あまりにも大阪の現場と勝手が違いすぎて、すでに二人ともぐったりしている。反面、めくるめく未知の世界に高揚しているのも確かだった。

「中山さんと踊れるやなんて、ちょっと信じられまへんわ」

まっすぐ帰る気にはなれず、再び屋台でおでんをつつきながら、秋山が嘆息を漏らした。

「ウチが前に東京来たとき、中山さんが出てはった公演も見てるんです。すごいダンスしはるなあ思てたさかい、目の前におんのが信じられへんで」

「それ言うたらワテもまさか『別れのブルース』作らはった人がおるなんて思わなんだわ」

「緊張したんとちゃいます？」

「したかなあ？　ニコニコしてはるけど、なんやようわからんおっさんやったな。松永さんの投げキッスのほうがなんや緊張してもうたわ」

「飛んで受け取ってたやないですか。まさか好きになってしもたんとちゃいます？」

「ちゃ、ちゃうわ！　ワテ、昔から外国の人が好きやねん。ペリー好きやったし」

同じことをタイ子にも言って、あきれられたことがある。秋山も、目を丸くした。

「松永さんとペリー、似てませんやん。だいたい松永さん外国の人ちゃうし」

「やっぱり惚れたな」

そんなんじゃない、とスズ子はおでんをほおばる。

浮ついた話をするなら帰れ、と声を荒らげる店主はやや感じが悪いけれど、今日は気にならない。そもそも、口もガラも悪くても気のいいおっちゃんたちがたくさんいることを、スズ子ははな湯の常連たちを通じて、良く知っている。

この店、なんかええな。

二日目にして安心できる場所を見つけられたことも、スズ子は嬉しかった。

羽鳥からもらった楽譜のタイトルは『ラッパと娘』。タイトルどおり軽快で、譜面を目で追うだけで心がはずんでいくリズムの曲だった。

稽古するのが楽しみだったが、さすがに翌日、指定の二時間前から羽鳥が待機していたと聞いたときは、ぎょっとした。昨日と違って遅刻したわけでもないのに「おそなってすんません！」と稽古場に駆け込み頭をさげる。けれど羽鳥は、やはり飄々（ひょうひょう）としていて、気にする様子はない。「おはよー」とおざなりの返事をしながらピアノを弾き、楽譜に何かを書き込むことをくりかえしている。

羽鳥の邪魔にならないよう発声練習しながら待つと、

「よし、オッケーだ。これ、楽譜ね」

と手渡された。

「きのう、福来くんの声を聞いたらちょっと書き直したくなっちゃってね。こっちが本物」

そんな、せっかく読み込んできたのに。とは、もちろん言えない。

「あの、この『ラッパと娘』いう歌、あ、ええ題名やと思いました。カッコよろしいです。どないな具合で歌えばよろしですか？　これまでワテが歌うてきた歌と、ずいぶん雰囲気がちゃうんですけど」

「ま、好きに歌ってごらん。福来くんの好きなように歌うのがいちばんいいんだ。はい、トゥリー、トゥー、ワン、ゼロ！」

羽鳥が奏でるピアノに、スズ子は緊張しながら歌を乗せる。とにかく、失敗してはいけないという一心だった。

悪くなかった、とスズ子は思う。だが羽鳥にはそうでもなかったらしい。

「ＵＳＫではそう歌うよねえ。それはそれで素晴らしい。でも、この歌はそうじゃないかもしれないな。なんだか聴いてててあんまり楽しくないぞぉ。ジャズは楽しくなくちゃ」

「はぁ……ジャズ……」

「福来くんは今、歌っていて楽しかったかい？　ワクワクした？」

「どない……でっしゃろ」

「どないでっしゃろじゃ、あかんなあ。楽しくなるまで何回もいってみようか。歌いだしからね。

はい、トゥリー、トゥー、ワン、ゼロ！」

　だが何度歌っても、羽鳥は納得してくれない。


「うん、違うなア」「もう一度」と歌いだしてはすぐに止めて、出だしだけで何十回とやり直しをさせられる。怒っている様子はない。落胆しているようでもなかった。その証拠に、笑みを絶やさず、謝るスズ子にも「謝らなくていいんだよ、悪い事してるわけじゃないんだから」とけろりと言う。

　ただ「ワクワクしないんだよなあ」と言って、やり直しをさせるだけだ。

　五十回は歌っただろう、というころ、スズ子は肩で息をしながら、とうとう聞いた。

「どないな具合に歌とたらよろしんでっか？　ジャズ言われてもようわかりまへん」

「言葉で説明してもしょうがないよ。歌うのは福来くんなんだ。福来くんが楽しく歌えればそれでいいんだよ。バドジズできればいいんだよ」

「バドジズ……ってどういうことなんでっか？」

「そんなの知らないけど、今の福来くんはぜんぜんバドジズしてないよねえ」

　まったく、意味がわからない。スズ子は譜面の歌詞を改めて読み直す。

　楽しいお方も　悲しいお方も　誰でも好きな　その歌は
　バドジズ　デジドダー
　この歌歌えば　なぜかひとりでに　誰でもみんな　うかれだす
　バドジズ　デジドダー

いったいなんなのだ、バドジズデジドダーって。と、ゆうべスズ子は思った。曲調は素敵だけれど、歌詞は全然ぴんとこない。当の羽鳥すら「そんなの知らない」と言う。そんなのって、ありなのか。

「あの……のど、潰れてまいますけど……」

二百回が過ぎたころ、おずおずと言ったスズ子に、羽鳥は笑みで返す。

「いいじゃない、潰れても。君の好きな茨田くんだって『別れのブルース』のときはのどを潰したし、これくらいのレッスンで彼女は音をあげなかったなあ」

そう言われて、やらないわけにはいかない。稽古は、そのまま五百回を超えるまで続いた。

休憩所で再会した秋山もぐったりしていた。憧れの中山とコンビを組めるからといって、浮かれてはいられないらしい。大阪では、女性とばかり踊っていたのだ。男性相手では必要とされる体力も違う。

二人でため息をついていると、松永がやってきた。

「リラーックス。はい、チョコレート。疲れに効くよ」

その姿を見るだけで、スズ子の心がほんのりはずむ。

「頑張るんですよ、レディたち」と言い残し、颯爽と去るうしろ姿をスズ子は見つめた。マムシの生き血ばかりを薦めてくる林とは大違いである。

とはいえ、チョコレート一つで午後の練習を乗り切れるほど、甘くはなかった。きのうまでとはうってかわって、屋台に寄る気力もなく下宿に戻った二人は、吾郎のふるまうちゃんこ鍋をかこみながら、愚痴をもらした。

「通用せえへんかもしれまへん……」

「何言ってんだい、初日だろ」とチズが鍋の具をよそってくれる。

「あんたたちさ、せっかく東京来たんだから、なにか楽しみ見つけたらどうだい？　稽古ばっかりじゃ息がつまって、この人みたいに逃げ出しちまうよ」

急に水を向けられて、吾郎が小さく咳払いをする。

「この人、根性なくて相撲部屋から逃げ出したことあんのよ。序ノ口で」

「序二段……」

「変わんないだろ。そこ見栄張ってどうすんだい。あたしと恋してようやく序二段まで踏ん張れたんでしょ。あたしがいなかったらもっと早く逃げ出してたでしょうが。……この人、稽古抜け出しちゃすぐあたしに会いにきちゃって。ほんとやんなっちゃう。キッスキッスってもう毎日。そりゃあたしから口説いたんだけど、あんなふうになれなんて……」

さすがにしゃべりすぎたと思ったのか、チズは照れたように口をつぐんだ。

「ま、まあ、すぐに恋人見つけろってのも無理な話だろうけどさ、芸の肥やしになるっていうじゃない。あんたもなんか言いなさいよ、あたしばっかりにベラベラ喋らせんじゃないよ、恥ずかしい！」

はたかれた吾郎は、とんだとばっちりである。だがそんな二人を見ていたら、スズ子も少しだけ元気が出た。さっそく梅吉から届いたという手紙を渡されたおかげもある。到着してまだ三日だ。「お変わりありませんか」と書かれても、変わっているわけがない。きっと、スズ子を送り出してすぐに投函したのだろう。しょうもないな、と思いながらも、その手紙の文字を眺めているだけで心がぽかぽかしてくる。

秋山も、気鬱とは少し色の異なるため息をついている。

「実は、明日から行くのがちょっと楽しみやなって。さっきのチズさんの話やないけど、中山さんに会うのがちょっとだけ楽しみいうか」

「なんやあんた、まさかほんまに好きなってしもうたんか」

「好き……言うか、ウチが目指してた男役はあんなふうに踊れる人やなって。福来さんはどないなんですか？　松永さん、素敵やないですか。ジェントルマンで。恋はチョコレートの味するって、リリーさんが言うてました。キッスはチョコの味やって」

「あ……秋山はしたことあんのか。キ……キキキキ、キッス」

「……ないです」

スズ子はごくりと喉を鳴らした。読みかけだった手紙を握りつぶしてしまいそうで、スズ子は丁寧に折りたたんで封筒にしまった。松永と梅吉の顔が交互にちらつき、なんだかうしろめたい気持ちになる。

「あー！」と叫んでスズ子は畳の上でごろごろとのたうちまわった。驚く秋山を置いて、部屋を出る。近所の空き地は高架の近くで、人家も密集していない。大声を出しても、近所迷惑にはならないはずだ。すぐにでも歌って、胸のざわめきを追い払いたかった。今は、恋よりも歌だ。羽鳥が納得するバドジズを、ワクワクとやらを、習得しなくてはならないのだ。

だが数日たっても、スズ子は出だしから先に進むことができなかった。

「うーん、楽しくないなあ。本番もう少しだよぉ。大阪、帰る？」

なんて笑顔で問われて、悔しくてたまらないけれど、言い返す言葉が見つからない。

「福来くんはいったいどんな歌手になりたいんだい？　茨田くんはね、確固としたものがあったな。私はこういう歌手になるんだ！　って」

「ワテは茨田さんが目標やあらしまへん。ワテの目標はＵＳＫの先輩、大和礼子さんです」

「なるほど。確かに彼女は素晴らしい歌手でダンサーだった。でも大和礼子さんはひとりでじゅうぶんだ。二人もいらないよ」

「なんででっか？　大和さんが二人おったら最高やないですか！」

「福来くんは〝福来スズ子〟を作らなきゃいけないんじゃないかなあ」

「そやから大和礼子さんみたいになる福来スズ子です！」

「僕は福来くんが最高に楽しく歌ってくれたらそれでいいんだけどね。今、楽しいかい？」

言葉に詰まるスズ子に、羽鳥は見透かしたように口の端をあげる。人のいい笑顔を浮かべていても、瞳がまるで笑っていない。

「今日はここまでにしとこう。今のままじゃどんなに歌っても楽しくなりそうもないからね」

消化不良の想いを抱えたまま、休憩所の水飲み場でうがいをする。咽喉が、張り裂けそうである。でも、そのせいで歌の質がさがったなんて言われたくない。

――あのおっさん、どないして歌えばええっちゅうねん。

胸の内で毒づいていると、背後から声をかけられた。

「善一にやられてるのかい？」

松永だった。

「善一は鬼だからなあ。彼は笑う鬼だよ。でも、とても才能がある。ミス・スズ子、ここで簡単に挫けてはいけないよ」

「せやけど……ほんまにワテでええんか自信なくなってしまいます」

「そんなことを言われたら君を連れて来た僕の立つ瀬がないなあ。君は決してずば抜けて歌が上手いわけじゃないけど、僕は君が歌う姿を見ているとワクワクした。この子は歌う喜びに満ちている。歌わされてるんじゃなくて、ほんとに歌うことが大好きなんだなってね」

「今は大嫌いになりそうです。羽鳥センセも……歌も」

「それでいいんじゃないか。そんな気持ちで歌えば。……はい、あーん」

「え？　あ、あーん」

「ほんとにスズ子は素直だな。毒でも食べちゃいそうだ。そら」

餌を待つひな鳥のように、素直に開いたスズ子の口に、松永は何かを放り込む。舌の上で、甘く、やわらかく、溶ける。チョコレートだ。リリーいわく——キッスと、同じ味の。

「そこが君のいいところだ。その素直さがあれば道は開ける。グッドラック」

去り際に叩かれた両肩が、なんだか妙に、熱かった。

その晩、スズ子は「羽鳥」と書かれた表札の前に立っていた。

羽鳥に、稽古をつけてもらおうと思ったのである。幼い息子を連れて銭湯から帰ってきた羽鳥は、そんなスズ子を見つけて「弱ったなあ」と頭をかいた。夜間は、妻にピアノ演奏を禁止されているという。

だが妻の麻里(まり)は、スズ子を紹介されるなり、あたたかく家に迎え入れてくれた。せっかく来てくれたのだから、と稽古も許可してくれた。

羽鳥の家は、これまでスズ子が訪れたなかでもっとも洋風のしつらえで、演奏室に案内されたときは思わずため息を漏らしてしまった。アップライトのピアノだけでなく、バイオリンやフルートなど他にも楽器が置かれていて、壁には一面、ぎっしりと音楽関係の書籍が並べられている。まるで音楽家の部屋である。

「一応、音楽家だからねえ」と羽鳥は苦笑した。

ピアノの前で羽鳥はいつもの合図を出す。

「それじゃさっそく歌ってみようか。トゥリー、トゥ、ワン、ゼロ!」

けれどスズ子は、歌わない。怪訝そうに羽鳥が演奏をやめたそのとき、スズ子は、これまでにない喧嘩を売るような発声で歌いだした。眼光も鋭く、今にも羽鳥につかみかからんとするようである。

歌も羽鳥のことも、嫌いになってしまいそうな、そんな気持ちを素直に爆発させて。

舞台に立つのと同じように、狭い部屋を歩きまわりながら歌うスズ子に、羽鳥は一瞬、目を丸くしたあと、すぐに演奏を再開した。口角は、いつも以上にあがっている。追いかけっこをするような激しい歌とピアノに、曲が終わるころには、スズ子はくたくたになっていた。

「どうしちゃったの？　なんだか少しだけ、ジャズっぽくなったじゃない」

「もう、ようわからへんさかい、センセ殺したるって気持ちで。……殺しまへんけど」

「そうかい。じゃ、もう一回やってみよう。もっと殺す気で」

望むところだ、とスズ子は肩を怒らせたが、

「はいはいはいはい。もうおしまいよ、おしまい。お夕飯できましたよ。それにそんなピアノとお歌がケンカしてるような音、ご近所迷惑ですわ」

麻里が入ってきて、中断させられる。羽鳥以上に、にっこりと有無を言わさぬ調子の彼女に、スズ子はもちろん、羽鳥も逆らうことはできなかった。


麻里の食事はどれもこれも絶品だった。とくに煮つけなどは、毎晩でも食べたいくらいである。その食卓で、スズ子は羽鳥も大阪の出身であることを知った。

「きみは福島なのか。僕は玉造（たまつくり）だよ。魚活って魚屋の倅（せがれ）だ」

「魚屋の！　はぁー、ぜんぜん大阪弁でぇしまへんなぁ。東京の人かて思てました」

「郷に入りては郷に従う性格だからねえ、僕は」

「嘘おっしゃい。音楽以外は、でしょ。頑固でしょ、この人。軍歌みたいな流行歌でも作ってお金を稼いでほしいのに、そんな歌を作るために東京に来たんじゃないって」

肩をすくめる麻里に、羽鳥は心外だというように口をへの字に曲げる。

「それは違いますよ。僕は戦時歌謡が作れないだけです。才能ないんです。でも不思議だねえ。なぜだか幼いころから音楽が好きでね、お祭りなんかに行くと艶歌師（えんかし）がいるだろう。夢中になって聴いてたねえ。両親は楽器なんか習わせてくれなかったけど……他に何しても続かなくて。仕

事についても長続きしないし、それで姉さんが見かねて、音楽をやらせるしかないんじゃないかって言ってくれたんだ」

「この人、ほんとに音楽以外のことはなんにもできないし興味もないのよ。ネクタイ一つろくにしめられないいんだから」

「人それぞれ得手不得手がありますよ。人はできることをやればいいんです。そう思いませんか、福来くん」

「ネクタイくらいはしめられる方がええ思いますけど」

「ま、そりゃそうだ。この人がいなくなったら僕は死んでしまうから」

なんて、リリーが聞けば悲鳴をあげそうなセリフを羽鳥は平然と吐く。だが麻里は「あたし、いつでもいなくなりますからね」とまるで動じない。

梅吉とツヤとは、全然違う。違うけれど、どこか似ていると、スズ子は懐かしく思う。

「福来さん。羽鳥をよろしくお願いしますね」

息子の勝男を羽鳥がトイレに連れ出した隙に、麻里は箸をおいて、改めてスズ子に頭を下げた。

「ああ見えて、大阪から出て来たころは、自分の感性とは違う音楽の注文が多かったみたいで、塞ぎ込んでいたらしいの。でも、あんな感じだから悩みはあんまり伝わらなかったみたい」

確かにスズ子も、そんな羽鳥は想像がつかない。

「それが最近は毎日嬉しそうなの。あたしは音楽のことはよく知らないし、興味もないんですけどね、ジャズっていうの？　ようやくあの人がやりたいことができるみたいで。いい歌い手さんと出会えたって……あなたのことでしょ？　さっきのうるさい……あ、うるさいなんて言っちゃダメね。お歌とピアノを聴いてあなたのことだと思ったわ」

　スズ子は首をひねった。少なくとも羽鳥からいい歌い手と言われたことはないし、期待に応えられている自信はない。でも確かに、今日の——さっきの一回は特別だった。確かな手ごたえが、スズ子にも芽生えかけていた。

「よし福来くん、もう少し歌っていくか」

　勝男を抱えて戻ってきた羽鳥が、意気揚々と言う。だが、麻里が許さない。

「今日は特別だったんですから、歌いたかったら、劇場のお稽古場でどうぞ」

「福来くん、これが普段通りさ。僕は家では息ができないんだ」

「あら、そんな言い方するならホントに絞め落としますわよ」

「そんなことしないで！」と悲鳴をあげたのは勝男である。おかしそうに笑う羽鳥と麻里に、スズ子は六郎を、家族との日々を、思い出していた。

　帰り道、スズ子は改めて羽鳥に頭を下げた。

「センセ、明日からまたビシビシお願いします」

「ビシビシなんてイヤですよ。僕は楽しくないのは嫌いだから」

「……ようう言うわ」

「福来くん。ジャズって言葉の響き、なんだかとっても良いと思いませんか。それだけでホットな音が聞こえてきそうで。福来くんはホットですよ。でも、僕はもっともっともっとホットになりたいし、福来くんにももっともっとホットになってもらいたい」

「センセは欲張りですねえ」

「楽しくなるための欲なら僕はとっても深いですよぉ。そうだ、このまま稽古場に行ってしまうってのはどうですか」

「いやー、それは遠慮しときます」

「福来くんは素直だなあ。それじゃ歩きながらだ。はい、トゥリー、トゥ、ワン、ゼロ！」

善一がピアノのメロディを口ずさみ、スズ子が歌声を重ねる。

秋山の想いとはまるで違うけれど、スズ子も初めて、明日の稽古が楽しみだと思えたのだった。


そうして迎えた本番前日、咽喉を休ませるためにいつもよりはやめに稽古を切り上げた。

「この歌が完成するのは明日ですよ」

と羽鳥は言う。スズ子も、そう思う。やれるだけのことは、やった。今歌える限り最高の歌を、スズ子は奏でられていると思う。だけど、本番で客の前に立つまで、どうなるかはわからないのだ。客の反応が悪くて、咽喉がつっかえ、歌えなくなるかもしれない。かと思えば、拍手と熱気をあびて思いがけない飛躍を見せられるかもしれない。

本番にならなくては、わからない。それが、舞台という魔物なのである。

「ワテ、大丈夫でしょうか……」

珍しく弱音を吐いたスズ子に、松永は明るかった。

「準備は万端だよ。明日は存分に楽しんで歌えばいい」

そしていつものように、おまじないだとスズ子の口にチョコレートを放り込んだあと、

「君は最高だ。グッドラック」

スズ子のおでこにキスをする。緊張も不安も何もかもが吹っとんで、スズ子はぼうっとその場に立ち尽くした。

梅丸楽劇団の旗揚げ公演は、新聞でも大々的に告知された。目玉は、男女混成のダンスと福来スズ子の歌う羽鳥善一の新曲。誰もがそれを目当てに押し掛けるのだから、緊張するなというほうが無理である。

だがメイクで顔を変えるうちに、少しずつ緊張は薄れていった。大阪にいたときと同じ、茨田りつ子を意識した濃いメイクで、いつもの自分と違う顔になることは、福来スズ子という一番の歌い手に変身するための儀式でもある。

違う迫力に満ちたスズ子に、羽鳥は無邪気に喜んだ。

「お、すごいまつ毛じゃないか！　いいなあ、面白い顔だ！　まさかそんな顔で歌うとは思わなかったよ。こりゃ楽しみだ」

「お、おもろい……？」

心外だが、それよりもいつもと同じ、飄々と柔らかい羽鳥の様子に驚かされる。

「センセは緊張せえへんのでっか？」

「緊張してるよぉ。ワクワクしておしっこちびっちゃいそうだ！　それじゃステージで。トゥリー、トゥ、ワン、ゼロ！」

松永とはまたタイプの違う、変わった人だとスズ子は思った。

でも、そんな彼がステージを支えてくれるひとりなのだと思ったら、さらに肩の力が抜けた。

そして、思い出す。梅丸少女歌劇団の試験を受けに行った日のことを。

――歌いたいように歌とたらええ。

そう言ってくれたツヤの顔を。

バドジズがなんなのか、スズ子にはいまだにわかっていない。でも口ずさむたび、なんだか楽しくなってくるその音を、劇場のお客さんたちにも届けたいと思った。おもろいやろ、この曲。聴いたらみんな、わくわくするやろ。そんな想いで、劇場をいっぱいに満たしてやりたい。歌いたいように、歌うのだ。素直に、心ゆくままに。

いつだってスズ子はそうしてきた。それしかできないから。それがスズ子の、歌だから。

舞台の幕があがる。

羽鳥が「トゥリー、トゥ、ワン、ゼロ!」と勢いよく指揮棒を振り上げ、一井のトランペットが高らかに鳴る。暗闇に照明がぱっと差し込み、舞台の中央に立つ派手な化粧のスズ子があらわになると、客席から好奇のまなざしが一斉に注がれた。スズ子が歌いだし、高らかに声量をあげていくうち、好奇は興奮に変わっていく。

羽鳥の家で、劇場の稽古場で、そうしたのと同じように舞台を動き回りながら歌うスズ子は、やがて興に乗って、一井を引っ張り出した。予定外の出来事に、羽鳥の指揮棒が一瞬揺れるけれど、客席は期待でさらに沸き立つ。最初は戸惑っていた一井も、スズ子につられてだんだんと動きが軽やかになり、トランペットの音が盛大に劇場中に響き渡った。

スズ子の歌声はのびやかに、華やかに、客の心をつかみとる。

大成功だった。

「ウェルダン！　みんなウェルダンだ。親指が反り返るほどベリーグウッドだった！」

両手の親指を立てながら、松永も興奮していた。

全身の汗をぬぐうスズ子の前に、羽鳥がやってくる。

「ありがとう。楽しかったよ。福来くんはどうだった？」

「ワテも、ムチャクチャ楽しかったです！」

「君のおかげで『ラッパと娘』は見事に完成しました。これから僕は君にどんどん歌を作るからね。もっともっと歌ってください！」


それが、始まりだった。スウィングの女王として、舞台に立つ福来スズ子の出発点。

スズ子の人気は写真つきで大々的に新聞でとりあげられ、当然、はな湯の人々の目にも触れた。

梅吉などは「スズ子のおごりや！」と寿司をとってはしゃいでいる。スズ子がいなくても変わらない、いつもの情景である。だが――。

六郎から新聞を見せられたツヤは、番台ではなく布団の中にいた。

「ほんますぐ無駄遣いして。そやけど寿司、ちょっともらおかな。スズ子見たら、なんや食欲でてきたわ」

「そやで。ただの風邪いうたかて食べな治らんで」

ただの風邪――誰もがそう思っていたのだ、このときは。

第7章 義理と恋とワテ

わずか一年でスズ子の身辺は一変した。昭和十四（一九三九）年、『ラッパと娘』はレコードでも発売され、売れ行きは好調。日帝劇場の出入り口には出待ちするファンが溢れ、ブロマイドやレコードジャケットを差し出して、サインを求める。レコードこそないものの、秋山もスズ子に引けを取らない人気で、二人とも里心などつきようもない忙しさである。

そんな二人に、大阪に帰ってこないかと誘いをかけるため、林が上京してきた。

「どっちかひとりでも戻ってくれたら嬉しいんやけど。リリーや和希も頑張ってるけどな。もう一枚か二枚ほしいねん、エースが」

「そら、やっぱりワテらがおらなゆうんはわかりますけど……正直もっともっと東京でやりたいですわ。あんまり期待せんといてくださいね」

そうやろ、と秋山に同調を求めるが、うわの空で林の話など耳に入っていない。そろそろ行かな、と腰を浮かせた彼女が、中山と約束しているのだということはすぐにわかった。男か、と林にもぴんとくるものがあったらしい。

「やるがな秋山も。お前はどやねん」

「えー、ワテは……ワテは……」

口のなかに、じんわり、食べてもいないチョコレートの味が広がる。自然と、頬が緩んでしまう。どうやって林と辛島の追及をかわそうか、なんて考えていたそのとき、店内に『ラッパと娘』が流れ出した。そして、思い出す。販売元のコロンコロンレコードで羽鳥と待ち合わせしていたということを。

親元を離れても、看板スターになっても、そそっかしいところは変わらない。スズ子は喫茶店を飛び出した。


遅れて駆け込んだ宣伝部の会議室には、なじみの社員である佐原（さはら）がいる。

「お待ちしてましたよ、女王様」

「こちら作詞家の藤村（ふじむら）先生でございます」と羽鳥からおどけて紹介された先には、口ひげをさわりながら足を組み、ブスッとした顔で座る男がいた。スズ子は慌てて、遅れてすみませんと頭を下げる。羽鳥が、親しげに藤村の両肩に手をおいた。

「どうだい、いいアイデアが浮かんだかい？」

「急（せ）くなよ。まだ女王様とのセッションは始まったばかりだろ」

何が何やら、という顔をしているスズ子に、羽鳥が説明する。

「今度はこちらの藤村御大に女王様の新しい歌を書いてもらおうと思ってね」

「新しい歌！　よろしくお願いいたします。せやけどセンセ、次、女王様言うたら怒りますよ。

佐原さんも。で……なんですのん？　セッショー、でっか？」

「セッション！」と佐原が訂正する。

「詩もジャズなんです。藤村先生に言わせればね。作曲家、歌い手、街の喧騒、自然、様々なものを見聞きして、その場で即興的に作り出すものなんです！」

藤村はようやく腰をあげるとスズ子の前に立ち、舐めまわすように全身を観察した。無遠慮な視線が気持ち悪く、スズ子は思わず身をよじる。

「藤村ちゃんは、作詞家としても評論家としても天才だからね。じょ……福来くんにどんな詞を書くか、ぜひ見たくてねえ。このセッションは僕、すっごく面白くなると思うなあ」

そんな羽鳥の愛想をわけてもらったほうがいいのではないかと思うくらい、藤村はにこりともせずに聞く。

「今、恋人はいんのか？　……いねえな。なら今まで何人と付き合った？　いちばん最近したキスはいつどこで誰とだ」

「な……なんや失礼やな！」

スズ子の反応に、藤村は手を突き出した。

「鉛筆ッ！」

「来た来た来た！」と佐原に手渡された鉛筆をなめると、藤村は机の上に置いてあったノートに、がむしゃらに何かを書き始める。スズ子は、言葉を失った。

「どう？　おもしろい人だろ？」

羽鳥は言うが、奇抜すぎて何とも言えない。

そこへ「おこんばんは」と入ってきたのは、すらりとしたひとりの女性だった。

一目見て、スズ子にはその人が誰だかわかった。茨田りつ子。『別れのブルース』を歌った、その人である。

「ちょうどよかった、紹介するよ。福来くん、こちら茨田りつ子さん。ブルースの女王様だ」

「は、はじめまして！　茨田さんのことはよう知って……存じてます！　あの、ワテ、『別れのブルース』大好きです！」

「なんだってさ。こちら福来スズ子さん。巷で話題のスウィングの女王様」

「女王やあらしまへん！」

緊張していても、反論は忘れない。本物の女王様を前に、おそれおおいという気持ちも強かった。ところがりつ子は、ああ、と小さく眉をひそめるだけだ。

「これはこれは。あの下品な歌を歌ってるお嬢ちゃんだったの。お化粧も下品だけど、素顔は誰だかぜんぜんわからなかったわ。お芋さんみたいなお顔じゃない。まるでジャガイモね」

スズ子は、目を見開いた。

「せめてさつま芋……やなくて、失礼やないですか！」

「ホントのこと言っただけじゃない」

「ストップストップ！　二人とも大事なダブル女王様なんだからさ。仲良くして〜」

佐原が慌てて止めに入るが、スズ子はわなわなと震えている。……下品って。あの化粧は、りつ子に憧れて、りつ子のような歌い手になりたくて、編み出したものなのに。

「あたし、練習してきてよくて？　ここにいると何だか悪い空気もらっちゃいそうだから」

りつ子は、つんと澄ました顔を崩さず、ひらりと踵を返して出ていった。

いなくなってようやく、スズ子は言葉を取り戻す。

「し……失礼な人や！　ワテ、がっかりですわ。あんな人やったんですか、茨田さんって！」

「うん。おもしろい人だろう？」

「はぁ？」

羽鳥にかかれば、無礼なふるまいもすべて、おもしろいで片づけられてしまう。りつ子より先に無礼を働いた藤村が「あー、ダメだ！」と頭をかきむしって声をあげた。

「酒！　なんでもいいから一杯！」

「ウィスキーとチョコレートでしょ。いいのが入ってますよ」

佐原が慣れた様子でとりにいく。羽鳥も「期待して待っててくださいね」とだけ言い置き、りつ子との練習に出かけて行った。あとには、藤村とスズ子だけが残される。

ふと視線を感じてふりかえると、デッサンする前の画家のように、藤村が鉛筆をかざしてスズ子を凝視しているところだった。

「おい、とびきりの笑顔してみろ」

スズ子は、むりやり、ひきつった笑みを浮かべる。

「人の顔見てイモってありますす？　ワテもうイモ嫌いになってまいますわ！　ほんまあんな性格悪い女会うたことあらしまへん」

チズに怒りをぶちまけながら、スズ子は、吾郎の作った芋の煮つけに手をのばす。腹が立つと、そのぶん何かが減るのだ。いつもより旺盛に食事をかきこむスズ子に反して、あとから帰ってきた秋山は元気がなかった。珍しく、夕食を食べる力もないらしい。

「一杯行こか。たまには先輩らしい話聞くで」

誘って向かった先は、いつもの屋台だ。

そこで秋山は、中山から娘役に転向することを勧められたのだと教えてくれた。

「今後も僕と踊っていく以上、娘役のほうが君は輝くはずだ。君に恋人になってほしいとまで言ったのも、そのほうが君の魅力がどんどん出てくると思ったからだ」と。だが秋山には、ピンとこない。スズ子も、同感だ。けれどおもしろいかもしれないとも、スズ子は思う。

「やってみたらええんちゃうか？　中山さんが言うようには輝けへん思たら、男役に戻ったらええだけやろ」

だが、不機嫌そうに水を差す声があった。屋台の主人である、伝蔵だ。

「話聞いてりゃヤな野郎だな、その中山って奴は。輝くか輝かないかなんて、テメェで決めることだろ。他人がうるせえんだよ。男ってのは言いたがんだよ、そーゆーことを。女を自分の手のひらにのっけときてーんだよ」

秋山は、物憂げに息を漏らした。

「ウチ、男の人と付き合うたんも初めてでようわからんのですけど、なんや、全部中山さんに決められてしまう言うか……大先輩やし、これが普通なんかもしれへんけど」

「最後は自分で決めたらええねんから、なんでもやってみたらええ思うけどな」

「……福来さんはどないですか、松永さんと」

「なんもないわ。おでこにキッスで止まってる」

「まだですか！　松永さん、ほんまに福来さんのこと好きなんですか？」

そんなこと、自分に聞かれても困る。だが――好きでもない女に、キスなんてするだろうか？

少なくともスズ子は、松永に声をかけられるたび、特別な何かを感じていた。

翌日になっても、藤村は歌詞を完成していないらしかった。稽古室の黒板に書き残された伝言によれば、羽鳥は自宅でクラシックに浸ることを決めたらしい。だが、自主練習をしていろと言われても、肝心の曲がないのに、何をすればいいのかわからない。

そこへタイミングよく、松永が顔をのぞかせる。

「へい、スズ子。善一にほっとかれちゃったのかい。だったら、僕と紅茶でも飲みに行かないか？ちょっと内緒の話をしたいんだ」

きた！　とスズ子は胸を高鳴らせた。

「今日は、砂糖は二つの気分なんだ」と松永は紅茶に砂糖を入れる。スズ子のぶんも入れてくれるが、砂糖がいくつだろうと、どうでもよかった。舞台に立つのとはまた違う緊張で、どうせ味もわからない。それなのに松永は、前置きばかりが長くて、なかなか本題に入ってくれない。

「紅茶の香りをかぐと、英国ロンドンを思い出すよ。そこでだ……スズ子。僕と一緒に日宝に行かないか」

「喜んで！　って、え……日宝？　梅丸のライバル会社やないですか！」

「イエス。僕のネクストステージは日宝のショーなんだ。ぜひ君と一緒にやりたい」

だがスズ子は梅丸と専属契約を交わしている。つまり、引き抜きである。

「これは日宝側からの話でもあるんだ。あそこは資金力だけなら梅丸よりもある。足りないのはタレントだけだ。君を欲しがる気持ちもよくわかる。そこで僕に声をかけてきたのは正解だよ。僕は自分を高く買ってくれるところで仕事をするからね。やるからには梅丸をはるかにしのぐショーにするつもりだ。そのためにはスズ子、君の力が必要なんだ」

松永はテーブルに置かれたスズ子の手に、自分の手を添えた。

「今すぐにファイナルアンサーがほしいとは言わない。三日後に考えを聞かせてくれ。契約はもちろん大事だけど、やりたいことをやらなくてなにが人生だ、って僕は思うね」

てっきり、告白されると思っていたのに。そんな甘い気分だから、砂糖もいつもより多いのかと思っていたのに。期待との落差が大きすぎて、スズ子は何も言うことができない。

ひとりで抱えるには、事はあまりに重大すぎた。気づけば、スズ子は羽鳥の家のチャイムを鳴らしていた。

「ちょっと待ってよ！　日宝に？　そんなのダメダメ！　だって僕はどうなるの！」

事情を話すと、羽鳥は絶叫した。

「僕のやりたい音楽に福来くんは必要なんです。必要不可欠です！　君の全身からほとばしる迫力！　それでもって今、詞を書いている藤村ちゃんの言葉！　トランペットの一井ちゃんのテクニック！　いろんな才能が集結して、これから楽しくなるんじゃない。それなのに今、福来くんがいなくなったら僕はどうすればいいの？」

あまりにスズ子の感情を置き去りにした言い分に、スズ子は呆気にとられる。

「また鬱屈してたところの僕に逆戻りですよ。君がいないと僕は羽をもがれた鳥ですよ。羽鳥善一じゃなくて鳥善一なんて間抜けな名前になっちまう。そんなの絶対にダーメ！　いったどこからそんな話が来たの！　松永？　カァー！　あいつ、次は日宝って言ってたからなあ。なになに！　すごい条件出してきたの？」

「いいえ、そんな話はまだ……。ただ、やりたいことをやらなくてなにが人生や、って」

「いいこと言うなあ、あの男は！　まったくその通りですよ。だから僕は今、福来くんにいなくなられると絶対に困ります！　断ってください。向こうが良い条件出してくるなら、僕から負けない条件を梅丸に言ってもいい。とにかく福来くんを離さないよ、僕は」

「センセは……日宝には行かはらへんのですか？」

「アホ言うな！　行かはらへんわ！　僕はね、本来はコロンコロンレコードと専属契約している人間なんだよ。『ラッパと娘』は梅丸で歌とてるやろ！　せやから君が日宝なんか行ったら困りますがな！」

　羽鳥の大阪弁を聞いたのはこれが初めてだ。それほど動揺しているということである。けれど羽鳥の言い分は、すべて彼自身の都合でしかなかった。スズ子は、どうしたいのだろう。どうするのが、いちばんいいんだろう。松永に、好きだと言ってもらえなかった、小さな傷つきを抱えながら、スズ子は家に帰って、秋山にも事情を話した。

　秋山もまた、選択を迫られていた。中山の用意した娘役の衣装は、どれも秋山の好みではなく、まるで似合っていないように感じられた。やたらとフリルやレースが多くて、中山の思う〝娘〟のイメージが強すぎる。秋山の戸惑いに気づかず、自信たっぷりに中山は言ったという。「生涯、僕の伴侶にならないか。そうすれば君はもっともっと輝けるはずだ」と。

「せやけど、嬉しかったやろ。プロポーズされて」

「そら嬉しないことはないですけど……。福来さんかて、嬉しいでしょ。日宝の話」

「そらまあ……せやけど、日宝に行ったら裏切り者や」

「そんな話来たら、きっとウチかて嬉しなりますわ。まして好きな人から誘われたわけやし」

「ワテら……人生の岐路やな。青春やな」

「そう……かもですね」

ひとりじゃなくてよかった、とスズ子は東京に来て何度目かで思った。隣に秋山がいてくれるから、眠れそうにない夜も、安心して目を閉じることができる。


翌日、松永に再び呼び出されたのは、格式高そうな料亭の個室だった。デート、ではなかった。二人きりで食事をするのかと思っていたら、日宝の社長である大林もやってきた。

「はっきりと申し上げる。ワシはあんたがほしい。あんたの『ラッパと娘』は最高だった。ワシはこの年で思わず踊ってしまったよ。単刀直入に言わせていただく。梅丸の一・五倍の給料を出す。それでウチにきてほしい。何も心配いらん。そこは会社同士できれいに解決する。あんたは飛び込んでくればいいだけだ」

と大林は言った。契約書も渡されたが、細かい文字は目を滑って、スズ子には把握しきれない。

梅丸に恩義があるから、と言っても大林はひかず、かえって気に入られたようだった。

だまし討ちのように場を用意したことを詫びながら、松永は得意げだった。

「約束しよう。スズ子には絶対に善一以上の音楽家を見つける。ヨーロッパから連れて来るつもりだ。とにかくスズ子、僕は君がほしい。アイ・ウォン・チュー」

その言葉に、心が大きく傾く。好きな人から、欲しいといわれて、拒否できる人間が果たしてどれほどいるだろう。

「義理と恋……どっちが大事やと思います？」

ひとりで寄った屋台で、酒を飲みながら聞くと、伝蔵は鼻で笑った。

「バカヤロウ。おらぁ、そんなもんどっちも信じねえ。どっちもまやかしだ」

下宿に帰ると、六郎から甲種合格を知らせる手紙が届いていた。

甲種合格とは、徴兵のための身体検査に、健康で兵役に適していると判定されて第一級で合格すること。つまり、いつ戦地に呼ばれてもおかしくないということなのだが、普段人から褒められることの少ない六郎は、無邪気に喜んでいるらしい。

〈ワイ、すごいやろ。お母ちゃんもお父ちゃんもカメもみんな「すごい！」言うてくれたわ。そうや。お母ちゃんやけど、腰が痛い言うてアサさんに揉んでもろてたんやけど、もしかしたらなんかの病気かもしれへんて熱々先生が言うてました。検査してもし入院になったらお金もぎょうさんかかるみたいで、お父ちゃんが富くじを何枚も買うてきたけど、みんな、はずれたわ。ほな。お母ちゃんが野菜食えやて〉

病気、の二文字にスズ子の心がわずかに冷える。六郎への祝いの言葉とともに、お金のことは気にせんでええ、ねーちゃんの稼ぎがあるから、と書きかけてふと、日宝からもらった契約書を手にとる。今より一・五倍の給料というのは、こうなるといっそう、魅力的だった。

そのとき、階下から誰かが騒ぐ声がした。ドタバタと階段が踏み抜きそうな音を立てて、誰かが廊下を走ってくる。ドアがあいて、飛び込んできたのは辛島だった。

「君、自分が何をしてるかわかってるの！　日宝に行こうとしてるらしいじゃないか！」

「な……なんで知ってはるんでっか？」

「この業界、そんな噂はすぐ広まるんだよ。大熊社長の耳にも入ってしまって。まったく君は僕を殺す気ですか！」

汗だくで、メガネも傾き、いつもの影の薄さが嘘のような迫力だ。机の上の契約書をめざとく見つけると、スズ子が隠すより前に強引につかみ取る。「まったくなんだ、こんなもん！」と叫んで、あろうことか辛島は契約書を口に入れた。そのままむしゃむしゃと食べ始める姿を、追ってきた秋山も、チズと吾郎も、信じがたいという様子で見つめている。

「今まで君を育てたのはどこだと思ってるんだ！　ウチだよ！　梅丸！　その梅丸に君、後ろ足で砂をかけて出て行く気なのか！　ゲホッ！　ゲホゲホッ！」

「水、水！　そんなもん食べてあんた、ヤギじゃないんだから！」

チズが駆け寄って、辛島の背中を叩いた。吾郎の持ってきた水を飲んで、少しは落ち着いたようだが、食べ残しの契約書を握る手には青筋が浮かんでいる。

「と……とにかく君ね、移籍なんてそう簡単にできるもんじゃないんです。君がそこまで薄情だったことが僕は悲しい！　泣きたい！　君には義理や人情ってものがないのかね！」

――この世は義理と人情ででけてんねん。義理を返すのが人情や。

よみがえったのは、ツヤの言葉だった。金じゃない。名声でもない。大事なのは人の心なのだと、あれほどツヤが教えてくれていたというのに。スズ子は真っ青になる。

「とにかく僕と一緒に来たまえ。申し訳ないが、一時的に軟禁させてもらうよ。これ以上、日宝側に話を進められたらたまったもんじゃない。まったく何も知らない小娘だと思って、あいつらもあいつらだ！」

「ちょ……ちょっと待ってください！　断るにしても、松永さんとも話さな……」

「あいつは君をたぶらかした張本人だろ。あんな奴に会わせないよ！」

「そやったら少し待ってください！　ちょっと着替えたいし、荷物も準備するので。身だしなみはちゃんとせな。着替え終わったら呼びますから！」

むりやり辛島を追い出すと、見張りとして部屋に残った秋山が、どないしはるんですか、と切迫した表情で聞く。

スズ子はもともと少ない荷物を鞄に突っ込むと、変装用にスカーフを一枚ひっつかんだ。梅丸に義理を欠いただけでなく、羽鳥に打ち明けたばっかりに話が露見して、松永を裏切ることにもなってしまったのだ。とにかく今は、会って話さなくてはならない。

「あんた……頑張らなあかんで。もしワテが二度と歌とたり踊ったりでけへんようになっても……あんたは頑張らなあかんで！」

そう言って、秋山の手を両手でぎゅっと握ると、スズ子は窓ガラスを開けた。

「ほな……達者でな」と、驚く秋山を置いて、裏庭に向かってためらいなく飛び降りる。膝をついてすりむき、骨が折れたかと思うほど足が痛んだが、それどころではないと、スズ子は全速力で駆けた。頭上から「やっぱり逃げたな！」という辛島の声が聞こえてきたけれど、決してふりかえりはしなかった。

喫茶店で、大荷物をかたわらに待っていたスズ子をみて、松永は破顔した。梅丸との交渉が済むまで身を隠す、日宝の保養所へ行くためのものだと思ったらしい。だがスズ子の話を聞いて、すぐに頭を抱える。

「おお、ジーザス……ま、でも仕方がない。いずれはそうなるんだ。何度も言うが、契約のことは日宝が解決してくれる。だがそんなことはスズ子が知らなくていい。君は歌って踊ることだけを考えていればいいんだ」

「そういうわけにはいきまへん。ワテは梅丸にも松永さんにも不義理してしまいました。もう……梅丸にも日宝にも顔向けできまへん！　そやから……」

スズ子は膝の上でぎゅっとこぶしを握った。

「松永さん、ワテと……ワテと一緒に逃げてください！」

「……ホワイ？　どうして僕が逃げなきゃならないんだ？」

「ワテ、松永さんのことが好きです。大……好きなんです」

スズ子は、顔をあげてまっすぐに松永を見つめた。僕もだよ、よく言ってくれた、と松永が返してくれるのを期待して。だが、松永の表情には、らしくない憂いが混じっている。

「……ライツ。話は理解した。バット……ソーリー。ごめんよ。僕はアメリカに愛する人を残してきている。残念ながら、スズ子の気持ちには応えられない。すごく嬉しいけどね」

「せやけど……松永さんはワテのこと……」

——おでこに、キスを。

それから「アイ・ウォン・チュー」という言葉を。握る手のぬくもりを。

スズ子を特別扱いするいろんなものを、くれたではないか。

「ワテのことを……」

視界が、にじむ。松永は頭をかいたあと、あたりをきょろきょろと見回した。

「ここは梅丸の人間が多くていけない。スズ子、逃げるなんてバカなことは言っちゃいけない。君は歌って踊るんだ。良い返事を待ってるよ」

口早に言って、松永は伝票を片手に席を立つ。店内に流れるのは『別れのブルース』。今だけは、聞きたくない曲だった。たまらなくなって、涙をぼろぼろこぼし、子どものようにしゃくりあげながら、スズ子は来た道を戻った。


向かった先は下宿ではなく、コロンコロンレコードだった。

「羽鳥先生はウチと専属契約してて、君のレコードもウチから出してるんだ！　君が日宝なんかに移ったら、先生が大騒ぎするのは当たり前じゃないか！」

いつも腰の低い佐原の怒号に、スズ子の涙はますます止まらなくなる。

「まぁでも、君がここに相談に来てくれたのは正解だ。とにかく謝りに行こう。僕も一緒に行ってあげるから」

「謝るって……どっちにです？」

「なに言ってんだ、この期に及んで。君にはどっちに行くか選ぶ権利なんてないんだよ。問答無用に君は梅丸の人間なんだ！　……泣くな！　女だからって泣けば許されると思ったら大間違いだぞ。世間知らずもいいとこだよ。ちょっと売れたからって何様のつもりなんだ」

「下品な怒鳴り声が外まで聞こえてるわよ」

しらけた表情で、部屋に入ってきたのはりつ子だ。「あら、ひどい顔」とスズ子を一瞥するが、今のスズ子にはうつむいて顔を隠すことしかできない。

「佐原さんたちも、女王様なんて言っておだててたじゃない。どうするか選ぶ権利はこの子にあるんじゃないのかしら。そりゃ契約破るのはよくないけど、この子がどうしても行きたいんなら仕方ないじゃなくて。もしかしたらもう歌えなくなるかもしれないけど、この子にその覚悟があるってことでしょ」

「おいおい！」

「ま、でも、なんにも考えちゃないでしょうけど。浮かれて自分が見えなくなっちゃってるんじゃない。ああ、やっぱりここ、空気悪いわね。レコーディングルームで待つわ」

言葉が、鋭利な刃となって、胸に突き刺さる。

いたたまれなくなって、スズ子は佐原が電話をかけている隙に会社を出た。悔しいが、りつ子の言うとおりである。憧れていた人がただの性悪女だったとチズに愚痴りつつもなんと言ったか。ちょっと売れて天狗になっているのだと、自分は謙虚だからそんなふうにはならないと大口をたたいたではないか。けれど、りつ子はこんな騒動を起こしたことなどないはずだ。義理と人情に欠けたスズ子のほうが、もっとひどい。

下宿に帰ると、なぜか部屋には我が物顔で楽譜を広げ、ぶつぶつと何かを言い合っている羽鳥と藤村の姿があった。

「微笑は消えて、ときたら次はどうする？」

「まったくお前さんのやり方は相変わらずひどいなあ。他人に考えさせやがって」

「おいおい俺はジャズってるだけだぜ」

「そうだな……〝溜め息ばかり〟ってのはどうだい」

「まあまあだな」

「まあまあってことはないだろ。ああ、福来くん、やっと帰って来た！　藤村ちゃんが良い詞を書いてくれたんだよ。今ね、ちょっと直してるとこだから、待っててくれたまえ！」

羽鳥がメロディを、藤村が詞を口ずさむ。歌作りをしているのだと、それでわかった。

——ほんとに、このおっさんたちときたら。

羽鳥が辛島に告げ口したせいで、スズ子はこんなにも大変な目に遭っているというのに。

「どうだよ、福来くん。良い歌だろ。僕はもう一刻も早く君にこの歌を歌ってほしいんだ。君が歌わないことにはこの歌は完成しないよ！」

「……ありがとうございます。せやけど、ワテは無責任なことをしてしまいました。梅丸にも、日宝にも……。本当に、すみませんでした。ワテに歌う資格はありまへん。こんな人間の歌……ワテ自身が聞きたないですわ」

「僕が聞きたいんだよ！」

「え……」

「福来くん、これからもきっと人生はいろいろある！　まだまだこんなもんじゃない。嬉しいことも辛いこともたくさんあるよ。だから、嬉しいときは気持ちよく歌って、辛いときはやけのやんぱちで歌う。福来くんだけじゃない。僕だって藤村ちゃんだって、きっと茨田くんだってそうだ。僕たちはそうやって生きていくんだよ！」

その言葉に、藤村が鼻で笑った。だがそれは、嘲笑（ちょうしょう）ではない。

「よし、君の今の気分がわかった。そっかそういうことなんだな！　藤村ちゃん、ちょっと直そう。僕はもう浮かんできちゃったよ、えーと……」

「もう直してんだよ。明日までに直す。それよりお前さんもう時間じゃないのか？　また細君にどやされるぜ」

「ああ、まずい！　今日は僕が勝男の寝かしつけをしなくちゃならないんだ。これねえ、少し直すけど楽譜は置いていくからこれを見ても君の心が変わらないなら仕方がない。日宝でもどこへでも飛んでってくれ！　残念だけど僕はただの君のファンだから、客として君の歌を聴いて生きていくよ！　じゃ、失敬。まずいよ、まずいよダイナ」

「まったく……。でも、悪くないセッションだったぜ、ダイナ。じゃあな」

言いたいことだけ言って、二人は部屋を出て行ってしまう。残された楽譜を拾い上げると、そこには『センチメンタル・ダイナ』の文字があった。

また、意味がわからない。けれど――いい曲だ。歌いたい、他の誰にも渡したくないと思うほどに、その曲はスズ子の心にまっすぐ届く。

口ずさんでいると、秋山が帰ってきた。はやすぎる帰還にあきれながら、妙に晴れやかな顔で秋山は、プロポーズを断る決心がついたのだと言った。

「今日、窓から飛び出していく福来さんの姿見て、アホかもしれへんって思うたんですけど……なんかええなって。ウチもあないに自分の気持ちに正直に生きたい思うたんです」

「中山さんのこと、好きやあらへんのか」

「好きですよ。尊敬もしてます。せやけど……なんでかあの人とおると自分らしくおられへん感じなんです。尊敬しすぎてるんか、それとも、自分がどこにおるんかようわからんようになる言うんか……。なんやうまいこと言えへんのですけど」

わかる気がする、とスズ子は思った。

最終的に、自分で決められればそれでいいだろうと思っていた。けれど日宝からの誘いを受けてから、まわりが勝手に話を進めて、どんどん引き返せなくなっていって。

「ワテの意志はどこやねんいうか、誰もワテを見てないいうか……オッサンらはワテらが言うこと聞くと思てんねん」

けれど羽鳥だけは違った。最初からスズ子の意見など聞いていない。けれど、そのうえで彼は言ったのだ。もしスズ子が日宝に行ったとしても、ただのファンとして君の歌を聴いて生きていくよ、と。

その言葉が、思いが、スズ子が心を決める後押しとなる。

「ワテはやっぱり羽鳥センセの歌を歌いたいんです」

単身で日宝に出向いたスズ子は、社長の大林にはっきりと告げた。

「まさかとは思うけど、僕が君の気持ちに応えられなかったから……ってことはないよね」

松永には聞かれたが、それはないときっぱり断言する。羽鳥の歌を歌いたいだけなのだと。松永は、納得したようにうなずいた。

「とても残念だけど、やっぱりスズ子のベストパートナーは善一なんだな。悔しいけど梅丸で頑張ってくれ。僕はずっと応援しているよ」

松永にとって自分はやっぱり、歌い手として魅力的だったにすぎないのだとわかって、切なかったけれどもう涙はこぼれなかった。自分にとって大事なものがなんなのか、今回の件を通じて、改めて思い知ったような気がした。恋よりも義理、そして歌なのだ。スズ子が生きるために必要なのは。

秋山も、中山に想いを伝えられたということだった。

「ウチ、中山さんのことはほんまに尊敬してます。中山さんみたいなダンサーになりたい思います。せやけど……ウチは自分がいちばん輝ける生き方をしたいんです」

それはつまり、中山と一緒にいると、輝けないということで、今は愛していないときっぱり告げると中山は膝から崩れ落ちたそうだが、秋山もまた迷いはなかった。初めての恋を手放すと同時に、秋山は東京を去ることも決めていた。

「ウチ、やっぱり大阪で男役としてずっと踊っていきたいんです。こっちもすごい楽しいですけど……やっぱり自分が自分らしく生きられるんは大阪やなって」

「ワテはどこなんやろ。自分らしく生きられるんは」

「福来さんはどこにおってもそこを福来さんの生きる場にしてまいそうですけど」

「アホ。ワテ意外とかよわいねんで」
しんみりしていると、伝蔵が餞別だと言って山盛りのおでんを秋山の前に置いた。スズ子の分はない、というから、二人で一つの皿を一緒につつく。こうして、ともに過ごす時間も最後かもしれないと思ったら、やたらと出汁が心身に染みた。

スズ子を追いかけて二階から飛び降り、骨折までしてしまった辛島にも、当然、スズ子は頭を下げた。同時に、図々しいと思われるのを承知で、給料の値上げを交渉する。今後も、梅丸を離れるつもりはない。その決意はかたい。だが、それとこれとは話が別だった。今回の件で、スズ子は自分の価値というものを、考えるきっかけを与えられたのだった。

もうひとり、謝らねばならない相手がいた。羽鳥の妻の、麻里である。

日宝の事務所で、見せられたゴシップ記事が原因だ。うるわしき師弟愛、と煽られているが、本当は師弟を超えた愛なのではないか、と下種な勘繰りをされた。そう誤解する人はきっと、他にもいる。変な噂を流されでもしたら、麻里に不愉快な思いをさせてしまう。その前に、スズ子からちゃんと知らせておきたかった。

だが麻里は、写真の二人があまりに変な顔で撮られていることに、腹を抱えて笑っている。
「大丈夫よ。噂なんて気にしないから。噂じゃなかったらあの人もあなたも絞め落としちゃうところだけど」
「奥様、さらーっと怖いこと言わはるから、ほんまにやりそうですわ」
「あら、ほんとにやるわよあたしは。……でも、梅丸に残ってくださって本当にありがとうございます。あの人ね、どうにか福来さんに残ってもらわなきゃって、今一生懸命曲を作ってるんですよ。まだ完成してないんでしょ？　珍しく私にも聴いてくれなんて言ってきて……あたし、全然わからないのに。福来くんに残ってもらうには彼女にいい歌を作るしかないんだって。良かったわ、あなたが歌を気に入ってくれて」

「……歌だけやないんです。梅丸に残った理由は。確かに羽鳥センセの歌を歌いたいんは大きな理由ですけど、センセは、ワテをひとりの人間として見てくれてはるいうか……他の人にはなんや勝手にワテの動き方を決められてるみたいで。だからお給料がどんなにあがっても……ワテを大切にしてくれる場所におりたいと思たんです」

「あの人も音楽が一番なのか人が一番なのかよくわからないところはあるけど。ダメだと思ったらいつでも羽鳥のことなんか捨てちゃうのよ。あたしもそうするから」

ほほほ、と笑う麻里はやっぱりそらおそろしく、スズ子はこの人だけは敵に回すまいと心に誓うのだった。

秋山が東京を離れる最後の晩、二人はやっぱり、なかなか寝つくことができなかった。まるで昨日のことみたいに、二人で上京した日のことを思い出す。あれから、たったの一年。けれどその記憶のそこかしこに秋山がいて、支えられてきた。明日からはこの部屋にひとりで眠らなくてはならないなんて、まだ実感がわかない。

「せっせっせー、しませんか？」とおもむろに秋山が誘う。

「寝た方がええやろ。明日、朝一の汽車やろ」

「寝られまへんわ。しましょ！」

秋山が子どものように跳ね起きる。あのときと逆やな、と思いながらスズ子も身体を起こした。向かい合って「せっせっせーのよいよいよい……」と掛け声を重ねるうちに、秋山の声がふるえて、頬に涙が流れた。スズ子は、そんな秋山を見て、無性におかしくなってきて、けたけた笑う。笑いながら、スズ子の頬にも、涙が伝う。

いつの間に、眠ってしまったのだろう。隣にあったはずのぬくもりが消えて、目が覚めると秋山の布団はきれいにたたまれていた。

〈六郎が心配させるような手紙書いたみたいやけど、お母ちゃんは大丈夫や。あんたは余計な心配せんと思い切り歌とて踊ってください。そのうち三人で東京に観に行く予定です。ほな野菜食べて身体冷やさんようにな。熱々やで〉

ツヤから届いた言葉を胸に、思い切り歌って踊るスズ子の『センチメンタル・ダイナ』は『ラッパと娘』以上に客席を沸かせた。ひとりになって、スズ子はますます強く、たくましく、そして艶やかに成長していくかのように感じられた。

息苦しい時代がすぐそこまで来ているなんて、誰ひとり知る由もなかったのである。

第8章

母の死

昭和十四（一九三九）年の九月、ナチス・ドイツがポーランドに侵攻したことをきっかけに、イギリスとフランスがドイツに宣戦布告し、第二次世界大戦が幕を明けようとしていた。号外新聞を読んで、以前は勝利に沸き立ち、陸軍を褒めそやしていた人々の顔色が、今は暗く沈んでいる。好景気はどこへやら、新聞には「挙国一致」「尽忠報国」「堅忍持久」などの仰々しい文字が並び、物価がのきなみ上昇しているのも、懸念の種だった。

流通する米の量が減って、チズも食事のたびに表情を険しくしていく。体力が資本のスズ子は女性のわりによく食べるし、吾郎も相撲取りだったころと変わらず大食らいだ。噂どおり米が配給制になったらどうなるのか、不安になるのもしかたなかった。

松永のかわりに、梅丸にやってきた演出家の竹田は、実直を絵に描いたような初老の男で、最初のあいさつで団員たちに圧を与えた。

「今後はより時局に合わせた舞台にしていくことによって、梅丸楽劇団もお国のため、庶民のための劇団になれると私は思うのですね。国民の方々に力を与える劇団になるために、皆さま一つどうかよろしくお願いします」

あらゆる面で、松永とは逆である。確かに日本と中国の戦争も続きそうだし、米が減るのも、戦地への補給のためだから仕方がない。だが、パフォーマンスをおとなしくすることが、果たして国に奉公するということなのかと、スズ子はいまいち納得がいかない。

羽鳥も、珍しく鼻に皺を寄せて、難しい顔をしていた。

「大阪にいるとき、ダンスホールの取締りが厳しくなってね。公序良俗に反する！ なんてさ。あれ以来、世の中の空気はどんどん悪くなってる気がするなあ。そのうちジャズは、愛国精神が足りないなんて全面禁止になってしまうんじゃない」

「ワテ、ジャズ歌っとっても日本は大好きでっけど……松永さんのときみたいな楽しい舞台はでけんいうことでっか？」

「竹田さんもああ見えてオペラをやってきた人だし、そっち方面には一家言ある人だからそんなに不安にならなくても大丈夫ですよ。息子さんが戦地にいるし、いろんな思いもあるんでしょう」

そう言う辛島も、決して、むやみやたらに演目を控えたいわけではない。

「『ラッパと娘』や『センチメンタル・ダイナ』はワテのヒット曲なんだし、あれを目当てにくるお客さんが大勢いるんだから歌ってもらわないと困ります！ だからまあ……あんまり目立たずにってことで……なるべくです……なるべく」

でもいったい、誰がそれを決めるというのだろう。

それから数日たって、スズ子は竹田に呼び止められた。

「福来くんは化粧なりをもう少し地味にしてもいいと思うのですね。それであなたの魅力が損なわれることはないと私は思うのです。不快に思うお客様もあるかもしれないですし、私はお客様全員に安心して舞台を楽しんでほしいと思うのですね」

釈然としないでいると、羽鳥に夕食に誘われた。いい牛肉が手に入ったから、うまいもんでも食って憂さを晴らそう、と言う。励ましてくれるのかと思ったら、言葉どおり、羽鳥が憂さを晴らしたかっただけらしい。すき焼きを前に、珍しく酔っ払って、くだを巻く。

「まったくおかしな話だよ！　これっぽっちも笑えないよ！　メッテル先生のおかげで、僕は音楽の楽しさを知ったんですよ。遠くウクライナのキエフなんてとこから大阪くんだりまで、音楽の楽しさを教えにきてくれたんです。それをなんだ、ちょっと『ニッポンジン、オバカさんね』って言っただけで国外退去って。なんやねん！　どっちがオバカさんやねん！」

メッテルは、羽鳥の師とも呼べる指揮者で、つい最近、楽団員と揉めて日本から追い出されてしまった人だ。

「ほんとにおかしな世の中ですよ！　どうなってまうんやこの国は。福来くん、ボカァ、今日のところはふて寝するからね。君はゆっくりしてってってくれたまえ。麻里さん、頼んだよ。ほんとにもう知ーらないと」

子どものように拗ねた態度で足を踏み鳴らし、羽鳥は出ていく。麻里は、ため息を吐いた。

「ごめんなさいね、せっかく来てくださったのに。昨日も泥酔なの、弱いくせに飲むから」

「そやけど、先生でもこんなふうに酔っぱらいはることあるんですね。先生は普通の人とはちゃう思てました。何があっても何とかなる思われてる言うか、なんとかしはる気もするし」

「あの人も普通なところは普通よ」

「奥様は……センセとどこで出会われたんでっか？」

「喫茶店よ。あるでしょ、劇場の近くに。あたし、あそこで働いていたことあるのよ。自分であんなお店をやってみたいなんて気持ちも少しあって。あの人、毎日お店に来ては楽譜を書いていたの。注文するのは決まってアイスコーヒーだったのよ。それがある日ね……」

突然「ナイスコーヒー」と言って、麻里は笑った。「確かにウチのコーヒーはいつでもナイスですわ」と。次の瞬間、羽鳥は交際を申し込んだ。羽鳥は、決めていたのだという。三十日間、毎日アイスコーヒーを頼んで三十一日目にナイスコーヒーと冗談を言ってみる。そのときに麻里が笑ってくれたら、告白するのだと。スズ子は、目を剥いた。

「なんでっかそれ！　ただの危ない人やないですか！」

「あらそお？　なんだかおもしろい人と思ってOKしちゃったの。そしたらその一週間後にプロポーズされたのよ。劇場の前でね、いつかここでジャズを演奏するのが夢なんだ、その夢を一刻も早く叶えるために結婚してくれって。さすがに私も驚いちゃったけど、メッテル先生が、早く結婚して身を固めるのが音楽のためだって言ったんですって」

「なんですかそれ！　自分勝手や！」

「ねえ。なんだか腹立っちゃうやら嬉しいやらでしょ。でも、そのバカみたいな素直さっていうのかしら。なんだかそこにねえ」

スズ子には、難易度の高い話である。失恋したばかりであることを告げると、麻里は同情するそぶりもなく、「ならその失恋を芸の肥やしにしなくちゃね」とあっさり言った。

「なんでも肥やしになるんじゃないかしら。生きるってことが肥やしよ」

さすが、芸術家の妻である。いいことを言う。


不穏な気配が忍び寄っているのは、梅丸だけではなかった。近頃では番台にあがることもできなくなったツヤに、とうとう、熱々先生が言った。

「やっぱり一度大きな病院で見てもろたほうがええ。専門の医者に診てもらわなあかん」

だが、ツヤは乗り気ではない。大きな病院なんて行けば、お金がかかる。それでなくとも不景気で客足が減っているのだ。自分の身体のことは、自分がいちばんよくわかっている。今さら病院で診てもらったところで、どうにもならないことも。

それを、心配する梅吉に言うことはできなかった。

追い打ちをかけるように、役場の人間が六郎を訪ねてきた。

「花田六郎さん、おめでとうございます。召集令状です。記載の期日に指定された部隊に入隊してください。まだちょっと余裕はありますな」

六郎は大喜びである。甲種合格してもどんくさいお前には赤紙はこない、なんて馬鹿にする人間もいたのだが、ちゃんと来た。六郎も、立派な、一人前の大人だという証なのだと。

さっそく丸刈りにした六郎は、近頃では布団から出ることの少なくなったツヤの部屋へと走った。閉じたふすまの前で、ためらいがちに聞く。

「……具合、どないや」

「ええよ。顔見せて」

「笑わへんか？　笑ろたらどつくで」

「なんや？　おかしな子やな……」

六郎はふすまをあけて、ツヤの布団に頭を押し付けた。ドリルで土を掘るように、ぐりぐりと頭を動かす。

「なんやなんや。あ、髪刈ったんか！　ちゃんと見せて。よう……似合てるで」

赤ん坊のころ以来の感触に、頭をなでながらツヤは微笑む。甲種合格も、赤紙召集も、六郎が喜んでいるのだからそれでいい、と思う。けれど心から、よかったねと言えない自分がいる。その手触りのいい頭を抱きしめて、どこにも誰にも渡したくない気持ちもある。

「ネーヤンにも見せたいわ。お母ちゃん、はよ治さなあかんで！」

無邪気な六郎の笑顔が、あまりに優しくて、あたたかくて、胸が痛む。

それからまもなく、熱々先生が同期だという大病院の医者を連れてきた。

「……手の施しようがないですね」

と告げられて取り乱したのは、梅吉だった。

「ウソや。助けてください。金やったらなんぼでもはらいます！　風呂屋売りはらってもよろし！助けてください！　助けたってください！」

この人を置いて先に逝かねばならないことが、ツヤには切なくてたまらない。

「スズ子と六郎には言うたらあきまへんで。スズ子は今大事なときやし、六郎にも元気で出征してほしい。まだまだあんたと、スズ子と六郎とおりたかったけど……堪忍しとくれやす」

医者が帰ったあとに、そう言うのが精いっぱいだった。

やがて梅吉はふらりと階段を下りて、はな湯に向かった。ツヤが番台に座れない以上、梅吉がしっかりしなければならない。もしかしたら治る手立てが見つかるかもしれない。そのためにも、働かねば。だって、死ぬなんて嘘だ。自分よりもずっとたくましくて、笑顔がいつもきらきらしていて、どんなときも梅吉を支えてくれたツヤがいなくなるなんて。

休憩所では、六郎が箒をラッパのように掲げた姿で、倒れていた。

「ハナダロクロウ　ハ　テキノ　タマニ　アタリマシタガ　シンデモ　キカンジュウヲ　ハナシマセンデシタ！」

叫んだかと思うと起き上がって「ズドドドド！」と銃声を口真似しながら走りだす。はしゃぐ六郎を、常連たちは笑いながら見守っているが、梅吉はなにもおかしくない。

「あ、敵や！　死ね！　ズドドドド！」

六郎が箒を銃口のように梅吉に向けた。

「……六郎、静かにせえ」

「ハナダロクロウ、ズドドドド！」

「うるさいわい！」

怒鳴りつけると、六郎が目を見開いた。

何がおかしい。何が嬉しい。――死ぬことの、何が。

梅吉は、乱暴につっかけを履いて外に出た。向かったのは、神社だった。誰でもいい。自分の寿命が縮まってもいい。なんでもいいから、ツヤを助けてほしかった。

日帝劇場の舞台に「挙国一致」「尽忠報国」「堅忍持久」と書かれた幟が立つ。煌びやかな背景にまるで似合わない。松永だったらきっと「舞台アートが台無しだ！」と憤慨しただろう。

普段通りに歌っていいのだろうかと不安をこぼすスズ子に、羽鳥はうなずく。

「そうすることがお客さんのためだと僕は思うけどね。劇場に来てまで日常を見せられてもイヤだろう」

だが会議の席で、竹田は言うのだった。

「戦地の兵隊さんも含め、すべての国民のために舞台をやるのだと考えると、みんな我慢している、今はそうするときなんだということを舞台でも伝えていきたいと私は思うのですね」

そんなことは誰もが骨身に染みている。あえて主張しなくたって、観客はいつも通り喜んでくれていると言うスズ子に、竹田は顔をしかめた。

「でも、今のままだときっと受け入れてもらえなくなると私は思うのですね」

さらに反論しようとするスズ子を、押しとどめたのは羽鳥だ。

「竹田さんの言うこともわかりますよ。良い舞台にしたいって気持ちはここにいるみんな同じでしょう。お客さんも僕たちも、どんなものを観れば元気が出るか活力が湧くか、それこそ銃後を鼓舞するかってことを考えるとね……僕なんかもやっぱりこんなときだからこそ、今まで通りのことをやるんだって思うんですけどね」

「……とにかくですね、今まで通りのことをやりながらなるべく目立たない方向……と言いますか大小いろんな意見があるので、すべてに耳を傾けていきましょうということで」

同じことしか言わない辛島に、スズ子は「それ、ただのどっちつかずやないんですか？」と辛辣（らつ）に言葉をぶつける。辛島は機嫌を損ねた様子もなく、「まぁ、良い塩梅をね……」と肩をすくめた。みんな、もう、ため息しか出ない。

閉店後、六郎とゴンベエが黙々と掃除するなかで、梅吉は魂が抜かれたようにぼんやりと長椅子に座っていた。短く刈られた、六郎の見慣れない後頭部がふと目に入る。

「こないだは……すまなんだな。いきなり怒鳴って……」

「もう一生お父ちゃんと口きかんとこ思うた。大きい声、好かんねん」

「……すまん。お父ちゃん、どないしてええかわからんようなってもうたんや。お前まで、明日行ってまうし……まだ、三日あるがな……」

六郎は手を止め、梅吉の隣に寄り添うように、ちょこんと座った。

「みんなおるがな。キヨさんもおるし熱々先生もおるし、アサさんもおるし、アホのおっちゃん……。そういえばおっちゃん、桃探しの旅から帰ってけえへんな」

スズ子が風邪で寝込んでいたときに、ゴンベエがどこからか季節外れの桃を持ってきてくれたことで回復したのを思い出したアホのおっちゃんは、今度は自分がツヤのためにとりにいくのだと、意気揚々と出かけていった。あれからもう、数日が経つ。

「カメもおるで。たまにミミズ食わしたってな。あと、話しかけたってな。な、お父ちゃん。カメがおったら平気やろ」

梅吉は、返事することができない。

最後の夜を、六郎はツヤとともに過ごした。

「せやけど、なんでこんな早よ行くんや？」

出征は、梅吉の言うとおり三日後である。それなのに明日、六郎は家を出るという。

「ワイな、世話になった人らに挨拶行こ思うねん。偉いやろ？　ワイ、軍隊では頑張るねん。鈍くさいん卒業するんや」

「六郎……あんたは鈍くさいことなんかないで。ええ子や……。ほんまはな、みんながあんたみたいに素直で正直な人間になりたい思うてるねんで。ワテもや」

「お母ちゃん、嘘つきなんか？」

「ちゃうわ。……ほんまあんたと話してたら寿命が延びるわ」

「そや。長生きせなあかんで。ワイ、敵をぎょうさんやっつけて、勲章ぎょうさん貰ってくるで。ほしたらお母ちゃんの病気なんぞすぐ治るわ」

ツヤはゆっくり身体を起こし、六郎の頬に触れた。

「……いつの間にか頼もしなったなぁ。ヒゲも濃ぉなったし……男の子や」

「昨日、剃ったけどな」

「元気でおるんやで。野菜しっかり食べてな。お母ちゃん、あんたが帰ってくるんを首なごうして待ってるからな」

「首、伸ばすんか！」

「空まで伸ばしてるわ……」

そう言ってツヤは、六郎を強く抱きしめる。

不景気の波は伝蔵の屋台にまで及んでいた。がんもどきも、はんぺんもない。不服そうなスズ子に伝蔵は「贅沢言ってんじゃねえよ、バカヤロ」と口をとがらせる。

「どこ行っても我慢我慢やな……ワテ、歌とてるときくらい我慢したないわ」

「我慢はしたくてするもんじゃねえ。させてもらうんだよ。ありがたーくな」

「なんでやねん。なんでみんなで我慢させてもらわなあかんねん……わからんわ」

わからない、ことは時に楽しい。たとえば、東京に向かう夜行列車のなか。この先の未来がわからなくて、それでもドキドキワクワクした。羽鳥と藤村のつくる歌は、あいかわらず詞の意味がわからないものが多いけれど、それでも心が弾む。だけど、今はずんと沈むばかりだ。わからない、ことに、イライラしてしまう。

そんなスズ子の心に、思いがけずあかりを灯すものがあった。

六郎が下宿を訪ねてきたのだ。

「わー！　ええ部屋やなあ。景色もきれいやなあ。ええなあ！」

部屋に入るなり、六郎は窓の外を覗き、畳に転がった。赤紙が来た、というのは電報を受けて知っていた。のんびりしている場合ではないだろうに、いったい、何をしに来たのか。

「ワイ、入隊したら、いつ戻ってこられるかわからへんから、行く前にネーヤンに会お思うたんや。優しいやろワイ。この頭も似合うやろ」

赤紙を自慢げに見せる六郎に、スズ子は笑うしかない。

「……似合ってるわ」

しかたないな、と少し前まで秋山が使っていた布団を敷く。久しぶりに、部屋の空気が明るくなったような気がした。

「久しぶりやな。こないしてネーヤンと二人で寝るん」

「香川のおばあちゃんのとこ以来やな」

「そや！　あのときネーヤン、ごっつい笑ろとったな！」

「アホ。笑ろてたんちゃうわ。……お母ちゃん、具合はどやねんな？」

「まだ寝てるわ。あんまり良うないかもしれん。お父ちゃん、しょぼくれてるし。せやけど大丈夫や。ワイ、お母ちゃんと約束したんや。敵、ぎょうさんやっつけるからお母ちゃんもはよ治すんやでって。わかった言うてたわ。せやけどな、ワイかて不安やねんで。軍隊に入ったら、またバカにされるかもしれへんやろ？　それに、死ぬかもしれへんやろ？　ワイな、寝るときに考えてまうねん。死ぬって、どんな感じなんやろって」

「もうやめとき」とスズ子は言った。考えないようにしていた不安が、どっと押し寄せてくる。けれど六郎は止まらない。

「どないなって死ぬんか思うと、頭おかしなりそうになるんや。死ぬときにひとりはイヤや。死ぬんやったらみんなでせーのがええ。死ぬ直前いうんはきっとごっつい痛いやろ？　めちゃくちゃ怖いんちゃうか？　目の前が急に真っ暗になるんかな……そのあとどうなるんや」

「……あんたは死なん」

「せやけど、人間みんな死ぬやろ。怖いわ。怖いの好かんねん」

誰だって好かん。そう言いたかった。けれど今は、言葉にできないことが多すぎる。

「……ネーヤン、そっち行てええか？」

「ええよ。……おいで」

六郎はずるずると這い出すと、スズ子の布団にもぐりこむ。幼いころ、いつもそうしていたように、ピタッとはりついてくる弟のぬくもりに、スズ子は目頭が熱くなった。

チズたちと夕食をとりながら、六郎はあっけらかんと、スズ子とは血が繋がっていないという話をしようとした。余計なことを言うな、と言ってもわからないらしい。アホだからじゃない。血が繋がっていようがいまいが、そんなことは六郎にとってどうでもいいからだ。

スズ子は、姉だ。六郎は、弟だ。

「ワイ……死にとうないわ」

スズ子は六郎をぎゅっと抱きしめた。眠りに落ちるまで、背中をそっとなでてやる。


翌朝、チズにおにぎりを渡され、六郎は嬉しそうだった。必ずまたみそ汁と卵焼きを食べに来ると約束させられている。

「ほな……行って参ります！　あ、参りますはあかんって言われたんや。アサおばさんの息子も出征のときは行きますって言うたて。参りますは、生きて帰るみたいやから」

「ほなら参りますでええ」

六郎はにかっと笑った。

「そやな。参りますや！」

「……バンザイ、しょうか？」

「ええわ。こないだしてもろたし。せっかく東京来たのにネーヤンの舞台も観たかったわ」

「また……観に来てな。必ずや」

「うん、必ず来るで！　ほな行って参ります！」

あっけらかんと、六郎は旅立つ。その背中をスズ子はいつまでも見送っていた。


二人きりになってしまった家で、梅吉と布団を並べながらツヤはこぼした。

「ワテ……バチでも当たったんやろか。こんな早よ死ぬやなんて思いもせんかったわ。やっぱり、スズ子をキヌに会わせへんかったから……そのバチやろな……」

梅吉が咎める声をあげても、ツヤは止まらない。

「ワテ、時々苦しなってたんや。スズ子にもキヌにも申し訳のうて……。スズ子、やっぱりほんまのこと知ってるんちゃうやろか。せやのに知らん振りしてくれてるんちゃうやろか。せやったら、すごい子ぉに育ったわ。ほんま……ええ子や」

「ツヤちゃんがええ子に育てたんや」

「……お願いがあるんや。このまま……なにがあってもあの子をキヌには会わせんといてほしいねん。これから生きていく……ワテの知らんスズ子を、キヌが知るんは耐えられへん」

ツヤは、はっと自嘲気味に笑った。

「ほんま、性格悪いやろ。醜いやろ。キヌに申し訳ない思うても……イヤやねん。あの子は……スズ子はワテの子ぉや。ワテだけの子ぉや……」

「醜いことあらへん。ツヤちゃんは、やっぱり最高の母親や」

梅吉は布団から手だけを出して、ツヤの布団にしのばせ、細く冷たくなった手を握る。

「久しぶりやな。手ぇつないで寝るん」とツヤがはにかむ。

「ツヤちゃんが……振り払うようになってもうたからや」

「しゃーないやろ。あんたどんどんカッコ悪うなってまうんやから」

この直後、梅吉はスズ子に『ハハ　キトク』の電報を飛ばすことになる。


電報を受けとったのは、公演の朝。スズ子は動揺をこらえきれぬまま、劇場に向かった。入り口にはスズ子の名前とともに大きな顔写真のポスターが貼られていて、秋山が去った今は自分こそが梅丸楽劇団を支える柱なのだということが、ひしひしと伝わってくる。

——お母ちゃん。

何があっても、舞台に立たねば。チズに、すぐ大阪に帰れとうながされても、振り払ってやってきたのは、その責任を感じているからだ。だが。

——お母ちゃん。

客の顔も、よく見えない。拍手も喝采も、ピアノの音すら、うまくつかめない。そんな状態で壇上に立ったスズ子の歌と踊りはボロボロだった。どうしてやり遂げたのか思い出せないくらいまっしろな頭で、スズ子はぼう然と楽屋で座り込んだ。

「酷なようですが、舞台を生業にしている者は親の死に目には会えないと思っていただきたいのですね。なによりお客様にとって福来くんの代わりはいないと思うのですね」

事情を知った竹田が言う。

「僕は帰ってもいいと思うけどもね、大阪に。今日みたいな舞台になってしまうなら、福来くんは歌わないほうがいいと思う。それこそ今日の福来くんの代わりならいくらでもいるよ」

羽鳥も、淡々と言う。

「お母さんの病気に弟さんの出征も重なったんじゃ正気でいられないのはもっともだ。ただ、お客さんはそんなことは知る由もない。ステージに立つ以上、それは関係ないんだ。むしろ自分の苦しい心持ちを味方にして、いつもよりいい歌だなんて言われるくらいじゃなきゃ、僕はダメだと思う。それができないならすぐに大阪に帰ってあげなさい。それで君の価値が下がるなんてことはないさ。ただ、ここに残るならそれくらいの覚悟で歌ってほしいってことです」

「ワテ……残ります。歌わせてください」

スズ子は絞り出すように声をあげた。

羽鳥は、スズ子の肩を叩いた。心配していないわけじゃない、ということが触れられた場所から伝わってくる。けれどそれがプロの、ショービジネスと言うものなのだ。

お母ちゃんもきっとわかってくれる、とスズ子は自分に言い聞かせた。けれど本当はわかっていた。スズ子はただ、歌手としてもっと大きくなりたいという気持ちを捨てきれなかった。あんなにも大好きで、誰よりも大事な母に、二度と会えなくなるかもしれない恐怖と同じくらい、舞台を手放すことがおそろしかった。

スズ子の『センチメンタル・ダイナ』は日に日に力強さを増していった。鬼気迫るそのパフォーマンスに誰もが呑み込まれ、息をするのも忘れて見入った。空気が割れそうになるほどの拍手とともに、スズ子は千秋楽まで駆け抜けた。

舞台が終わったその足で汽車に乗り、スズ子は大阪に向かった。

ツヤは、記憶よりもずっと痩せ細り、そして小さく白くなっていた。布団のわきに、倒れこむように座ったスズ子に、ツヤは手を伸ばす。

「ええ顔になったなあ……きれいになったわ」

「お……お母ちゃん……お母ちゃん」

スズ子は布団に顔をうずめて泣いた。――もっと、早く帰ってくればよかった。自分で決めたことなのに、激しい後悔が襲い掛かってくる。わんわん泣くスズ子の頭を、ツヤは微笑みながら優しくなで続けていた。

ツヤは癌で、もう手の施しようがないという。どこからか持ち帰ったという桃をアホのおっちゃんが伝家の宝刀のようにかざすけれど、そんなもので治るはずがない。それでも、

「ワシ、ツヤさんには義理があんねん！　ずっとタダで風呂入れてもろて……おかげで身体くさならんかったんや。その義理返したいんや！」

と半泣きになりながら絶叫するおっちゃんを見ていたら、むげにはできなかった。ツヤの枕元で桃を切りながら、スズ子は思い出す。百日咳と診断されて寝込んでいたとき、うつると言ってもツヤはずっとそばで看病してくれていた。それなのに今、ツヤの病気を引き受けてもいい覚悟があっても、スズ子にできることは何もない。

翌朝、ツヤはしゃっきりと身体を起こした。

「久しぶりに番台入るで！　なんや枕元にあった桃食べたらえらい元気出たわ」

心配する梅吉にも、「まだ死ねるかいな。あんたに番台任せてたら埃だらけや！　お釣りも足りへんし、煙草屋でくずしてき！」と活を入れる。

訪れた客たちの顔も、一気に華やいだ。やっぱり、番台にはツヤちゃんがおらなあかん。アホのおっちゃんも得意げにむせび泣いた。けれど——そんな奇跡は、長くは続かない。数時間もしないうちにツヤはふらりと倒れた。

「病人が無理するからや」とスズ子は唇をかんで、ツヤを布団に寝かせた。

「スズ子、ごめんなあ。ワテ……もっともっとあんたとおりたかったわ。あんたと少しでも長く……堪忍やで……」

スズ子は、咽喉をひきつらせた。

「あ……謝るんはワテや。お母ちゃんが危篤や聞いても、ワテ、すぐ戻ってけえへんかった。歌……歌とてたんや。もっともっと大きな歌手になりたあて……。せやのに、なんの覚悟もでけてへんかった。アホや。ワテ、ドアホや！」

「ドアホで上等やがな。さすがワテの子ぉや。……あんたが生きるんを、もっと見たかったわ。きっとオモロイやろなあ。あんたの歌も、まだまだ聴きたかった……」

「ほんなら聴いてえな。もっと……もっともっと！　今気づいたわ。ワテ、お母ちゃんのために歌とてたんや。お母ちゃんに向かって歌とてたんや。ずっとずっと、こまいころからお母ちゃんに向けて。……お母ちゃん、ワテの歌もっと聴いてぇな！　聴いてくれな困るわ！」

しゃくりあげながらわめくスズ子に、それでもツヤは微笑を浮かべている。

「堪忍なあ。せやけど、嬉しわ……」

「イヤや！　堪忍せん！　許さへん！　許さへんで！　死んだら……二度とお母ちゃんには歌、聴かせたらん！　ワテの歌、聴けんようになってもええんか！」

「そらイヤやなぁ……」

「イヤやったら……死なんといてよぉ！」

そのとき、勢いよくふすまがあいた。涙で顔をぐしゃぐしゃにした梅吉が飛び込んでくる。

「お前、なんでお母ちゃんにそんないけず言うねん。聴かせたれや！　歌、聴かせたれや！　この……このいけずドアホ娘が！　だいたい、さっきから聴いとったらなんやねん。なにがお母ちゃんにだけ歌とてるや！　ワシかておるぞ！」

「ワシなんか知るかい！　ワテはお母ちゃんが大好きなんや！」

「ワシかてツヤちゃん大好きや！　せやからお前歌え！　ほんでお父ちゃんのことも好き言えツヤちゃんも言え！」

「なんやそら、ワテらトリオかいな」と、ツヤは吹き出す。

「六郎も入れて花田カルテットや！」

スズ子が叫ぶと、「それも間もなく解散やなあ……」とツヤが遠い目をする。

「お母ちゃんはつまらん冗談言わんでええ！　……なんぼでも歌とたるわ。その代わりタダちゃうど。ワテ、売れっ子の歌手やからな。金とるぞぉ！」

「そや。もっともっと売れなあかん！」

ツヤがこぶしをふるい、梅吉がポケットからとりだした小銭をばらまく。

「なんぼでも払ろたらぁ！　はよ聴かせ！　クソ音痴が！」

「う……梅丸楽劇団のスウィングの女王、福来スズ子が心をこめて歌います！」

歌うのは『ラッパと娘』でも『センチメンタル・ダイナ』でもない。ただの花田鈴子だったころからはな湯で披露していた『恋はやさし野辺の花よ』だ。けれどあのころとは格段に響きの異なる美しい音色の歌に、ツヤは涙を浮かべて、両手を握る。梅吉が、大粒の涙とともに拍手を送る。

それが、家族団欒の最後だった。

ツヤは、——逝ってしまった。


ツヤがどれほどの人に愛されていたのか、証明するかのように葬式には大勢の人が集まり、泣き笑いしながら酒をくみかわした。しみったれた空気はツヤがきらうと、梅吉はことさら陽気にふるまう。だが、葬儀が終わると、糸が切れたように抜け殻になってしまった。

それでも、今後のことを考えなければならない。梅吉ひとりではな湯を続けるのは無理があるし、ツヤの治療費で貯えも減っている。客足が戻る希望も少ない。これまでの給料は一銭も使っていないと、ゴンベエが二百円を差し出してくれたけれど、立て直すにはその倍は必要だ。

売るしかない、とスズ子は思った。梅吉は、ツヤとの思い出を手放したくなくて、抵抗していたけれど、それ以外に道はない。

ところが、最後の営業と決めて常連客を集めたその日、奇跡は起きた。

突然やってきた女が、ゴンベエを玉さんと呼んで抱きついたかと思うと、誰も知ることのできなかった素性をあっさり語りだしたのである。

「その人はゴンベエいう名前やおまへん。伊福部玉五郎いう、船場にあるそら大けな呉服屋の若旦さんでした」

　女は三沢光子（みさわみつこ）と名乗った。今は神戸の旅館で女中をしているが、十五年以上前は芸妓で、玉五郎はなじみ客だったのだという。毎晩のように大金を使い、気前も性格もよかったゴンベエ、ならぬ玉五郎を光子はひそかに慕っていた。けれど玉五郎の両親が早世し、跡を継いでから様子が変わる。よくない取り巻きにそそのかされ大きな借金をつくってしまった玉五郎は、どうにもならず道頓堀に身を投げた。それを助けたのが梅吉というわけである。

　一方の光子は、死体があがらなかったことに一縷の望みを託し、いつか再会できると信じてきた。そして昨日、勤め先の旅館でついに見つけた。ツヤが描いた、ゴンベエにそっくりの似顔絵。そして添えられた、はな湯の住所を。

「これをそこら中にばらまいといたら、いつか誰かが見つけてくれはるわ。風に吹かれて遠くのほうまで飛んでくかもしれへんしな」

　幼いスズ子に、ツヤがそう言ったのをよく覚えている。

　似顔絵は神戸まで飛んでいき、光子を連れて帰ってきてくれたのだ。

「ワテを玉さんのお嫁さんにしてください」と言って、光子は二百円を差し出した。いつか再会することができたら一緒に暮らそうと決めてこつこつ貯めてきたのだと。

　玉五郎は、いやゴンベエは、そのすべてを聞いても記憶をとりもどすことはなかった。ただ、はな湯に来て以来、見せたことのない安堵の色を浮かべて光子に言う。

「あんたはんは、とてもええ人にお見受けします。こないな人に好かれてたんやったら、ワシもちょっとはマシな人間やったんやなと……。正直ずっと砂漠にひとりぼっちみたいな心持ちで生きてきましたけど、ワシ大丈夫やなって思えます。ほんまにおおきにありがとうございます。何も思い出せまへんけど……こんなワシでよかったら一緒になっておくれ。それでもし良かったら……一緒にこの風呂屋をやってくれまへんか？」

「はあ？」とスズ子と梅吉は同時に声をあげた。ゴンベエは続ける。

「ワシが何とか正気で生きてこられたんは、ここにおる人たちのおかげです。ここにおられへんかったらワシは、きっと二度とあんたはんには会えんかった。たまたまやけど、ワシも二百円貯めてます。これは、あんたはんとやり直すためやったんちゃうかと……こじつけやけど思いますねん。そやから二人のお金を合わせて一緒に風呂屋をやってくれまへんか？」

「はい。ワテは玉さんと一緒におれたならなんでも……」

スズ子と梅吉は、驚きのあまり顎がはずれかかっている。ゴンベエは、頭を下げた。

「梅吉つぁん、スズちゃん……ゴンベエ一生のワガママを聞いてもらえまへんやろか。ツヤさんの起こしてくれたこの奇跡、無駄にしたないです。ワシにはな湯をやらせてください」

こうして、思いもよらぬ形ではな湯は存続することとなった。みんなが帰ったあと、誰もいなくなった脱衣場と、ぽっかりあいた番台を見つめて、梅吉は笑った。

「ツヤちゃんの意地や。絶対はな湯、なくしたなかったんやろ。ほんま業突く張りのすごい女や」

その声が、かすかに涙でふるえている。

「せやけど、いっちゃんすごいんはこんなワシとずっと一緒におってくれたことや。ワシとおってもなーんも得なことあらへんのに、惚れてもうたんやなぁ。……幸せにしたりたかったなあ。もうちょっとだけかっこええとこ見せたりたかった……」

「しゃーないやろ。お父ちゃん、めちゃくちゃカッコ悪いもん。お父ちゃんとおったんが、お母ちゃんの、いっちゃんすごうていっちゃんアホなとこや」

「お父ちゃんはツヤちゃんと出会たんが人生でいっちゃんの幸せやけどな。そやからやっぱり……ここはお父ちゃんのおる場所とちゃうわ。ツヤちゃんのおらんはな湯にワシがおるんは、なんやちゃうんや」

その気持ちは、スズ子にもよくわかった。

「ほんまに……ええんか？」

「ほなら……やっぱりワテと東京行こ。一緒に暮らそ！」

「当たり前や。親子やで」

「……おおきに」

「当たり前におおきにはいらん」

「当たり前やからおおきにや」

「……仲良うしいや」

聞きなれた声がして、スズ子と梅吉はぱっと番台を向く。そこには、笑って二人を見守るツヤの姿があった。一瞬で、消えてしまったけれど、確かに、そこに。

スズ子と梅吉は、ツヤが死んではじめて、一切の我慢をすることなく大声で泣いた。

お母ちゃん、ツヤちゃんと叫びながら、涙と声が枯れるまで。

泣いて、笑って、はな湯とツヤに今度こそ別れを告げたのだ。

第9章

贅沢は敵だ

梅吉と東京の下宿で暮らし始めて、一年が経った。

「今度こそ映画で一花咲かせたる。もうかっこ悪いお父ちゃんは卒業や！」

そう息巻いて、昼夜の境なく机に向かう梅吉の背中を見守る日々は、そう長くは続かなかった。

今の梅吉は、日が暮れるのを待って屋台に出向いては、布団を敷くどころか二階にあがることもままならず、玄関に転がって朝を迎えることを繰り返している。

気持ちは、わからないでもない。どんなにだらしない生活を送っても、注意してくれるツヤの声はなく、話し相手をしてくれるのは屋台の伝蔵だけ。叩き起こすチズをツヤと間違え抱き着こうとすることも少なくない。要するに、梅吉はさびしくてたまらないのだ。

だからといって、好き放題してもいいという道理はない。

今日も、早朝からチズの騒ぐ声を聞きながら、スズ子は深いため息を吐いた。手をあわせるツヤの位牌の隣では、カメだけが狭い水槽にもかかわらず元気に遊んでいる。

スズ子とて、ツヤを失った悲しみが癒えたわけではない。けれど梅吉のようにさびしさに浸っている場合ではなかった。下宿を出た耳に飛び込んでくるのは、『暁に祈る』という流行りの歌で、戦場を軍馬に乗って駆ける兵士とその妻を描いた映画で流れたものだ。近頃は、軍歌ばかりが好まれるようになった。視界に飛び込んでくるのも、割烹着を身にまとった国防婦人会の女性たちで、「贅沢は敵だ！」「パーマネントはやめましょう」「遂げよ聖戦、興せよ東亜」「建設へ一人残らず御奉公」と書かれた看板や幟がそこかしこに立てられている。

日中戦争が始まってはや三年、息苦しさが少しずつ、けれど着実に日常を侵食していた。それは、梅丸楽劇団とて、例外ではなかった。

「このたび、丸の内署の皆さまに、我々の舞台の監督をしていただくこととなりました」

ある朝、稽古場に団員を集めて、辛島が告げた。その隣には、三名の警官がいかめしい顔で睨みをきかせている。

「これまで、その華やかさや豪華さで観客を楽しませてきた我々梅丸楽劇団ですが、今後は皇軍のさらなる躍進を銃後から支援すべく、より愛国精神に則った公演を目指して派手な演目や演出、演奏はすべて取りやめることとします」

ざわつくスズ子たちを威嚇するように、警官の一人が腰のサーベルに触れる。慌てたように、竹田が口をはさんだ。

「昼夜の別なく進軍を続ける兵隊さんたちのため、やはり慎ましく真面目な舞台を見せることで、我々の音楽をですね、お国のために響かせていくのが一番大事であると思うわけですね」

「でも、戦地に届ける音楽が葬式のようでいいのかなぁ。縁起が悪い気もするけど」

つぶやいた羽鳥に、鋭い声が脅すように飛ぶ。

「当局の指導に不満があるというのか？」

羽鳥はそれ以上何も言わない。だが、スズ子も口にこそしなかったが、同じ気持ちだった。いまだに梅丸の公演は連日大賑わいで、これ以上の自粛を客が求めているようにも思えない。率先して辛気くさくなることに、いったいどんな意味があるというのだろう。

さらに辛島は、今後は楽器をすべて和名で呼ぶように、と付け加えた。

ドラムは太鼓。トランペットは喇叭。ピアノは洋琴。バイオリンは提琴。そこまではまだ許容もできる。だが、警官が帳面を確認しながら言うところによると、サキソホンは金属製ひん曲り尺八、コントラバスは妖怪的四弦と呼ばねばならないという。楽団のアドリブも禁止された。馬鹿馬鹿しくて、笑ってしまう。だが警官の誰もが、そして辛島や竹田ですら、本気だった。

「おい歌い手！」と警官がスズ子を呼んだ。

「舞台の上で動きまわるお前の歌い方は軽薄だ。今後は動かずに歌うように。風紀を乱すような行動が散見されれば、これからは厳しい態度をとる。くれぐれも真面目に、三尺四方からはみ出さずに歌うように！」

そんなもの、二歩も歩けば飛び出してしまう。だがこれもまた、本気のお達しらしい。

すぐに、舞台上には正方形の枠が描かれた。そのなかに立たされたスズ子は途方に暮れる。警官がいないのを見計らって、顔をしかめた。

「息が詰まって歌われしまへん。カカシやないんやから」

「はは、それ面白いね。福来スズ子がカカシじゃあまるでサマにならない」

「羽鳥センセ、笑いごとちゃいます」

「その通りです。警察に目をつけられたら打ち切りも有り得る。チケットの払い戻しなんて大損害なんですから。くれぐれも平穏に、真面目に頼むよ」

辛島の注意は、おもにスズ子に向けられていた。いちばん言うことを聞きそうにないとわかっているからだろう。むう、と難しい顔をして見せたのは羽鳥だった。

「でもウチは、福来スズ子の歌と踊りを目当てに来る客も多いからねぇ。それがカカシじゃいずれそっぽ向かれてしまうよ」

そんなことは、辛島も重々承知だ。それでも、どうすることもできないのである。

公演を告知するポスターにも、警察の指導に沿った煽り文句が躍るようになった。

「銃後の守りをさらに高める！　梅丸楽劇団愛国音楽会！」

スズ子とて、国を守るため戦地におもむく兵隊たちを想う気持ちはある。けれど警官の指導は、すべてが釈然としなかった。羽鳥の定番の掛け声も、「さん、にぃ、いち、はい！」と変わったことで、間が抜けた感じがする。三尺四方の中で棒立ちになったままでは気分も乗らない。

演者の気持ちは、客にも伝わる。警官に監視されるなか幕があがった舞台は、さんざんの出来栄えだった。盛り上がりに欠ける『ラッパと娘』に、欠伸(あくび)をする客の姿もちらほら見えた。

あかん、と焦ったスズ子はその場でステップを踏んだ。客席が湧いた、ように見えたのも一瞬だけ。一人二人と席を立ち、舞台に背を向け始める。つまらない、とみんなが思っているのがひしひしと伝わってくる。

もう、我慢できなかった。スズ子は客を追いかけるように枠から飛びだし、踊りを披露しはじめた。そうしてようやく、客は瞳に輝きをとりもどす。やってしまったものはしかたない。スズ子はそのままステップを踏み続けたが――。

今日一番の、客の拍手を遮るように、笛が鳴った。

「駄目だ駄目だ！　公演中止！」

「すんません！」

スズ子は慌てて、頭を下げる。

「次はうまくやりまっさかいもう一回、もう一回、ワテにチャンスを下さい！」

無駄だった。スズ子は叫び声とともに、引きずられるようにして袖に連れて行かれる。そして
そのまま、警察署へ連行されてしまったのである。


取り調べをするのは、辛島の隣でひときわ睨みをきかせていた石原という警部だった。

「子どものころからあないしてリズ……拍子をとらな上手く歌われへんのです。クセなんです。

こう、気分が盛り上がってきて、バドジズデジドダ〜って」

「歌うな。だいたいその長いまつげも気に入らん」

「つけまつ毛くらいせんと、シジミが二つ張っ付いてるだけの貧相な顔になってしもて。これぐ
らいの方が舞台やったら見栄えがするんです」

「そんな日本人はおらん。欧米の退廃文化に毒されている証拠だ。改めなければ今後の公演も差
し止めることになるが」

そう言われたら、従うしかない。スズ子はうなだれながら、つけまつ毛を外す。

「……すんまへん」

「我々もいたずらに締めつけるつもりはない。だが最前線の将兵の苦難を思えば、おのずと気も引き締まるはずだろう」

「今後はこのようなことのないよう、真面目に歌います」

そう言って深々と頭を下げて、ようやく解放されたスズ子は、取調室の外でりつ子とはちあわせした。スズ子のようにしょぼくれてはおらず、いつもの勝ち気なすまし顔を貫いている彼女に、石原が忌々しげな表情を浮かべる。取り調べの常連なのだという。

「何度指導しても、化け物じみた化粧や欧米退廃文化にかぶれた格好をやめん。太々しくも口答えまでしてくる始末で手を焼いてる」

石原が言った直後、りつ子の入った取調室から、怒号が聞こえた。

「冗談でねぇ！　あたしはお客さ夢見せる歌手だ。着飾って何わりぃ！」

ああはなるなよ、と石原が言い、形ばかりうなずいたスズ子だったけれど、これまで一度も耳にしたことのない彼女の方言に、全身を揺さぶられたような心地がした。

待合室で、羽鳥と辛島がスズ子を待っていた。りつ子のことを告げると、羽鳥が苦笑する。

「頑固者なんだね。いくら絞られようが、どこ吹く風さ。でも……僕は茨田くんを待つことにするよ。警察の厄介になるのは確か五回目だ。長くなりそうだからね」

「……なんであないに突っ張ってられんねやろ」

「そりゃ彼女は〝ブルースの女王〟だからね。どこの会社にも属さず自分だけの楽団を抱えてやってる。ただ、あれは我儘が過ぎるよ」

と、辛島は肩をすくめる。

「あ、また変なこと考えないでくれよ？　君は梅丸楽劇団の看板なんだ。問題が起きたら今度は楽団の存亡に関わる。茨田りつ子は茨田りつ子、福来スズ子は福来スズ子。ね」

そんなことは、わかっている。りつ子とは違う形で、スズ子にだって背負うものがある。だが、あの怒号を聞いたあとで、りつ子のふるまいが我儘だと断じることはスズ子にはできなかった。つけまつ毛を外した自分が、なんだか無性に、惨めだった。


下宿に戻ると、玄関前で酔いつぶれている梅吉を見て、沈んだ気持ちに拍車がかかった。

「おぉ、スズ子、おかえり。へへ、今日は伝蔵のとこで飲み過ぎてもうた」

「今日も、やろ？　そんなんやったらもう、お父ちゃんにはお金渡さへんよ？」

吾郎の手を借りてどうにか梅吉を部屋の畳に転がすと、スズ子は不機嫌に言う。梅吉は情けなくへにょへにょと笑った。

「殺生なこと言うなや。他にすることがないねん」

「映画は？　脚本はもう書かへんの」

「辞めや。しょうもない。……わかったんや。映画は人を助けてくれへん。そんなんいつまでも続けたかてしゃーないやろ」

「お酒よりはマシや思うけど？」

「酒は薬みたいなもんや。飲まな生きた心地がせぇへん」

ああ言えば、こう言う。言い返したかったが、苛立ちのあまり、言葉が出ない。何度目かのため息をついたそのとき、チズが顔を出して、六郎からの手紙を届けてくれた。一年前、ツヤが亡くなったことを知らせる手紙に返事が来て以来、久しぶりの知らせだった。

「ちょ、それ貸せ！」

手を伸ばす梅吉を払いのけると、あっさりと転げた。手紙には、懐かしい汚い字が並んでいる。読むで、と言うと、梅吉はどうにか起き上がって正座し、できる限りで背筋を正す。

「お父ちゃん、ネーヤン、カメは元気ですか？　エサは食うてますか？　たまにはミミズも食わしたって下さい。よろこびます。それと毎日お日さんに当てたって下さい。よく寝ます」

「カメばっかりやないか」

「それと、僕は毎日頑張っています。元気です。お父ちゃんと、ネーヤンも元気でな」

スズ子が読み終えると、梅吉は今度こそ手紙を奪い、しみじみとその文面を眺めた。

いつだってカメばかりに夢中で、のんびりしていて、でも薬草湯なんてアイディアを思いついたり、ツヤのいない間は番台でアホのおっちゃんからもお金をとろうとしたり、いつだって六郎は自分にできることに一生懸命だ。きっと今もそうなのだろう、とスズ子は出征する六郎のうしろ姿を思い出す。

「……今のお父ちゃん見たら、あの子ガッカリすんで。情けないお父ちゃんや言うて」

「アイツはそないな酷いこと言わへんよ。説教もせぇへん。わしの気持ちもわかってくれる。一緒に飲んでくれるかもしれへん。優しい息子やもん」

「悪かったな、優しい娘やのうて」

「六郎、はよ帰って来ぇへんかなぁ……」

郷愁の滲む梅吉に返事をするのは控えたけれど、スズ子も六郎に会いたかった。

スズ子は、つけまつ毛を短く切りそろえた。「君らしくて好きだったんだけど」と羽鳥は言ってくれたが、また公演を中止されるようなことがあってはたまらない。

「福来くん、僕は楽しむよ。どんなときでもそれは変わらない」

前向きな、羽鳥のその言葉だけが支えだった。

そんなスズ子に反して、りつ子は今日も今日とて高いヒールに派手なドレスを身にまとい、瞼にはしっかりと色を乗せて、真っ赤な口紅を引いている。つけまつ毛も、スズ子が手本にしたとき以上にくりんとカールされて、ふさふさしている。

その姿に眉をひそめたのは、国防婦人会の女性たちだ。肉親の遺影を抱える女性もいて、みな、質素なたたずまいである。そのうちの一人が、ずいとりつ子の前に躍り出る。

「今は日本国民が皆一致団結し、戦地の兵隊さんを応援するときです。楽団も歌い手も、慎ましく真面目に演奏しているんですよ？　それをあなたは……そんな姿で、前線の皇軍将兵の皆さんに顔向けできますか？」

「これはあたしの戦闘服よ。丸腰では戦えません。それはあたしに死ねって言うのとおんなじです」

「偉そうに。歌手が何と戦っていると言うの」

りつ子は答えなかった。お前たちなんかにわかるもんか、とでも言いたげに、ただ、迫力のある眼で睨みつける。

彼女たちに、用はない。りつ子は鼻を鳴らして、日帝劇場に足を踏み入れた。羽鳥に呼ばれたのだ。けれど観終わったりつ子の胸中を支配したのは落胆――いや、それ以上に、失望だった。楽屋に向かうと「三尺四方を見事に守り切った！　感動した！」と辛島に讃えられて、浮かない顔をしているスズ子の姿が目に入る。りつ子は羽鳥に菓子折りを手渡すと、スズ子にツカツカと歩み寄った。

「あなた、どうしたの？　ボーッと突っ立って、カカシが歌ってるみたいだったわ」

スズ子は、バツが悪そうに目を伏せる。

「茨田さんかて突っ立って歌うんは同じやないんですか？」

「誤魔化さないで。今日のあなたはつまんないって言ってるの」

「……好きにやったら、また警察にひっぱっていかれてしまうやないですか」

「そんな理由でつまんない歌を聴かされる客は気の毒ね。イヤならとっとと辞めなさい」

「イヤなわけないやん！　そらワテかてもっと自由に、もっと楽しく歌いたいわ！」

「ならそうすれば？」

話にならない、というようにりつ子は息を漏らす。仕方ない、という言葉がりつ子はいちばん嫌いなのに、今は誰もかれもがその言い訳を口にする。お前もか、とりつ子は腹が立った。スズ子に何を期待していたわけでもない。だけど、無性に苛立って仕方がなかった。

もうこれ以上ここに用はない――りつ子が立ち去ろうとしたとき、廊下で誰かが騒ぐ声がした。やがて職員の制止をふりきって、楽屋に飛び込んでくる人の影があった。

「おれを、弟子にしてくんちぇ！」

田舎くさい、娘だった。よくあることだ、とりつ子は肩をすくめる。残念だが、弟子なんて面

倒なものをとるつもりはない。だが、

「おめぇでねぇ！」

　少女はりつ子を押しのけ、スズ子の前でひざまずく。

「福来スズ子さん、おれを弟子にしてくんちぇ！」

「弟子？　ワテの？　……あんさん、歌手になりたいんでっか？　どこかで歌のお勉強でも」

「勉強なんかしたごどねぇ！　だげどおれ、福来スズ子さんみてぇな歌手になるのが夢なんだ。あんたの歌を聴くと、つらい気持ちがスーッと楽になるんだ。落ち込んででも大丈夫だって気になる。楽しくなって、飛び跳ねたくなって、なんでか涙が」

「いい加減にしなさい！」とスズ子から引きはがそうとする職員と格闘しながら、少女は諦めない。わめきちらしながらもまっすぐ、情熱に満ちたまなざしをスズ子に注いでいる。

「ありがとう。せやけどワテ、弟子を取るやなんて柄でもないし、諦めてもらえまっか」

「他に行くどこなんかねぇぺよ！　奉公先から逃げできた。旦那さんの酒癖は悪ぃし、すぐに手が出るしで毎晩おっかなくて眠らんね。イヤんなって夜逃げかましたんだ。東京は何もわがんねぇ。行くとこもゼニっこもねぇ。福来スズ子さん、どうかお願いします！　おれを拾ってくんちぇ」

　りつ子は、ぽかんとしながら二人の様子を見守っていた。

　小林小夜（さよ）と、少女は名乗った。生まれは福島の漁師の家。兄弟も多く、親に捨てられるように早くから奉公に出され、帰る場所もないらしい。そんな身の上を聞いて放り出すわけにもいかない。行くところが見つかるまで、スズ子は下宿においてやることにした。

一間に三人暮らしはさすがに窮屈じゃないかとチズは心配していたが、梅吉はすぐにほだされた。翌日、梅吉と小夜を二人きりにしていつもどおり梅丸に出かけ、帰ってくると二階がやたらと騒がしかった。昼から酒を飲み、小夜の歌を肴に酔っていたらしい。

「こんなに楽しい酒はホンマ久しぶりやわ」とご満悦の梅吉に、小夜が「父ちゃん、コップが空になってっぺよ」と追加を注いだ。

――父ちゃん？

勢いあまって酒がこぼれ、梅吉は「もったいない、もったいない」と畳にはいつくばって吸い始める。それを小夜も止めることなく、げらげらと笑って見ている。

「……お酒てどないしたん？　預けた金は食事に使うようにって言うたはずやろ」

震えを抑えながらスズ子が聞くと、梅吉が笑った。

「わしが頼んだんや。『父ちゃんに酒買うてきてくれ』言うて。六郎の嫁にしよう思てんねん。名案やろ？　こんなに楽しい子ぉが嫁に来てくれたら、毎日笑ろて暮らせるわ」

「おれも、六郎さんのお嫁さんになるのが夢だったんだ。ほら見で？　カメも喜んでる。サヨチャン、ダイスキ」

カメを手に乗せ、口真似をする小夜の姿に、スズ子の何かがぷつんと切れた。

「アンタ、歌手になるのが夢や言うてなかった？　弟子にしてくれ言うてついてきたんやろ？」

「んだげど、父ちゃんにああ言われだっけが断れねぇ」

「あんたの父ちゃんちゃう！　出てって！」

「何を大げさに言うてんねん、みーんな家族やないか」

白けたように、梅吉が唇を尖らせる。それもまた、スズ子の苛立ちを煽る。

「なにが家族や！　約束も守られへん、言うてることもしょっちゅう変わる子、信用でけへん」

「けどおれ、行くとこが」

「そんなん知らん！　出てって」

一歩も退かないスズ子に、小夜は観念したように深々と頭を下げた。

「……楽しくて、ちっと調子に乗りすぎてしまった。出でいぎます。ご迷惑おかけして、申し訳ありませんでした」

肩を落として小夜が出ていくと、酔いの冷めた顔で梅吉が吐き捨てる。

「鬼やな。身寄りがない言う子を放り出して」

「誰のせいや思てんの。恥ずかしい。今のお父ちゃんはとことん情けない。見てられへんわ」

「なんやぁ？　もっぺん言うてみぃ！」

「何回でも言うたる。お父ちゃんは情けない！　格好悪い！　ほんまの役立たずや！」

「ああその通りや。わしゃもう飲むことと寝ることしかできへんからのぅ！」

「わかってんねやったらしっかりして！　ワテお父ちゃんのことばっかり構てられへんねん。お母ちゃんとは違うんやから！」

「冷たいのぉ。小夜ちゃんの方がよっぽど娘みたいやったわ」

「……それやったら出て行け。こっから出て行け！」

「言われんでも出て行ったるわ！」

どすどすとわざとらしい音を立てて、梅吉も出ていく。

――今日は、梅丸で、コントラバスの土井に赤紙が来たことを知らされた。代わりの人間を見つけるアテもない。客は日に日に、つまらなそうな顔を浮かべて、一人また一人と減っていく。スズ子だって、つらいのだ。ツヤに会いたくてたまらないのは、スズ子だって変わらない。それなのに梅吉ときたら、自分のさびしい気持ちばっかりおしつけて。

やるせなかった。翌朝、しれっと家に戻ってきた梅吉と、しばらく口をきいてやるつもりはなかった。

梅丸楽劇団の経済状況は深刻で、このままでは解散というところまで追い詰められていた。客入りの減少は、警察による取り締まりのせいだけではない。「不真面目」「不謹慎」「浅はかである」「愛国精神に欠ける」などと批判する投書も束になるほど届いていた。

「我々を縛っているのは何も警察だけじゃない。以前から大衆の一部にも梅丸の公演を不真面目だ何だと非難する声はあったんだ。その声も今や、一部では済まなくなってる。音楽を楽しみたい人たちと、正したい人たちの板挟みだよ。誰のために何をすればいいのか……」

うなだれる辛島に、スズ子はかける言葉が見当たらなかった。あんなにも好きだった歌が、舞台が、スズ子から離れていくようで、頭がどうにかなりそうだった。

羽鳥の存在がなければ、とっくに梅丸は崩壊していただろう。警察から文句を言われないよう、出征した団員がいなくても演奏できるよう、編曲のやりなおしを繰り返している。それだけじゃない。近頃、彼の作曲した『蘇州夜曲（そしゅうやきょく）』は検閲を免れ、そこかしこで流されていた。『支那（しな）の夜』

という、日本の貨物船員の男と中国人の女性が恋に落ちる映画で使われたものである。主演女優もつとめた李香蘭の歌は、異国情緒がありながらどこか懐かしく人々の心に響き、久しぶりにヒットを飛ばしていた。

　とはいえ、苦境に立たされているのは羽鳥も同じだった。新曲の『湖畔の宿』は発売されたばかりなのに宣伝をとりやめられた。曲調も歌詞もひ弱で女々しいと言われるのではないかと、おそれたレコード会社の上層部が、先手を打ったらしい。

　それでも羽鳥は、曲をつくることをやめなかった。

「ワテに『蘇州夜曲』を歌わせてもらえまへんか？　あの曲やったら、ステップ踏まんでもお客さんを楽しませることができる思うんです」

　それはスズ子が懸命に考えた、今の自分にできる唯一のことだった。けれど羽鳥は「ダメだね」と即答する。

「なんででっか？　先生が納得してくれるまで何べんでも練習します。ワテの歌声で蘇州の情景を表現してみせますから」

「福来くん、君は心から『蘇州夜曲』を歌いたいわけじゃないだろう？　僕には君が、警察の指導を避けるためにあの曲を選んだように思えるんだが、違うかい？」

　図星だった。けれどそれの、何がいけないというのだろう。

「お客さんは減る一方です。楽団かて人が減って、センセも苦労してるやないですか」

「楽器が足りないなら他の音で補えばいい。楽団だからね」何度でも何度でも僕は楽譜を書き直すよ。何があっても音を出し続けるのが楽団だからね」

歌いたい歌を、心から惹かれる歌を、思いのままに歌えと羽鳥は言っているのだった。そのためなら、なんでもすると。でも、その心意気を貫いた先に、未来はあるのだろうか。

唇をかみしめるスズ子に、羽鳥は楽譜に書き込む手を止め、鍵盤をたたく。流れるのは、『ラッパと娘』の軽快なイントロダクション。

「何をしてるんだい？　歌うんだよ。……トゥリー、トゥー、ワン、ゼロ！」

スズ子の戸惑いに、羽鳥が発破をかける。

スズ子は歌った。三尺四方も気にせず、自由に心ゆくままに、腹の底から。二人の顔に久しぶりに笑みが戻る。いつまでも、こうしていたい。この歌を、お客さんに届けたい。

言葉にせずとも共有していたその想いは、けれど、実ることはなかった。

まもなくして、梅丸楽劇団の解散が告げられたのである。


解散のその日、辛島は泣いていた。竹田も、自分の力不足を詫びた。

「またやろう。いつかまたみんなで集まってさ、誰に文句を言われる事なく、存分に楽器を鳴らそうじゃないか。ね」

羽鳥はそう言ったが、いつまで楽器をやれるかわからない時勢である。辛島は、できる限りみんなのその後を世話すると言ってくれたが、喇叭——トランペットの一井も、雇ってくれる楽団がみつからず、行くあてを失っている。

「羽鳥さんに、俺たちヒラの楽団員の気持ちはわかりませんよ」と吐き捨てた楽団員に、羽鳥は薄い笑みを浮かべて去っていった。

最後まで梅丸を盛り立てようと頑張っていた羽鳥の想いは、努力は、みんな重々承知している。それでも言わずにはおれない苦しさが、蔓延していた。

先の希望が見えないのは、スズ子も同じだ。もう、歌う場所もなければ聴いてくれる客もいない。泣くことも怒ることもできず、寄り道する気にもなれず、下宿に帰ったスズ子に、さらに追い打ちをかけるような報せが待っていた。伝蔵の屋台で喧嘩した梅吉がつかまったというのである。

警察署に飛んでいくと、担当していたのは石原だった。

「なんだ、まつ毛の親父だったのか。親子そろってどうしょうもないな」と嫌味を言われたが、頭を下げるよりほかはない。幸い、相手方の怪我は大したことがないようだったが、酔って絡んだのは梅吉のほうらしい。それでもかたくなに謝ろうともせず、理由を話そうともしない梅吉にスズ子はあきれた。

もう、何もかもがどうでもよくなりそうだった。

その年の九月二十七日、日本とドイツ、イタリアの三国軍事同盟が成立した。日本にとっては、日中戦争が長引くなか、中国を支持するイギリスとアメリカを牽制する目的もあり、新聞では「いまぞ成れり〝歴史の誓〟万歳の怒濤」と同盟を支持する見出しが躍る。

一方で、人々の生活はますます切り詰められ、米やみそ、砂糖やマッチなどは買い占めを防ぐために切符制となり、満足に手に入れられなくなりつつあった。それでも、生きていくためには稼がなくてはならないというのに、スズ子にはやることがない。日がな一日、下宿で寝ているばかりで、歌い方すら忘れてしまいそうである。

林から、大阪に帰ってこないかという声はかかっていた。楽劇団は残念な結果に終わったが、福来スズ子が梅丸の看板歌手であることは変わらない。原点に帰って、大阪を盛り上げるってのも悪くないのではないかと、辛島もすすめてくれた。

けれど、ＵＳＫの演目も愛国物中心でこれまでとはすっかり変わってしまったと、秋山からの手紙で知っている。以前のようには歌えないなら、大阪に戻る意味はない。あそこにはもう、ツヤも六郎もいないのだから。

「でも君は歌うことしかできないだろう？　東京か大阪かなんて問題じゃない。君が楽しめる場所で歌えばいいいさ」

相談すると、羽鳥はあっけらかんと言った。「みんながみんなセンセみたいには楽しめませんよ」と言うと、首を傾げる。

「そうかなぁ、君も一緒だと思ってたけど」

どんなときでも前を向ける羽鳥とは違う。でもそれを口にすると、俺たちの気持ちはわからない、と言ったあの楽団員と同じように羽鳥を傷つけてしまいそうで、言えなかった。かわりに、玄関まで送ってくれた麻里に「センセイすごいわ」と言う。麻里は、苦笑した。

「前向きに見えるだけよ。楽団が傾いてからこっち、食事も喉を通らないくらい悩んでたわ。今もそう、仕事してなきゃ落ち着かないのよ」

そのとき、おもむろに仕事場のドアが開き、羽鳥が一枚のチケットを差し出した。

「福来くん、これ。茨田くんの公演だ。今夜観に行く予定だったんだが、あいにく仕事が立て込んでいてね。君に譲るよ」

そう言って、羽鳥はまた仕事場にこもりきりになる。聴こえてくる、試行錯誤するようなピアノの音を背に、スズ子は家をあとにした。

りつ子の公演は、キャンドルが灯された薄暗い劇場で行われていた。小さいながらも品の良い調度品が飾られ、りつ子のこだわりが伝わってくる。客の数も少ないぶん、真に音楽を愛している人たちが集っているように見えた。検閲する警察官の姿も交じってはいるけれど。

着席と同時に始まった演奏は、レコードが擦り切れるほど聴いた曲だ。静かに、けれど想いのこもった拍手が響くなか、袖からゆったり現れたりつ子が『別れのブルース』を歌いだす。

魂が吸い込まれてしまうような歌だ、とスズ子は聴き惚れた。これを中断させるなんて無粋な真似を、いくら警察官とてできるはずがないと思ってしまうくらいに。

公演後、りつ子にもそう告げた。

「久しぶりに胸の奥をグーッと摑まれた言うか、なんと言うか、もうほんまに良かったです」

「当たり前じゃない。こっちは楽団抱えてんのよ？　全員のギャラ払うのにいくらかかるかわかる？　それだけ稼ごうと思ったら半端な歌は歌えない。雇われのあなたとは覚悟が違うわ。誰に何を言われようと、舞台にかじりついてでも自分の歌を歌うのよ」

――自分の歌。舞台にかじりついてでも、歌う覚悟。

スズ子は雷に打たれたように立ち尽くした。それがぼんやりしているように見えたりつ子は、眉間にしわを寄せる。

「ほんっとイライラする。あんた歌いたいんじゃないの？　なら人の歌なんかに感動してないで歌いなさい。こんなご時世で、うかうかしてたらいつ歌えなくなるかわからないわよ。今日だって警官がうるさくて参っちゃうわ……」

けれどスズ子は聞いていなかった。いてもたってもいられなくて、楽屋を飛び出す。

三尺四方の囲みがどうしてあんなにもイヤだったのか。

自由を奪われていたからだ。自分の歌を歌えなかったからだ。だったら、その囲みを取り払ってしまえばいい。梅丸楽劇団が解散した今、スズ子を縛るものは、何もないのだから。

気持ちがせいて、早足になる。かすかに光が差し込んだ気がして、いてもたってもいられなかった。途中、伝蔵の屋台が見えたけれど、今日は立ち寄らずに通り過ぎようとして――。

見覚えのあるしょぼくれた背中に、足を止める。飲みつぶれた、梅吉だ。スズ子は、伝蔵に声をかけた。

「おっちゃん、先日は父がご迷惑をお掛けして、申し訳ありませんでした。今日もすんまへん、連れて帰ります。……お父ちゃん起きて？」

揺らしても、むにゃむにゃとわけのわからないことを言うばかりで、微動だにしない。スズ子は、息を吐いた。

「ケンカなんかして。いくら酔うても、そんなことするお父ちゃんやなかったやろ？」

「いや、ありゃ殴って当然だろ。あの二人組、偉そうに御託並べやがってよ」

梅吉が絡んだ男たちは、そのとき、梅丸の解散について盛りあがっていたらしい。

「仕方ねぇよ。ここ最近はおとなしくなっちまって退屈で退屈で。なにより福来スズ子がつまらねぇ！」「広い舞台にボーッと突っ立って、つまんねぇ歌をタラタラタラタラ。ありゃ歌手としちゃもう終わりだ」などとスズ子を槍玉にあげて。

それが、梅吉には我慢がならなかった。

「もっぺん言うてみぃ。『福来スズ子はもう終わり』ってどういうことじゃ！　お前らみたいなチンピラにスズ子の何がわかるんやぁ！」

ろれつのまわらない口で叫ぶと二人に摑みかかり、逆に殴り返されたというのが、事の顚末だったと伝蔵は言う。スズ子は、梅吉の隣に乱暴に腰かけた。その振動で、梅吉が起きる。

「なんやお前。なにしてんねん」

「一杯ちょうだい。……見たらわかるやろ？」

スズ子は梅吉のコップに乾杯すると、伝蔵から出された酒を一気に飲み干した。

「お前、やるやないかぁ！　これは負けてられへん。わしにも一杯くれ！　……ええか？」

ええよ、と答えると梅吉は嬉しそうにスズ子と乾杯した。

「お前と飲む日がくるとはなぁ」

「……これで、さびしいのん消えるん？　お母ちゃんが死んでさびしい気持ち、酔っ払ろうたら消えるんやろ。せやからお父ちゃん、ずっとお酒飲んでんのやろ？」

「消えへんよ。余計会いたなるわ。飲めば飲むほどツヤちゃんに会いたい。ツヤちゃんをギューっと抱きしめたい。逃げられても逃げられても追いかけて抱きしめて、ほんでまた『いいかげんにしぃ！』言うて……めちゃめちゃに叱られたい……」

言いながら、梅吉はぐすぐすと泣き始めた。

「なんやねん。どんだけ好きやねん」

「当たり前やろ。あれは日本一のおなごやぞ？」

「うん、日本一のお母ちゃんや」

「お前の歌が好きやった。……聴いてる思うわ。お前の歌、聴かしたってくれ！」

「……言われんでも聴かせたる」

もう一度、今度は夜空の星に向かって乾杯する。

「ワテ、歌うわ」

その言葉に、梅吉はにかっと笑った。


そうと決まれば、やることは一つだった。翌朝、スズ子はある人の家を訪ねた。トランペットはもうやめるしかないかもしれない。そう言っていた、一井の家だ。

「もう所属先は決まってしまいましたか？」

「いや、まだだが……君は」

「決まりました。『福来スズ子とその楽団』です」

「……は？」

きょとんとする一井に、スズ子はにかっと笑う。ゆうべの、梅吉のように。

「ワテはワテの楽団で歌うことにしました。一井さん、ワテの楽団に入ってください！」

「あっはは、あはははは！　まったく君ってやつぁ……」

一井は、ひとしきり笑ったあと、それ以上何も言わずに手を差し出した。

スズ子も、その手を強く握る。たった、二人。けれどそれが、スズ子の新しい道の始まりだった。

第10章 開戦

昭和一六（一九四一）年の春がやってきた。スズ子が上京して三度目の桜が舞うなか、一井の表札の隣に「福来スズ子とその楽団」の看板を掲げた。

一井に楽団結成を申し込んでからおよそ半年、ようやくメンバーがそろった。ピアノの二村、ギターの三谷、ドラムの四条。楽団と呼ぶにはやや心もとないが、みんな梅丸でともに舞台に立ってきた仲間で、実力は申し分ない。

マネージャーの五木ひろきは、辛島の紹介でやってきた自称腕利きで、公演のブッキングから経理まで、雑事を総て引き受けてくれるという。

「君らを売るのが僕の仕事だ。君歌う人、君ら弾く人、僕は売る人。コレで決まりよ」

と堂々と胸を張る姿に、みなは盛り上がった。

そこにもう一人、スズ子の身の回りを世話する付き人が加わった。スズ子に下宿を追い出されて以来、音沙汰のなかった小夜である。

「ここで楽団始めるって聞いて、会いに来ました！　あれからこっち、スズ子さんの歌を聴くたんびに胸がチクっと痛むんだ。失礼なことしちまって、ずーっと後悔してた。やっぱしオレは福来スズ子が好きだ。スズ子さんの側にいさせてくんちぇ！」

給料などいらないからそばにいさせてほしい、と土下座する小夜を、全面的に信用するほどスズ子もお人好しではない。だが、追い出すこともやっぱり、できないのだった。

「あんたちょいちょい調子のええ嘘つくやろ。人の顔色窺ってんのか知らんけど、そんなんされたらあんたがどんな人間かわからんようになんねん。……もう嘘はつかへんて約束でけるか？」

約束しますと答えた小夜の、瞳のまっすぐさをもう一度だけ信じることにした。

スズ子の胸は期待に膨らんでいた。早く楽団を軌道に乗せて、たくさんの人に歌を聴かせたかった。だがやる気とは裏腹に、夏が来ても、秋が過ぎても、公演の機会は訪れなかった。

「参っちゃったなぁ。銀行から借りた旗揚げ資金が底をつきそうなんだよ。年が明けるまでもつかどうか……どうすればいいと思う？」

五木が言い出したのは、十二月に入ったころ。お前の仕事だろと楽団員たちは文句を言うが、公演をできないのにも、理由があった。警察の締め付けは強くなる一方なのに、「福来スズ子は敵性音楽を歌っている」という評判が世間に浸透している。さらに、五木がどんな伝手(つて)を頼っても、大劇場から小劇場まで、片っ端から断られてしまうのである。

「ハッキリ言われたよ。今の福来スズ子じゃ弱い、って。梅丸のド派手な演出がなきゃ昔のようには輝けないと思われてんのよ」

五木の言葉に、スズ子が思い出したのはりつ子の啖呵(たんか)だった。

――雇われのあなたとは覚悟が違うわ。誰に何を言われようと、舞台にかじりついてでも自分の歌を歌うのよ。

今になって、身に沁みる。一度でも自分の歌を曲げたら、こういうことになるのだと。

「俺たちは君の歌に惚れてこの楽団にノったんだ。福来スズ子を信じる気持ちは変わらないから」

と一井は励ましてくれたが、甘えてはいられなかった。ビラを抱えて街角で配り、すでに断られた劇場の扉をも叩き続ける。

スズ子は、歌うことをやめなかった。毎日、大量に余ったビラを抱えて帰っても、人気のない空き地で歌い、客がなくともステップを踏んだ。立ち止まることなど、できなかった。


りつ子もまた、瀬戸際にいた。取調室に呼ばれるのはいったい、何度目だろう。化粧や服装が不真面目で不謹慎だとどんなに恫喝(どうかつ)されても揺るがない。始末書を書けばいいだけの話だと思っていた。だが、その日はついに楽譜を押収されてしまった。

「これからは愛国精神にのっとった歌を歌え。そうでなければこの楽譜はすべて焼き捨てる」

「な、なんでそったことされねばまいー　命より大事な楽譜だ。すぐ返せ！」

「我が国を取り巻く状況は日々過酷に変化している。これまで以上に気を引き締め、その活躍をより一層後押しするのが国民の勤めだろう？『別れのブルース』に『雨のブルース』……このブルースというのは銃後の国民の士気を落とす。二度と歌うな」

それはりつ子に、死ねというのと、同じだ。

さすがに青ざめて取調室を出ると、廊下には羽鳥の姿があった。

「映画の主題歌を書き下ろしたんだけど、時局に相応しくないと御指導があってね。直した歌詞を見せに来たら、君の怒鳴り声が聞こえて……また絞られたようだね」

「締め付けはキツくなる一方ですよ。こんなんじゃ興行主も腰が引けて公演なんか打てたもんじゃない。次はいつ歌えるんだか」

「茨田りつ子も弱音を吐くか」

「腹が立つと言ってるんです。弱音じゃありません」

「それでこそ茨田りつ子だ」

「あの子はどうです？　やっと楽団を持ったって聞きましたけど」

「福来くんかい？　彼女も厳しいようだ。音を上げなきゃいいが」

「大丈夫でしょう。あれは相当のじょっぱりですよ」

地元の青森では、頑固者をそう呼ぶ。気に食わないところもたくさんあるけれど、りつ子がどんなに冷たく厭味（いやみ）を言ってもめげない、それどころか予想を超えて立ち向かってくるスズ子のことが、どこか頼もしくも思えるのだった。


梅吉は、あいかわらずごろごろするだけの日々だったが、小夜という話し相手ができたことで、さびしさが少しだけ和らいでいた。水槽のカメを眺めながら、ぽつりとつぶやく。

「そのカメ、六郎にはよう懐いとったんや」

「カメに誰が誰かなんてわがんめ」

「それがわかってんねん。ええか？　ワシがエサを食わすとな、見てみ。こんな顔や。つまらなさそうな顔、しとるやろ。それがやで、六郎が食わすとこうや。にかーって笑いよる」

六郎が死んだという、知らせだった。

渡されたのは、戦死公報。

だがそのとき——役場の職員が、梅吉を訪ねてきた。

「ほんまやって！　小夜ちゃんも食わしてみ？」

「んなわげねぇべ！」


帰ってきたスズ子は、戦死公報を手にして、その場にへたりこんだ。梅吉は酒を飲むこともせず、あぐらをかいたまま、呆けてぶつぶつとつぶやいている。

「間違うてるわ。日本て今、戦争勝ってんねやろ？　勝ってんのになんで死ぬんや。うん、間違うてる。……そうや、絶対そうや。あービックリした」

梅吉は文机を開けて、六郎の手紙をとりだした。

「やっぱり、怖いとも助けてくれとも書いてへん。カメのことしか書いてない。ほんまに死にそうな目に遭うてたんやったら、こんなアホみたいな手紙よこさへんやろ。なぁ？」

だが、スズ子には答えられない。

——ワイ……死にとうないわ。

そう言ってしがみついてきた、あの夜の六郎が、まざまざとよみがえる。

「紙切れ一枚やで。そんで六郎が死んだ言われて、はいそうですかやなんてな。小夜ちゃんはどない思う？　なんかの間違いやろ」

「どうだっぺ……間違いってことも、あんのかもしんねぇけど……」

「ほらみてみ！　小夜ちゃんかてそない言うてるわ！」

「やかまし！　わからへん言うてるやろ！」

そのあとのことは、スズ子も、よく覚えていない。目が覚めたとき、イヤな夢を見た、と思った。けれど文机の上には、六郎の戦死を伝える紙きれが置かれたまま。触れることもできず、スズ子はそのまま居間に降りた。梅吉は背中を向けて、眠っていた。

朝ごはんに、吾郎がおにぎりを握ってくれた。六郎が、最後にもたされていたのと同じ。いつかまた、絶対にみそ汁と卵焼きを食べに来ると言っていたのに。

無理をするな、とみんなが言ってくれる。しばらくゆっくりしていればいい、と。けれど部屋でじっとしているほうが、しんどかった。だからといって、楽団の事務所に顔を出しても、気を遣わせるだけ。スズ子は居場所を失い、外に出た。向かったのはいつもの空き地だ。心配した小夜が、あとからついてくる。

スズ子は『ラッパと娘』を歌いはじめた。けれど、どうにもうまくリズムに乗れなくて、すぐにやめてしまう。

「あかん、うまく歌われへん。それに……足が重たい。布団の上で踊ってるみたいや」

気合いを入れるように、身体中を叩いて再びステップを踏む。

結果は、同じだった。全身が重くて、ぬかるんでいるわけでもない地面に、そのまま沈み込んでしまいそうだった。

「うまく動かへん。なんやねんこれ。なんでちゃんと動かへんねん！　……しっかりせぇ！　なにしてんねん！」

「スズ子さん！　もうやめてください！」

身体を叩き続けるスズ子を、小夜がはがいじめにして止めた。抵抗するのをやめると、今度は膝の裏にも力が入らず、しりもちをついてしまいそうになる。

「気ぃ抜くとな、六郎のことが頭に浮かんでくんねん。どんな気持ちで死んでいったんやろ。怖かったやろなぁ、寂しかったやろなぁ。……可哀想やったなぁ……」

「スズ子さん。今は無理しなくてていいがら。オレがいるがら……なんでも言ってくんちぇ」

スズ子は大声で泣いた。

六郎、六郎、と。ツヤが死んだときよりもっと、苦しくて、胸をえぐられるような痛みがスズ子を貫いた。


何日も、眠れない夜が続いた。スズ子だけでなく、梅吉もである。

二人のあいだに、言葉はなかった。ただ、文机の上に、六郎からのはがきが散らばっていて、ふとした瞬間、それを読みながら静かに嗚咽した。

「僕は毎日空を見ています。同じ空の下にカメがいてる思うと元気が出ます。お父ちゃんとネーヤンも元気で」

怖いも、助けてくれも、どこにも書かれていない。感じていなかったわけじゃない。言わない子なのだ。出征のときも、胸の内にひた隠しにしていた恐怖を、最後の夜、スズ子だけにそっと打ち明け、それっきりにするくらい強い子だったのだ。

あたたかい布団で眠りに落ちると、すいた腹を吾郎のごはんで満たすと、そのたび六郎に申し訳ない気持ちになった。

「何もやましいことなんかないよ。弟さんも安心してるはずさ」

チズが言ってくれて、少しだけ心が軽くなる。そうだ。そういう優しい子でもあった、と六郎のことをまた思い出す。

その日、スズ子は久しぶりに楽団の事務所に顔を出した。あたたかく迎えてくれた団員たちに、ほっとしたのもつかのま、一井が「静かに！」とラジオのボリュームをあげる。

「大本営発表、帝国陸海軍は本八日未明西部太平洋において米英軍と戦闘状態に入れり。臨時ニュースを申し上げます」

日本海軍がハワイ真珠湾を基地とするアメリカ太平洋艦隊を空襲し、大打撃を与えたうえで勝利をおさめた。

昭和十六（一九四一）年十二月八日。

日本が、太平洋戦争へと突入するきっかけとなった、歴史的な日である。

「バンザーイ！　バンザーイ！　バンザーイ！」

ついに始まるアメリカとイギリスとの戦争を前に、みんなが立ち上がり、両手をふりあげ、日本軍を讃える。なんだかたまらなくなって事務所を出ると、町中で号外が配られ、万歳三唱が巻き起こり、大人も子どももお祭り騒ぎだった。

そのなかに、幼い弟と肩を並べる、女の子の姿が見える。一緒に、無邪気に、バンザイバンザイとはしゃぐ二人を見ながら、スズ子もみんなと同じように「……ばんざーい。ばんざーい」とつぶやいた。

おかしくて、たまらなかった。六郎は死んだのに、ちっともおめでたくなんてないのに、世間は喜びに満ちている。スズ子は笑った。今なら、不謹慎だと咎めてくる人は誰もいない。

羽鳥から、連絡があった。一井から、六郎の戦死について、聞いたらしい。喫茶店で久しぶりに顔をあわせると、開口一番「残念だったね」と首を垂れた。

「あの子、いっつも『ネーヤンネーヤン』言うて後ついてきて、いつまでも子どもみたいで……そこがまた可愛いいて。なんでかカメが好きなんですわ。のんびりしてるからか、気が合うたんでしょうね。出征した後も、『カメの世話してくれ』とか、『同じ空の下にカメがいてると思たら元気出る』とかカメのことばっかり気にしてるアホな手紙よこして、呑気にしてる思てたのに」

「面白い子だね」

「……何がしんどいて、まだ心のどっかで、六郎は生きてるんと違うかて思てしまうことです。紙切れ一枚やったら何かの間違いかもわからへんし、いつか骨が帰ってきたとしても、それがほんまに六郎かどうかやなんかわからへんでしょう。……諦めきれへんのです」

「この一戦　何が何でも　やりぬくぞ！」

そのとき、客の誰かが叫んだ。奇襲の成功にはずみをつけて、日本は一気に勝利すると、誰も疑っておらず、景気もよくなるはずだと信じている。それじたいは、スズ子も喜びたかった。けれどどうしても、心を奮い立たせることができない。

「福来くん、来週ウチに来なさい。久しぶりに食事でもしよう。それぐらいしかしてやれないが」

羽鳥の申し出に、スズ子ははかなげに笑った。一人ではない、ということだけが、今は救いだった。

　ところが、下宿に戻ると、梅吉が何やら身支度をしていた。

「ワシな、香川に帰ろ思てんねん」

　そう言って、懐からハガキをとりだし、スズ子に見せる。

「幼なじみにヒデ坊いう奴がおってな。繊維工場のボンボンやねんけど、そいつが手伝うてくれて。急に忙しなったんやて、人が足らんねんて」

「なにもこんなときに……それ、お父ちゃんやないとアカンの？」

「ワシが行きたいねん」

「なんで？　六郎が死んで、もう家族はワテとお父ちゃんしか残ってへんのやで」

　梅吉は、スズ子と目をあわせないまま、意固地に言った。

「六郎は生きてる」

「死んだわ！　せやのに、なんで出ていくねん」

「お前はええがな、東京に住んで長いし歌もある。せやけどワシからしたら東京にはなーんもない。もう大阪にも家はあらへん。生まれ故郷しか残ってないねん。一からやり直したい」

「なんで一からなんて言うねん。ワテがおるやろ。……ワテは数に入らへんの？」

　梅吉は答えなかった。逃げるよう部屋を出ていこうとする背中に、スズ子はつぶやく。

「……ほんまの娘やないからか」

　怪訝そうにふりかえった梅吉に「なんでもないわ！」と叫ぶ。梅吉は暗い顔で、出かけて行った。

なんだかんだ、仲良くやってきたと思っていたのに、六郎が死んだとたんにこのざまだ。なんて、もろい。それもこれも全部、血がつながっていないから。本当の親子じゃないからなのだろうか。

スズ子はこぶしを握りしめた。もう、涙も出なかった。


食欲がわかないせいか、もともと小さい体が痩せてさらに縮んでしまった気がする。せめて羽鳥の家ではちゃんと食べたいと思ったが、どうしても箸がすすまなかった。

「私が目の前にいると、息が詰まってごはんも喉を通らないって、そう言うわけ？」

嫌味を飛ばしたのは、りつ子である。まさか彼女も呼ばれているとは思わなかったが、六郎のお悔やみも言ってくれた彼女が、スズ子を敵視するばかりでないことはわかっていた。みんなで食べたほうが楽しいだろう、と招いてくれた羽鳥の心遣いも嬉しい。

だが羽鳥には、スズ子を励ます以外の思惑もあったらしい。夕食後、りつ子とスズ子に茶をふるまいながら「楽団はどうだい？」と聞いた。

「なかなかです。いまだに歌わせてもらえへん。ワテを信じてついてきてくれた楽団のみんなに申し訳ない……。楽団を持つって大変や。茨田さんの言うてた意味がやっとわかりました。やっぱり茨田さんはすごいわ」

「こっちも大して変わんないわよ。『別れのブルース』も『雨のブルース』も目ぇつけられちゃって、歌いにくいったらありゃしない。難しい世の中になったわ」

「糞食らえだ」と、珍しく乱暴な言葉を羽鳥は放った。

「そうだろ？　誰も君たちから歌を取り上げるなんてできない。そんなこと、許してたまるか。

歌う場所がないなら、自分たちで作ればいい。……音楽会をひらこう。二人の合同コンサートだ。どうだい？　面白くなりそうだろ？」

りつ子と、目をあわせる。考えたこともなかった。だが——。

「異論はないようだね」

あるはずもなかった。

こうして、久しぶりにスズ子は歌う場を手に入れたのである。


「戦ひ抜かう大東亜戦」「二大歌手による、銃後を鼓舞する大音楽会」とビラに書くことを勧めたのも羽鳥だった。

いくら敵性音楽を歌うと評判のスズ子でも、ここまで戦意昂揚を押し出されては警察も文句は言えまい。羽鳥善一発案で茨田りつ子との共演とくれば、業界中が注目することはまちがいなく、「福来スズ子とその楽団」の名を売る千載一遇(せんざいいちぐう)のチャンスでもあった。

だが、肝心のスズ子は、歌と踊りに身が入らないままだった。やる気がない、わけじゃない。当然、意気込んではいる。でも、歌おうとするたび六郎の顔が頭をよぎり、全身が重たく沈んでいく。そんなスズ子の想いもよそに、梅吉は毎日、質入れする荷物を吟味している。

「スズ子、ワシの持ち物てこんだけか？　いらんもんがあったら質に入れてまおかて思てんねんけど」

「やっぱり行くんやな」

「言うたやろ？　友達が助けてくれ言うてんねんから、いったらなしゃーないねん」

「……これもこれも、もういらん。なんぼになるか知らんけど持って行ったらええわ」

そう言って、スズ子は押入れの奥から衣装や装飾品などをとりだし、放り投げた。さすがの梅吉もあわてた。

「これ、お前のやないか。そうやのうて、ワシの」

「いらん！　どうせもう何もないねん。お母ちゃんも六郎もおらん。お父ちゃんには逃げる田舎があるか知らんけど、ワテにはない。ここで楽団食わさなアカン。けどな、ワテ今、歌がまともに歌われへん。歌お思たら六郎の顔が浮かんで歌に気持ちが入らへんねん。あの子が死んでまともやないのはお父ちゃんだけやない。ワテも同じや」

何も答えられずにいる梅吉を置いて、スズ子は下宿を出ていった。

向かった先は、羽鳥の家である。

「ワテもうあきまへん……。六郎も死んで、ワテにはもう何も残らへん」

仕事場でピアノに向かう羽鳥に、スズ子はこれまでにない弱音を吐いた。

「歌お思たら、六郎のことやら色々浮かんで喉が詰まるんです。ワテにはもう、歌もない」

「歌があるだろ」

「ちょうど良かった」

羽鳥は、譜面台の楽譜をスズ子に渡した。

『大空の弟』と書かれたその曲を、羽鳥は奏でる。しめやかで、優しく、そしてあたたかい。今のスズ子の心に、芯から沁みる音色と、譜面に書かれた言葉。

「君が話してくれた、六郎くんへの想いを歌にしたんだ。これなら歌えるんじゃないか？」

スズ子は、楽譜を凝視したまま、何度もうなずいた。うなずくたび、こらえきれずに、涙が落ちる。

「ええ歌ですね。……うん、ええ歌や。ありがとうございます……」

コンサートでは、最初にこれを歌うことに決めた。

スズ子にとって、それは生涯の宝物となる歌だった。


メロディを静かに口ずさみながら、スズ子はカメの水槽を洗った。自分がやる、と手を差し伸べる小夜をとどめて、気持ちよさそうに日干しされているカメを見つめる。

「ワテがしたいねん。……あの子との約束、守れてへんかったわ。手紙に書いてある『カメは元気ですか？　たまにはミミズ食わしたってください、お日さまに当てたってください』て。はは。カメはそれで喜ぶんやて。またアホなこと書いてる思てたけど、あの子は本気やった。ちゃんと応えたらなアカンわな」

そんなスズ子を、梅吉は黙って見ているだけである。

まずはミミズや、と出ていったスズ子を見送りながら、小夜は横目で梅吉をうかがう。

「梅吉さんは行がねぇのげ？」

「行かへん。カメ見とったら六郎のこと思い出してまう。……ずっと一緒に風呂掃除して、番台座って、毎日毎日……それが戦争でやられて、もう帰ってけぇへんやなんて考えたない。勘弁してくれ」

いつもなら、そうか、と小夜はつぶやくだけだった。だが今日は、梅吉の丸まった背中を思いきり叩く。

「情げねぇ！　スズ子さんだって同じだ。でもああやって、乗り越えっぺってしてんのに。……オレ、スズ子さんが羨ましかった。オレは親に捨てられだから、父ちゃんと一緒にいられるスズ子さんのことが、ずっと羨ましかったんだ。でも、あんたみてぇな父ちゃんならいらねぇ。いねぇほうがマシだわ！」

そう言い捨てて、小夜はどしどしと音をたててスズ子のあとを追う。

スズ子は、玄関先でしゃがみこんでミミズを探していた。手伝おうとした小夜を押しのけ、追いかけてきた梅吉がえらそうに言う。

「そことちゃう。ミミズはもっと、ジメジメした葉っぱの下におんねん。お前そんなことも知らんのか」

並んでしゃがみこむ、まるで似ていない二人の背中を、小夜は羨ましいようなホッとするような、不思議な気持ちで見つめていた。

ミミズを食わせると、確かにカメはご機嫌に、動きを活発にしたような気がして、梅吉は声を弾ませた。

「カメ、笑てる。喜んでるわ。六郎の言うとおりや」

「いっつもカメとなに話してたんやろ」

「おいカメ、教えてくれ。……スズ子、ワシはやっぱり、どないしても、アイツが死んだやなんて思われへんねん」

「それはワテも一緒や。せやけどな、いつまでもそんなんやったら、六郎は喜ばへんやろ？　ワテは六郎のために歌う。……お父ちゃん、聴きに来てくれるか？」

「……当たり前や」

二人で、カメをちょいちょいとつつく。その笑っているような顔に、六郎が重なった。


ブルースの女王とスウィングの女王の共演は話題を呼び、チケットはすぐさま完売。スズ子は久しぶりに満員の客席の前で歌うこととなった。招待席には、カメを抱えた梅吉はもちろん、チズと吾郎の姿もある。さらに、監視する警官の姿も舞台袖から確認すると、スズ子は静かに深く息を吸った。今日だけは、絶対に、失敗するわけにはいかない。

トリは当然、りつ子だと思っていたら、スズ子にすると開演直前に知らされた。

なんと、りつ子からの申し出だという。

「気の抜けた歌を聴かされたんじゃ、こっちの調子が狂うのよ。だから私が先に歌う。あんたの前座に収まる気なんてさらさらないから。本物の歌を聴かせてあげる」

その言葉どおり、りつ子は息をのむような歌唱を披露してくれた。

歌うことを禁じられた『別れのブルース』。けれど警官たちは、一瞬顔を見合わせた以外、腰を浮かすことなくただその歌に聴き入っていた。

拍手喝采のなか、歌い終えたりつ子は言った。

「歌手は歌と共に生きております。この世がどうあろうと、絶望に打ちひしがれようと、歌うことが生きること。なにがあろうとそれだけは変わりません」

そして続いて唇からこぼれだすのは『雨のブルース』。

雨よふれふれ　なやみを流すまで
どうせ涙に濡れつつ
夜毎　なげく身は
ああ　かえり来ぬ　心の青空
すすり泣く　夜の雨よ

それは今の自分たちにこそ必要な歌だと、スズ子は思った。そう思わせる力が、りつ子の歌にはある。背中を押されるようにして、スズ子はりつ子と交代し、舞台の中心に立った。もう一度、客席に梅吉の姿を確認する。――聴いとってや。スズ子は呼吸を整えた。この曲を梅吉に、そして戦地で大切な人を失ったすべての人に、届けたかった。

かねてより　我らを苦しめた　憎い顔した敵軍ども
ひごろ鍛えたこの腕で　重い小銃抱え込み
がぁんと突撃しています　○○（まるまる）隊にて六郎より

歌いながら、スズ子の脳裏に六郎の姿が走った。甲種合格やで、すごいやろ、と自慢していた六郎は、お国のために役立てることを誇りに思っていた。自分も頑張るから、梅吉も元気を出せと、ツヤもはやく治れと、最後まで笑っていた。

ラジオや新聞に　もしや六郎の部隊の名が書いてないかと
どこにどうしているのやら
いつも〇〇〇部隊　〇〇方面　〇〇隊
〇〇〇ばかりなり
〇〇〇ではわからない

無事を知りたい。でも、時勢柄、新聞ではどの方面で、どの部隊が勝利し、負けたのかを知ることができない。伏字ばかりだ。きっと、スズ子が目にした伏せ字のどこかに、六郎の部隊はあったのだろう。そのとき、その瞬間を、スズ子はとらえることができなかった。

声を限りに歌うとき　まぶたに浮かぶ弟よ
わたしもニッポン女性なり　つとめ変われど国のため
歌に血潮をたぎらせて　果たす御国の民の道

行ってまいります、と言ったのに。次は東京でネーヤンの舞台を観ると言っていたのに。抱きしめた、今はもう遠いあのぬくもりをたぐりよせるように、スズ子は歌った。そして歌いきった瞬間、その場に崩れ落ちて、むせび泣いた。

「福来くん、しっかりしなさい！」

羽鳥の叱責が、飛ぶ。ふと顔をあげると、客席の中央に、六郎が立っていた。出征姿でスズ子を見つめ、目が合うとにっこり笑ってうなずいてくれる。

スズ子は、立ち上がった。

『ラッパと娘』の伴奏が始まる。客席が沸き立ち、力を取り戻したようにスズ子は歌い出す。

楽しいお方も　悲しいお方も　誰でも好きな　その歌は
バドジズ　デジドダー
この歌歌えば　なぜかひとりでに　誰でもみんな　うかれだす
バドジズ　デジドダー

悲しいときこそ、必要なのだ。浮かれあがった派手なこの歌が、今のスズ子には、戦地を想うみんなの心には。

いつしか客席の全員が立ち上がり、手拍子しながらリズムにあわせて身体を揺らしていた。口笛が鳴り、掛け声があがり、警官たちが顔色を変えて立ち上がり――そして、静かにステージのスズ子を見つめた。スズ子が全力で歌いきるまで、邪魔する者は誰もいなかった。

いつだってこんなふうにスズ子は歌ってきた。

はな湯の休憩所で、ツヤが、常連客のみんなが笑ってくれるのが嬉しくて。

――歌いたいように歌とたらええ。

みんなを笑顔にしたくて。そのなかで自分自身も笑っていたくて。

「ええぞー！　スズ子ー！」

号泣する梅吉の声が、スズ子の耳に届く。スズ子は、今日一番の笑顔を浮かべた。


公演を終え、久しぶりに伝蔵の屋台に行くと、梅吉が待っていた。ちびちびと酒を飲みながら、しんみりと言う。

「……六郎の歌、あれええな。涙止まらんかった。お前の歌聴いてたら正直になってまう。誤魔化されへん……六郎は、死んだんやな」

そして、顔をまっすぐにあげて続けた。

「スズ子、ワシ決めたで。やっぱり、香川行くわ。お前とおったらいつまでも甘えてまう。情けないお父ちゃんのままや」

「それでええよ」

「アカンねん。お前の歌でいろいろ思い出したんや。はな湯のアレやコレや、六郎だけやのうて、ツヤまで出てきよった。ファーっと抱きしめよう思たらな？　バチコーンいかれてこうや。『しっかりしぃ！　情けない！』てどやされた。せやから今度こそ、がんばりたいねん。お前が歌とてくれてたら、ワシはもうさびしない。どこにおってもや」

「……ワテはさびしい。飲んべえで働きもせんとだらしのうて情けのうて、何の役にも立たへんお父ちゃんでも、おらんようなったらさびしい。なんでやろ……」

「そんなん決まってるやろ。親子やからや。当たり前やろ」

きっぱりと言う梅吉の表情に、迷いはなかった。スズ子は、笑った。

「……そやな。親子やねんから、ワテもお父ちゃんのワガママ、聞いたらなアカンな」

「おおきに。……ワシは、お前が娘でほんまに良かった」

「ワテもや。お父ちゃんがお父ちゃんで、ほんまによかった」

——そうして、年を越す前に、梅吉は香川へと旅立っていった。


コンサートは大盛況をおさめたが、それで状況がよくなるということはなく、むしろ取り締まりはますます厳しくなる一方だった。米英音楽の追放を名目に多くのレコードが発売見合わせとなり、東京の劇場で公演を打てる見通しは絶望的だった。

五木のなじみだという秋田の劇場支配人から、公演の依頼がきたのは二月に入ったころだ。旅費がかさんで、持ち出しの方が多いかもしれない。それでも、歌を求めてくれる人がいるというのはそれだけでありがたかった。

「ええやないですか。東京がアカンのやったら日本中どこへでも行ったらええ。ワテらの音楽を聞きたい言う人がいるなら、どこへでも行きましょ！」

スズ子の一声で、〝福来スズ子とその楽団〟は地方巡業に出ることを決めた。その餞別（せんべつ）に、と羽鳥が渡してくれたのが『アイレ可愛や』という新曲だ。

「アイレは、南洋の村娘さ。南洋の娘が歌の中で何をしようが、日本の警察には難癖のつけようがない。君は、この歌をどこでも好きに歌えるってわけさ。……福来くん、歌い続けるんだ」

そしてこの『アイレ可愛や』が、福来スズ子の新たな代表曲となっていくのである。

第11章 運命の出会い

スズ子たちが地方巡業を始めてから、一年以上が経った昭和十八（一九四三）年の六月五日、海軍元帥だった山本五十六の国葬が行われた。皇族でも華族でもない身で国葬されるのは史上例に見ないことだったが、それだけ戦果の華々しい英雄だったという証である。午前十時五十分になると、多くの国民が起立して東を仰いでその場で黙祷した。

アメリカとの戦争に終わりが見えないまま、無敵と言われる皇軍の元帥が戦死してしまったことに、不安を感じる国民も少なくなかったが、口にできる空気ではなくなっていた。

「日本国民は元帥に続け！　子どもたちははやく大きくなって米英を打倒せよ！」

とあちこちで軍人が奨励し、バケツリレーの訓練が行われている。

スズ子たちが国葬のニュースを知ったのは、愛知に向かう汽車のなかだった。

こんなときに演奏なんてしてる場合か、とは思うが、他に何ができるわけでもない。それに、こんなときでも仕事が入るのはありがたい。どこもギャラは決して多くはないが、歌を奪われない限り、スズ子も希望を失わずにいられた。

愛知では、思わぬ出会いもあった。

「ええから、来いや。来いて！　もう二度と会えんかもしれんぞ！」と、町のお偉いさんが誰かを引き連れて乱入してくる。

「ほら入りんさい。なに照れとるだ！　このボン、福来さんのファンなんだわぁ。ほら、サインでもなんでももらったらええがん！」

お偉いさんのうしろで、困ったようにうつむいているのは、まじめそうな男子学生だ。

「サインがほしけりゃ一人五円で書いてもいいけどね」と立ち上がった五木に、学生は「すんまへん！　ボ、ボクはほんまにええです！」と逃げるように踵をかえす。ろくに前も見ていないものだから、ドアの角に額をぶつけ、悲鳴をあげた彼は思い出したようにスズ子たちを振り返り、深々と頭を下げた。

そのとき、一瞬だけ、スズ子と視線が交錯した。なぜか、彼と六郎が重なって見えて、スズ子はうろたえる。声をかけようか迷っているうち、学生は今度こそ走り去っていった。

——全然、似てへんのに。

なぜだか気になった彼との再会は、思いのほか、はやく訪れた。

まず、宿につくなり事件が起きた。今回の巡業から、マネージャー修業の一環として金庫番を担当することになった小夜が、金がないと騒ぎ始めたのである。

玄関で荷物をひっくりかえし、それでも見つからない小夜は半泣きだ。

「絶対落としてね！　盗まっちゃんだ！　誰か泥棒がいっぺ！」

そのとき、小夜が見つけたのが、入口で棒立ちになっている学生だ。

「あとつけてきたのけ！　さっきから怪しいな。オレのジェニ盗んだっぺ！」

「ぬ、ぬ、ぬ、盗んでないですよ！」

「その慌てぶりが怪しいな！」

「ま、ポケットのなかくらい見せてもらおうか」

「なに言うてはるんでっか、五木さんまで！」

慌ててスズ子が止めると、彼は気分を害した様子もなく「ポケットなんかお安い御用です！」

と上着やズボンのポケットをすべてひっくり返した。ハンカチ以外、何も入っていない。当然だ。

あの一瞬で、盗んでいる暇などあったはずもない。それでも小夜は止まらず今度は「服脱げ！」

とわめきちらしている。スズ子は一喝した。

「ええかげんにし！　ほんまにほんますんまへん。小夜ちゃん、謝り」

「だって……」

「だってもへったくれもあらへん！　女将さん、お金は後日必ず送金しますよってに、それで何
とかお願いでけまへんやろか」

「かまわんですよ。いつでも大丈夫です」

女将も、踏み倒しを疑う様子はなく、にこにこしている。それでもスズ子は謝りたおした。

「ほんまにすんまへん。学生さん、もし良かったら今晩夕飯でも一緒にどうだすか？　疑ってし
もたお詫びさせてください。お腹、すいてますやろ。これも何かの縁かもしれまへんし」

学生は、顔を真っ赤にして、口をぱくぱくさせている。スズ子のファン、というのはどうやら

本当らしい。

「ほ……ほんまによろしいんですか。ふ、福来スズ子さんと、ご飯て……」

スズ子が微笑むと、学生は恥ずかしさのあまりうつむいてしまった。六郎だったらきっと、素直にやったーと喜んで飛び跳ねている。やっぱり、全然似ていない。それなのになぜか、スズ子はこの青年から、目が離せなかった。


夕食は、芋のフルコースだった。ふかし芋に芋の味噌汁、焼き芋。芋の漬物はみんな見るのも初めてだったが、案外イケると評判である。少ない配給のなかでも精一杯もてなそうという女将の心づくしがスズ子には嬉しかった。

だが並べられた料理も、緊張でかたまっている学生ののどにはなかなか通っていかない。その初々しさもまた、スズ子には可愛いらしく映った。

言葉の訛りから察していたとおり、彼もまた大阪の出身だという。東京の大学に通う二十歳。六郎よりも、ずっと若い。

「お酒は飲まへんの？　残念。でも、学生さんもこれからお国のためにしっかり働かはる方やし、卒業したら戦地に行かはるかもしれへんやろ。今日はぎょうさん食べてくださいね」

「でも東京の学生さんがこんなとこでなにしてんの？」と聞いたのは三谷だ。

「大阪の家に戻る途中やったんですけど……ふ、福来さんの公演がこちらであるんを知りまして。だ……大ファンやったんで……」

恐縮のあまり、声と一緒に姿かたちも消えてしまいそうである。だが、彼はスズ子をまっすぐに見つめて、続けた。

「大阪の梅丸でも見たことありましたけど、東京の楽劇団で『ラッパと娘』歌とてはるのを見て……あれはほんまにびっくりしました。もちろん曲もよろしんですけど……やっぱり歌い手がええんやと思います」

「あらぁ。お世辞でも嬉しいわ」

「お、お世辞やあらしまへん！　あれは……福来さんが歌とてこそあないな歌になるんやと思います。聴いとってごっついワクワクしました！　歌を聴いてるいうより……福来さんの動きいうんか、こんなおもろい生き物……生き物言うたら失礼なんですけど、僕、アイスクリンなめるんも忘れて見てました」

スズ子は笑った。

「そらアイスクリンもったいなかったけど、ほんまに嬉しいわぁ。今は時勢にあえへん言われて歌えまへんけど……」

「今日の『アイレ可愛や』も好きです！　福来さんは独特です。歌が上手いんは当たり前なんですけど、なんや聴いてると、ええ気持ちになる言うんか、吸い込まれてまうんです」

「語るねえ。素人にしちゃイイ線ついていると思うよ。ねえ」

一井もなぜだか嬉しそうである。

「ねえ言われても照れますがな。ほら学生さん、食べて食べて。名前はなんていわはるん？」

「……村山愛助です」

「あらええ名前や。可愛いらし。女将さーん、学生さんに残ったお芋包んであげてください」

なよっとした名前だとか、ファンだからついてきたんだ、やっぱり怪しいだとか、小夜はあいかわらず警戒心をまるだしにしていたけれど、スズ子には悪い人とは思えなかった。

さらに翌朝、出立する段になって、愛助がスズ子たちの宿代の半分を支払っていったことが判明すると、

「なんで学生がそんな金持ってんだ！　やっぱり怪しい！」

と小夜は憤慨したが、金を盗んだ人間がわざわざ払ってくれるわけがない。返すあてもなく、困り果てたまま、スズ子は神戸行きの列車に乗った。

そこにまた、愛助がいた。

スズ子たちの座っているボックスの隣に、彼は座っていた。向かいには七歳くらいの娘がいて、母親に頭をなでられながら芋をかじっている。ゆうべ、スズ子が女将に頼んでもたせたものだ。

小夜が、いきりたった。

「あんた、やっぱり後つけてっぺよ！　後ろめたくて半分払ったんだべ！　オレ、悔しくて昨日も一晩中探したんだ。劇場の楽屋にも戻った。でもない！　道もぜーんぶ見た。でもない！　盗られたとしか考えられんっぺ！」

「おにいちゃんをイジメないでよ！」

スズ子が止める前に、小夜に食ってかかったのは芋を齧(かじ)っていた少女だ。

「このおにいちゃん、あたいにお芋くれたんだよ！　良い人なんだから！　鬼！」

「鬼ィ？」

「チセ、やめなさい。すみません、兄妹じゃないんです。この子がお腹空いたって愚図(ぐず)りだして、

こちらの方に芋をいただいて……この子、朝から何も食べてなくて……」

　聞けば、夫が出征しているので、岡山の実家に戻る途中なのだという。たまたま同席しただけの子どもに貴重な食料をわけあたえるなんて、とことん優しい人らしい、とスズ子は思った。だが、だからといって宿代を支払ってもらうわけにはいかない。かたくなに固辞する愛助に、スズ子も退かなかった。

「貧乏でお腹減らしてる学生さんにごはんたべてもらうんは当たり前や。大切なお金やろ？　自由に使えるんやったら、こんなことに使わんと親孝行にでも使い。送金しますから、あとで住所教えてくださいね」

　ところがそこに、陸軍の軍服を着た男が「坊ちゃん！」と歩み寄ってきた。

「村山の坊ちゃんじゃないですか！　いやー、立派になられた。皆さんお元気ですか？　お母さまは？」

「あ……田中さん、どうも。はい、元気です」

「いつもトミさんには感謝しております。芸人さんを大勢慰問に派遣していただいて村山興業さんには感謝しかない。我々軍人も大いに楽しませてもらってますよ。お母さまにはくれぐれもよろしくお伝え願いたい。じゃ、失敬」

　軽い挙手の敬礼をして去る男の背を見送りながら、スズ子と楽団員たちは言葉を失っていた。

　村山興業といえば、多くの人気芸人を抱え、慰問団として戦地に派遣することもある巨大事務所だ。その御曹司ともなれば、宿代を払えるほどの懐事情にも納得がいく。ここぞとばかりに挨拶をする五木を押しのけて、スズ子は聞いた。

「なんで内緒にしてましたんや？」

「特別扱い……みたいなんされるかもしれへん思て、それがなんや昔から居心地悪うて……せやけど、すんまへんでした。余計に気ぃつかわせてしもて」

「ようわかりますわ。ワテも気ぃつかわれるのは苦手やし。ええ人なんやろね、学生さんは」

「でも、スズ子さんには気をつかってもらわねど困っぺよ！　天下の福来スズ子だ」

「そ、そらもちろんです……！」

「小夜ちゃん」とスズ子はたしなめる。少女が、きらきらとした瞳で「このおばちゃんも偉い人？」と聞いた。

「そうや。すごい歌手なんやで」

「歌手！　あたい、歌聴きたい、歌聴きたい！」

「スズ子さんの歌聴きたいなら五円は持ってこねど……ん？　あ、あった！　お金！」

小夜は足袋を脱ぐと、なかから懐紙に包んだ札を取り出した。「おいおい汚いとこ入れてんじゃないよ」と五木があきれる。スズ子も、再び愛助に平謝りだ。

「オレ、育ち悪いから疑り深いんだ。イヤな気持ちにさせて申し訳ねえ。自分のこういうところがオレも嫌いなんだ。ほんとにこのたびはな……」と言いながら、小夜は通路に膝と両手をつける。そのまま額をすりつけようとするのを、愛助が慌てて止めた。

「ちょ、ちょっとちょっとやめてください！」

「でも、こうでもしねえどオレの気がすまねえ。刀があったら腹切りたいくらいだ」

「ほんまにやめてください！　僕かて僕がおったら僕を疑いますわ！」

「……そうか？　まあ、んだなあ！」

「とにかく見つかって良かったわ。ほんならお嬢ちゃん、ワテ、うれしいさかいお嬢ちゃんのために一曲歌わせてちょうだい。なんの歌がええ？　なんでもええで。好きな歌で」

「そしたら『ふるさと』がいい！　あたい、ホントは岡山行くの、ちょっと寂しい……」

初めて表情に翳りを見せた少女に、スズ子は励ますように笑みを浮かべた。

「そやな、寂しいな。そしたらおばちゃん、一生懸命歌わしてもらうで。聴いてや」

一井が何も言わずにトランペットをとりだし、歌にあわせて時々、合いの手を入れる。ちゃんとした演奏がなくても、それだけで車内はスズ子の舞台へと変わった。いつしか、少女だけでなく、乗客の全員が聴き入り、何人かがそっとまなじりに浮かぶ涙をぬぐっていた。


神戸の公演を終えたスズ子は、その足で大阪に向かった。目的はもちろん、はな湯。アホのおっちゃんのつくってくれた看板は金属製だったために、鉄砲玉の材料として押収されてしまっていたけれど、かわりに木製の看板が飾られていた。その名も、〈ツヤさんのはな湯〉。ツヤの名前を掲げて店を守り続けてくれる、ゴンベエの心意気がスズ子には嬉しかった。

休憩所には、懐かしい常連客のみんなが押しかけた。アホのおっちゃんは、なんと按摩のアサおばさんと結婚していた。ライバルだった熱々先生が亡くなった隙をついて、もう一人のライバルである八百屋のキヨさんを出し抜き、口説き倒したのだという。ゴンベエの妻となった光子は生まれてまもない赤子を抱いていて、スズ子のいない間、はな湯にも時間が流れていたことを実感させられた。

当然、ＵＳＫにも立ち寄った。稽古場でリリー、和希、秋山の三人は、スズ子を見るなり天井を突き抜けるほどの嬌声をあげて抱きついた。

林も、いた。マムシのは高くて買えないそうだが、今も何かしらの生き血を飲んでいる。そのおかげなのか、リリーたち以上に肌つやがいいのがおそろしいが、誰もかれも、変わらず元気なことにホッとする。

だが、変わってしまったものもあった。その一つが、大和が生み出したラインダンスだ。

「敵国の踊りや言うて今はできへんねん。今度やるんは、イギリスの支配に抵抗して戦うインド人の話や。白人に負けるなっちゅうことやな」

リリーは、子どもをイギリス人に連れ去られる母親。和希は連れ去るイギリス人の男で、秋山がそれを助ける正義の英雄だ。最近は検閲も厳しく、時局に合わせて台本をつくらねばならず、衣装の調達にも苦労しており、稽古着とほとんど変わらない姿で舞台に立つのだという。とはいえ、自前の衣装で地方回りをしてばかりのスズ子も、似たようなものだった。

「ま、今は我慢やな。ワシらだけやない。洋食屋も夜逃げしよったし、みんな大変や」

大きなお腹を抱えた大和に、出産の前祝いケーキをつくってくれた日々が夢のようである。

「せやけど、いつかまたみんなでラインダンス、踊りたいなあ」とリリーがつぶやく。

「ほんまやな。いつか踊ろうな！」とスズ子が明るい声を出すと、和希と秋山も強くうなずいた。誓いの証に、久しぶりに四人で円陣を組む。

「強く、たくましく、泥くさく、そして艶やかに！」

その言葉を口にするだけで、腹の底から力が湧いてくるような気がした。拍手をして、笑顔で抱き合う四人を見つめながら、「生き延びぃよ……」と林がつぶやいた。

下宿に戻ると、愛助からの手紙が届いていた。それも、六通。別れ際、「お手紙、書いてもよろしいでしょうか」と聞くので住所を教えてやったのだが、まさかこんなにすぐ、しかもこんなにたくさん、送ってくるとは思わなかった。

小夜が、眉をつりあげた。

「オレの勘だとあの学生、スズ子さんに気ぃあんな！　気安く住所教えたらダメだっぺ！」

「相手は学生さんやで。こっちはええとしのおばちゃんやんか」

「そーゆーのが好きな男もいんだ！」

スズ子は無視して、封を開けた。

「前略。名古屋では本当にお世話になりました。福来スズ子さんとあんなふうにお知り合いになれるとは夢にも思いませんでした。またいつか公演を観にはせ参じるつもりです。どうかお体をお大事になさってくださいませ。お風邪などめされませぬように。村山愛助」

「前略。書き忘れましたが、戻ってすぐに福来さんのおうちのお風呂屋、はな湯にはせ参じました。番台の方、常連客の方はじめとても賑やかで、世の中の憂さをつかの間忘れることができた次第です。寄席よりも面白いですね。またお歌を聴ける日を楽しみにしております。どうぞお元気で活躍されますように。村山愛助」

「前略。書き忘れましたが、お風呂屋さんの常連客と思しき方々が福来さんの噂話をされていました。失礼ながら耳をそばだて聞いていたところ、なるほどここの銭湯が福来さんの原点なのかと。

いつぞやの汽車のなかで、福来さんが少女にふるさとを歌ったとき、僕には福来さんが天使のように見えて、その天使の原点を知った思いです……」

続く手紙もすべて「前略　書き忘れましたが……」から始まっている。覗き込んでいた小夜の顔が、ますます険しくなる。

「書き忘れたってしつこい！　男は色と欲の生きモンだっぺ。こうやって近づいてくんだ」

「むこうはワテより十も下や。色恋の相手になりますかいな。それより長旅で疲れたさかいちょっと横んなるわ。あんたも今日は休みやろ。どっか遊び行きぃな。ワテ、寝たいねん。汽車でよう寝られへんかったんや」

隣にいる限り、愛助の文句を言い続けるだろう小夜に、起きるまで起こすなと言い含めて部屋を追い出す。布団を敷きながら、六郎の面影が重なる愛助の顔を思い浮かべた。

そんなこと、あるわけない。十も違うのだから。そう、自分に言い聞かせながら。

だが、そのままスズ子は夢を見た。下宿に帰ってくると、カメを抱いた学生がスズ子の部屋の窓を見上げている。六郎だ、と最初は思った。出征の前に立ち寄って、スズ子に会いに来てくれた姿にそっくりだったからだ。だが、

「学生さん……」

ふりむいたのは、愛助だった。愛助はスズ子をまっすぐ見つめてカメを差し出す。

「福来さん、このカメをプレゼントさせてください」

「あかん。あきまへんて。カメがなんぼ長生き言うてもワテより十も下や……」

むにゃむにゃ言いながらはっと気づくと、見慣れた天井が目に入った。なんて夢を見ているの

だ、と自分に呆れていると、騒々しい足音を立てて小夜が部屋に飛び込んでくる。

「スズ子さん、起きてるか！　あいつ……学生が来たっぺよ！」

まさか、と跳ね起きて部屋を飛び出すと、玄関前にたたずんでいるのは確かに愛助だった。カメは抱いていないが、夢で見ていたとおりで、スズ子は動揺してしまう。なんで、と聞くとはにかみながら愛助は答えた。

「あの……そろそろ帰って来てはるかと思うて……」

「……あ、お金ですね？　半分払ろてもろた。今すぐ持ってきますよってに」

「ちゃいます、ちゃいます！　今日は……お暇、ですか？　ええ蓄音機が入りまして……というか前からあるんですけど、あ、自慢ではないですけど、あの……もし良かったら、うちに蓄音機聴きに来ませんか？」

「行かね！」と即答したのは、もちろん小夜だ。「お前、スズ子さんのこと手籠めにする気だな。オレはわかんだ！　奉公先で何度も危険な目に遭った！」

「小夜ちゃん、なに言うてんの！　ごめんなさいねえ。せやけど、せっかくのお誘いやけど、出会て間なしやし、お友達いうわけでも……」

「そ、そらそうです。はは。すんまへん、藪から棒に。し、失礼します」

あからさまにがっくり肩を落とした愛助に、小夜は塩でもまきそうな勢いである。だが、スズ子は少し考えたあと、立ち去る背中に声をかけた。

「小夜ちゃんも一緒に行ってええんやったら……」

ふりむいた愛助の表情が輝きをとりもどし「もちろんです！」と首がもげそうなくらい縦に何

度も振る。ぎょっとする小夜を連れて、スズ子は愛助とともにその下宿へと向かった。

同じ下宿でも、愛助が住む家は建付けがしっかりしていて、屋根もドアも立派だった。部屋もスズ子の六畳一間が二つは入るのではないかという広さだったが、足の踏み場がないほど床には本や雑誌が散乱している。泥棒が入ったばかりだと言われても驚かない。

書棚にしきつめられたレコードや壁に貼られたポスターの数々も、これではかわいそうだと、スズ子と小夜は、愛助が止めるのも聞かず、掃除を始めた。だが、何もかもゴミ袋に放り込もうとする小夜を、愛助は「全部貴重な資料なんです」と必死で止める。

どうにか座る場所だけ確保すると、三人はほっと息を吐いた。

「せやけどほんまにぎょうさんレコードありますなあ。蓄音機もええもので」

「あ、そうや。どないしても聴いてほしかったんです！　この蓄音機でこのレコードを！」

愛助が棚から出してきたのは『恋のステップ』のレコードだ。大阪にいたころ、スズ子が最初に舞台で歌った曲で、『ラッパと娘』が評判になったときに売り出されたものである。

「あんた……こんなん、よう持ってはりましたな」

「あんまり売れへんかったんですよね、これ。そやからレコード屋にももう置いてなくて。貴重品ですわ。ボク、好きですよ、この歌。大阪のＵＳＫで生で聴いたこともあります」

そのまま蓄音機にかけようとするのを、スズ子は慌てて止めた。

「やめてください！　自分の歌なんか恥ずかしぃて聴いてられまへんわ。……学生さん、ＵＳＫも見に来たことあるんでっか？」

「何べんかありますよ。大和礼子さんがえらい人気でしたけど、僕は福来さんが一番好きでした。

ほんなら『ラッパと娘』聴きましょ。えーと、どこにあったかな。あれはホンマに名曲やと思いますわ。楽劇団の旗揚げ公演も、歴史に残る公演言われてますやろ？　村山の社員も何人か見てはる人いて、ごっつい良かったてよう聞いてました。二葉百三郎の福来さん批評もすごいんです！　ボクは批評では二葉が一番やと思うてるんですけど……」

愛助はスズ子に雑誌を開いて差し出す。

「これこれ。——福来スズ子の『ラッパと娘』は絶品である。彼女の歌を聴いていると私の身体は揺れに揺れ、いつしか勝手に立ち上がっているのだ。できれば素っ裸になりたい気持ちだった。日本にもようやくこんな歌姫が現れてくれた。満願成就である。ってほんま興奮が伝わってくるいうか、僕も同じ気持ちですわ」

本当に物好きな子だと、スズ子は思った。だが、嬉しい。こんなふうに真正面からまっすぐ歌を褒められるのは久しぶりで、胸の奥がむずむずする。だが、だからといって、自分の歌を蓄音機で聴きたいかといえば、話は別だった。『ラッパと娘』のレコードを引っ張り出してきた愛助を、スズ子は再び止める。

「あの、ほんまにワテのレコードは……それに今、この歌は歌われへんし、かけとったら怒られてしまいますわ」

「大丈夫です、バレませんわ。今こそ聴きたいくらいです。福来さんの歌は周囲をパーッと明るするると思うんです。辛さや苦しみを吹き飛ばしてくれます。僕なんぞ身体もあんまり強うないし、どんだけ励まされたか……。こないだ汽車のなかで女の子に『ふるさと』歌いはったときあったでしょ。あのときも汽車のなかがホワーと明るい空気に包まれて、みんな幸せそうで。僕もめっちゃくちゃ幸せやなって……ほんまに唯一無二の歌手やと思います」

そう言って、愛助は蓄音機をかけた。じじ……と針の音がして、スズ子の歌声が部屋中に響き渡る。どれだけ褒められても、これは拷問でしかないと、スズ子は耳を押さえた。

それから数日後、再び愛助から手紙が届き、スズ子は今度は一人で部屋に出向いた。小夜が心配するようなことが起きる気配は一切なく、スズ子の歌を、そして音楽そのものを愛する愛助の話を聞いているだけで楽しかった。それに、ただ歌が好きで、与えられた曲を歌ってきただけのスズ子にとって、愛助の知識や聴かせてくれる異国のレコードは新鮮だった。

お礼に、スズ子は愛助を伝蔵の屋台に招待した。ただの大根をかじっただけで「こんな美味しいもん、食べたことないです！」と感動している。

「学生さん……やのうて、村山さんは、屋台来たことないん？」

「二回だけあります。でもお母ちゃんが汚いから行くな言うて。僕はこんまいころから身体も弱あてあんまり出歩けんかったし、父と道頓堀（どうとんぼり）の屋台に行ったことはあったんですけど、その父もはように亡くしましたし……そやから学校も休みがちで、友達もあんまりおれへんし。ずっと学校休んでると元気なときでも行くのが億劫（おっくう）になって、そういう時に助けてくれたんが、うちの演芸場やったんです。お母ちゃん、ボクが学校休むと、演芸場のすみっこに入れてくれて……笑い転げとったら、何とか今まで生きてこれたいう感じです」

「ほなら芸人さんになったら良かったがな」

「なりたい思うこともあったんですけど、僕、ごっつい緊張しいで、小学校の音楽会でもよう歌われへんかったんです。そやから福来さんみたいに人の前で歌わはる人は尊敬します。それに……なによりも僕、芸人になるにはおもろないんです」

　そうかな、とスズ子は首を傾げる。

「言葉で言うんは難しいけど……おもろいで」

「初めて言われましたわ。せやけど、自分がおもろないからおもろい人たちをぎょうさん集めて、いつか日本中の人を笑かしたいんです。日本中いうか、チャップリンやキートンみたいに世界中の人を笑わしたりしとうて、戦争終わったら外国行っておもろい芸人をぎょうさん日本に連れてきたろかな思うてるんです」

「ええなあ。世界中の人を笑かしたらどんな世の中になるんやろ」

「最高ちゃいますか」

「そやな……最高やな」

　ただ純朴なだけじゃない、愛助の語る夢にスズ子は胸を打たれた。以来、スズ子は頻繁に愛助の部屋を訪ねるようになり、二人で音楽を聴きながらさまざまなことを語り合った。それはスズ子にとって、つかのまの安らぎだった。

　だがそうして二人の仲が近づくことを、快く思わない者がいたのである。


　ある日、楽団の事務所に坂口と名乗る男が訪ねてきた。村山興業の東京支社長だという。

「単刀直入に申し上げる。ウチのボンをたぶらかさんといていただきたい」

　と、坂口は前置きもなくスズ子に言った。

「ボンはゆくゆくは村山興業の跡を継ぐ人です。今は学生でっけど、卒業したらすぐに仕事を学んでもらいます。いっときの火遊びはやめていただきたい」

「火遊びなんかしてまへん。ただのお友達です」

「ただの友達にしたら近ごろよう会うてますなあ」

「お誘いがあって、ワテに予定がなければ会うてるだけです。いけませんか？」

「いけませんなあ。あんた……恥ずかしないでっか？　十も下の大学生を弄んで。あんたにその気がのうても世間はどう見ますかいな。ちぃとみっともないいんとちゃいまっか」

それだけ言って、坂口は去った。それを告げると、愛助は目をむいた。

「坂口さんは東京支社の一番えらい人で、いろいろ面倒見てもろてるんでっけど……せやけど、僕らやましいことはあらしまへんよね？」

「そらないけど……近ごろはよう会うてたから誤解されてもしゃーないかもしれまへんなあ」

「誤解もなにも友達が頻繁に会うたらあきまへんか？」

「あかんことないけど……ただ……ワテら、十も違うし。世間様にはええように思われへんのは確かやから……」

坂口の一方的な物言いに、最初はむっとした。村山興業と揉めるなんて勘弁してくれという五木の言葉を気にしているわけでもない。ただ、愛助に迷惑をかけるのだけは、いやだった。だが愛助は、聞かなかった。

「え、ええやないですか！　十はなれたら友達にもなれへんのですか！　それに十やのうて九つですわ！」

「九つでも、ワテら男と女やし……友達言うても、なあ」

「そ……そやったら……ぼ、僕と……こゆ……」

「こゆ？」

「こゆちゃう。こ、恋や……こ、こ、恋人になってください！　と、年の差なんか関係あらへん！　僕は……福来さんのことが好きです！」

　思いがけない告白に、スズ子は硬直する。

「ちょっと考えさせて」としか答えられず、スズ子はそのまま部屋を出て行った。

　正直言って、嬉しい。なんといっても、男性に好きだと言われたのは人生で初めてだ。しかも、相手は愛助。六郎の面影が重なるから、ではなくて、その人柄に好ましいものを感じていたし、二人きりで過ごす時間は何にも代えがたく心地よいものだった。

だが、いつだって自分の気持ちに正直なスズ子も、今回ばかりは突っ走るわけにはいかない。愛助の立場や未来を考えると、躊躇してしまうものがある。踏み込むのが怖い。そう思うのも、生まれて初めてのことだった。


　十月になっても、戦況は変わらないどころか、ますます厳しくなり、これまで徴兵を猶予されていた二十歳以上の文科系学生も出征することとなった。いわゆる、学徒出陣である。六郎よりも若い、あどけない学生たちが戦地に送られるのだと思うと、胸が締めつけられた。愛助とて、いつ徴兵されるかわからない。

　そんななか、次の巡業先が決まった。茨城と福島だ。しばらく会えなくなる前に、愛助に返事をしたほうがいいのではないかと思ったが、まだ答えは出なかった。五木も、思った以上に距離を置くことを推奨してくる。理由は、村山トミ。村山興業の社長で、愛助の母親だ。

「関西の女傑で鬼みたいな女らしいのよ。もし怒らせちゃったらさ、何されるかわかったもんじゃないでしょ。地方の興行主とかに声をかけて、ウチの楽団を使わないようにするとかさ。あーいう人はなんでもできるのよ。楽団の経営も苦しいしさ、頼みますよ。むこうは十も下よ。そのうちすぐに好きな女もできちまうって。ま、村山トミを味方につけられるってなら話は別だけどね。何とか取り入ってウチの面倒も見てもらえないかしら」

などと調子のいいことを言う。だが、その言葉のせいで、スズ子の調子はふるわなかった。いつもの空き地で練習していても、ちっとも身が入らない。諦めて、スズ子は小夜をつれて伝蔵の屋台に向かった。

「はじめはな、なんや六郎みたいにボーッとした子ぉやなあ思うて。可愛いいんは可愛いいけど、弟みたいに思うてたんや」

「それがいつしか好きになっちまったのけ?」

「好き……言うかな。けっこうしっかりした子ぉやねん。チャップリンみたいに世界中の人を笑かしたい言うて……大きな夢持ってはるし。せやけど……今朝、チズさんらと学徒出陣の新聞読んだやろ？　そのときな、こう胸がキューと痛たなっててん。あんなキラキラした目で夢を語ってはった村山さんも戦地に行く思うたら……もう苦しゅうて苦しゅうてな……」

小夜は、真顔でスズ子を見返す。

「……本気で惚れたのけ？　あの男に」

「よう……わからんねん。ただ……男の人から好き言われたんは、初めてやねん」

「好きって言わっちゃのけ？　しかも初めてか！」

「そ、そうや。なんや……あんた、あるんかいな」

「何回もあっぺ！　でも、たいてい男はその場だけだった。いつも騙された！　やっぱりスズ子さんも気をつけろ！」

「あの人、ものすごい真剣な目やってん……」

「いーや、男はああいうときに演技ができきんだ。なあ！」

「知るか！」と同意を求められて、伝蔵は苛立ち交じりに返す。

「さっきから聞いてりゃ浮ついた話しばっかしやがって。こっちはな、明日の店も出せるかどうかかってんだよ！　食いもんもなかなか手にはいらねえし、戦争のせいだなんて言や非国民呼ばわりだしよ！」

「ほんまみんな大変なご時世やし……ワテもそんなときに何してんねんとは思うねんけどな。九つも下やろ。自分でもみっともない思うわ」

「なんだおめぇ。年のことなんか気にすんのか」

「そら九つも離れとったら気にしますがな」

「変な歌、歌ってるくせにつまんねえこと気にしやがって。大事なのはおめえの気持ちだろ。あの野郎はわりぃ奴じゃないぜ。なかなかいい目してやがった。わけぇときの俺とそっくりだ」

屋台に連れてきたときは「人の目の前で逢い引きすんな！」と怒っていたくせに、意外にも愛助を気に入っていたらしい。

あの夜のことを、スズ子は改めて思いかえす。お坊ちゃんなのに、大根をおいしそうに食べて、純粋な瞳で夢を語る、愛助の横顔を。

その晩は、眠れなかった。窓を開けて、夜風にあたりながら、一晩中、考えた。そして、決めた。朝になり、意を決して愛助の下宿へと向かう。

愛助の部屋の前に立つと、子どものころから、ここ一番というときはそうしてきたように、手のひらに人の字を書いて飲み込んだ。昔みたいに、飲みすぎてえずくことはないけれど、そうするとツヤや梅吉に背中を守られているような気持ちになる。

そして、扉をノックしようとしたそのとき、

「お国ために、学生までもが軍隊に行くいうのに、色恋に浮かれとる場合やありまへんで！」

坂口の声が聞こえてきた。スズ子は思わず、扉に耳をつけて息をひそめる。

「ワシかて説教なんかしたないがな。せやけど社長に顔向けでけまへんわ。ボンの生活を預かってるんはワシだっせ。ワシの顔も立ててくれな困るいうんもそらありまっけどな、同級生で徴兵されるやつもぎょうさんおりまっしゃろ。なによりそいつらに顔向けでけへんがな」

「それは……自分でも不甲斐ない思うてる……」

「こまいころから身体も弱いさかい、それはしゃーないんでっけどな。せやからこそ村山の後継ぎとしての自覚をもってもらわなあきまへん！　ウチもこの大変な時期にあらゆる戦地に芸人を派遣してるんでっせ。せやのにボンは何してんねん言われますわ。しっかり学業に専念してくれな困りますがな。あんな歌手とフラフラ遊んどる場合とちゃいまっせ」

「あ……遊んでるわけちゃう！　僕は、真剣に……！」

「たぶらかされとるだけや！　ボンはまだまだ世間知らずや。むこう手練れの歌手だっせ。すぐ

に捨てられてまいますわ」

「福来さんはそんな人やない！　あの人は……ちゃんとした人や。僕は……あの人の育った風呂屋にも行ったけど、みんなに好かれてる。正直でええ人や」

「ボンには申し訳ないけど、ワシはええかげんな人や思いますわ。ボンのこと考えたら今みたいな付き合い方はでけへんはずや。そもそも跡継ぎと歌手の恋愛はあり得まへんわ。考えてみなはれ。結婚いう話になったら相手にはちゃんと家に入ってもろて、ボンを支えてくれる人やないとあきまへん。あの女にそれがでけるんでっか？　でけまへん！　はっきり言いますで。ボンもあの女も一時の気の迷いや！　ママゴトや！」

「……腹立つわぁ」とスズ子はつぶやいた。坂口の言うことは、一理ある。頭では、それはわかる。だが、どうして、ここまで一方的に決めつけられなくてはならないのか。

「ママゴト言うたら、僕は女性と付きおうたこともないから、そうかもしれへんけど……」

「かもやない！　絶対や！　興業の世界でいろんなもんぎょうさん見てきたワシがいいますねん。間違いないわ。あの女は野心家や。もしかしたらボンを利用しようとしとるだけかもしれまへん！　女は怖いんでっせぇ！」

限界だった。スズ子は勢いよく扉を開けると、眉を吊り上げて仁王立ちする。

「なんやさっきから聞いとったら！　ええかげんにしなはれ！」

鼻息荒く怒鳴るスズ子を、坂口と愛助がぽかんと見つめていた。

第12章

戦火の中の結婚の誓い

三すくみの膠着を破って、最初に口を開いたのは坂口だった。

「ちょうどええわ。今ここで、話つけようやおまへんか」

「……望むところや」

だが一触即発の花火を散らす二人の間に、はっと我に返った愛助が割り込む。

「ちょ、ちょっと待ってください！　坂口さん、今日のところは帰ってくれまへんか。ちゃんと……ちゃんと福来さんと話しますよってに！」

「あきまへん。言いくるめられるだけや！」

「なに言うてますねん！　ワテかて今日はちゃんと話そう思うて来たんや！」

「なにを話すんや」

「あんさんに関係あらしまへんやろ！」

「あるがな。ウチとこのボンや！」

「あんさんの子やないやろ！　なにをいつまでも子ども扱いしてんねん」

「なんやその言い草は！」

「なんやとはなんや！」

「坂口さんほんまに！　ほんまにちゃんと話しまっさかい！」

必死の愛助に、坂口は「信用しまっせ」と言い捨てて、不承不承、出ていく。最後にスズ子を睨みつけることは忘れなかったが、負けるスズ子ではなかった。少し前までの逡巡はどこへやら、胸の内は闘志で燃え上がっていた。

だが今度は愛助のほうに、迷いが生まれていた。

「僕は……前にも話しましたけど、ずっと身体が弱あて……実はこの体やと、今回の学徒出陣に行くことができるわけがないんです。せやから、生きるんか死ぬんかも分らん戦地に出征していく同級生らに、ごっつい申し訳ない気持ちがあるんです。せやから……坂口さんが言うように……そんな僕が恋だなんだにウツツ抜かしとってええんかなって……」

「ワテ、弟がおったんや」

スズ子は、遮った。

「村山さんよりちょっと年上やった。カメが大好きで、ちょっとトロうてアホやったからバカにされとったけど、ワテにとってはそらぁ可愛いい弟やった。その弟が甲種合格したとき、むちゃくちゃ喜んだらしいわ。身体丈夫やったら誰でも受かるのに、戦争で敵をやっつけまくってもうバカにされんようにする言うて……せやけど、その戦争で死んでもうたわ。あの子がどんな死に方したんか思うと、ワテ、頭おかしなりそうになるねん」

一日だって、忘れたことはない。死ぬってどんなだろう、怖い、不安だ、とスズ子に幼子のように抱きついてきた六郎のことを。そのすべてを笑顔で隠して出征していったうしろ姿を。

「せやから……戦地に行かれへんいうんは、不謹慎かもしれへんけど、幸運なことちゃうかと思います。学徒出陣の新聞読んだとき、ワテは真っ先に村山さんのことが思い浮かびました。もしも村山さんが戦地に行って弟みたいに帰ってこんかったらて……せやから、村山さんは心苦しいやろけど、戦地に行かれへんいうんを聞いて、今ごっついホッとしてます」

日本中の人に袋叩きにされても、それはスズ子の、まごうことなき本音だった。

「ワテは今日、村山さんと正式に交際させてもらお思うてここに来ました。せやけど……お国が大変なときに惚れたはれたなんぞしとったら、そら言わはるように、お仲間に顔向けでけへん気持ちはほんまにようわかります。……今日のところは失礼します。ワテは村山さんがどんな答えを出そうがそれでええと思います。簡単には納得でけへんかもしれませんけど……せやけど、それしかないと思います」

愛助は、答えなかった。スズ子の一言一言を、噛みしめるように真剣なまなざしで見つめる彼にうしろ髪を引かれながら、スズ子は去った。

帰り道、いつものように屋台に寄ると、伝蔵から店じまいを告げられた。

「材料もロクに手に入らねえし、まともに商売なんかできやしねえ。……ったくよぉ、戦争勝ってるはずなのに、なんでこんなに苦しいんだよ、学生まで駆り出して、どうなってんだよ」

スズ子は、初めて伝蔵に酒を注いだ。

「福来スズ子に酒を注いでもらったって自慢させてもらうぜ」

そう言う伝蔵と、乾杯する。東京に出てきた日、秋山と初めておでんを食べて以来、スズ子にとってこの屋台は、大事な居場所の一つだった。落ち込んだときも、嬉しいことがあったときも、まっすぐ下宿に帰りたくないときはいつもここに立ち寄れば灯りがついていて、伝蔵がむっつりした顔で出迎えてくれた。

みんな、我慢している。それ以外に何もできない自分を恥じながら、どうにか明日を生きのびようと、ふんばっている。でもそれも限界が来ているように、スズ子には感じられた。

スズ子のロマンスは、羽鳥夫妻にも伝わっていた。

「君、聞くところによると大恋愛してるそうじゃないか。一井ちゃんがラッパよりうるさく言いふらしてるよ」

「いつ教えてもらえるかって二人で首を長くして待ってたんだから」

と、二人してにやにやしている。一井の口は、綿より軽い。まだ、交際を始めたわけでもないのに、羽鳥は来月には結婚すると思っているらしい。「仲人の準備もしてたのよ」なんて麻里も言うものだから、スズ子は慌て事情を説明した。なるほどねえ、と羽鳥は腕を組む。

「四の五の言わずに交際を始めちゃえば悩みは吹っ飛ぶよと、彼に言いたくなるけどねえ」

「それはあなたの場合でしょ。人それぞれ深く悩むところは違います。その方、兵隊に行かれないのがよほど心苦しいのだと思うわ」

「まあ、わからなくはないがね。どこに劣等感を持つかは確かに人それぞれだ」

「スズ子さん、やっぱり今はその方のお答えを待つしかないわね」

「ワテ、待つっていうのんが初めてで……けっこうつらいですねえ」

ちょっとカッコつけすぎただろうか、と後悔する気持ちがなくもない。けれど言葉とは裏腹にスズ子の頰は少しゆるんでいた。つらいけれど、照れくさくもある。

「恋はつらいものよ。自分と同じくらい大切な人ができるってことなんだから」

「お、なんだか歌詞みたいな事を言うじゃないですか。さては僕との恋のときも」

「私の恋はあなただけじゃありません。……スズ子さん、つらいときはいつでも吐き出しにいらっしゃいな。私で良かったらいつでも聞くわ」

「ありがとうございます。なんやちょっと気持ちが楽になりましたわ。お母ちゃんの写真に愚痴ってましたから」

「こういうときに楽な気持ちにさせてくれるのって、やっぱり母親だったりするのよねえ。勝男もいつか悩むようになるのかしら」

この間までは無邪気にすごろくで遊んでいた勝男も、もう八歳。五つ下のイネコを前に、すっかり兄らしくなった。麻里のふくらんだお腹にいる、新しい弟か妹が生まれたら、ますます凜々しくなるだろう。恋をする日もきっとそう遠くはない。

「ま、そうなったら歌の題材に使わせてもらうかな。福来くん、君たちの恋も僕は歌の種にしてしまうかもしれないよ。アッハハ！」

冗談とは思えない羽鳥の軽口に、スズ子は笑った。やっぱり、この家に来ると、沈んだ気持ちがいやでも浮かび上がってくる。

数日後、坂口がスズ子を訪ねてきた。どこで聞いたのか、練習する空き地までわざわざ。

「社長に……ボンのお母はんの耳に噂が入ったんや。ボンがおなごにウツツ抜かしてるんちゃうかいう噂や。ワシは社長からボンの東京での生活を面倒みるように言われとるんや。せやから噂は噂のままもみ消さなあかんねや」

そう言うと坂口は鞄から分厚い封筒をとりだし、スズ子に押し付けた。

「五百円入っとる。これでボンと切れたってくれ。足りんかったらもうちょっと色つけてもええで」

スズ子は封筒を押し返した。

「バカにせんといてください。そんなもん受け取れまへん。それにワテら……まだそういう関係やおまへん！」

「せやからそういう関係になる前に言うてるんやがな」

「そんなん……あんさんの指図は受けまへん。ワテらのことはワテらで決めます」

「あんた……村山トミを敵に回すんか」

「こんなんで敵に回すんやったら敵でよろしですわ。お引き取りください」

後悔するぞ、と坂口のぎょろりとした目が脅している。けれどスズ子は退かなかった。

「あんさんも、村山さんのことを真剣に考えてるんやったら、黙って見てはったらどないでっか？あの人は今、ほんまに悩んでます。ワテとのことだけやおまへん。いろいろ悩んではります。せやからワテは……待とう思います」

やっぱりカッコつけすぎたかもしれない、と一人空き地に残されたスズ子は思ったけれど、迷いはなかった。が、じりじりはする。何事も思い立ったが吉日で突き進んできたスズ子にとって、ただ待つしかないという状況ほど、しんどいものはなかった。

いつだったか、秋山と屋台で恋の相談をしあったことを思い出す。あのときのように、スズ子の気持ちが置いてきぼりになっているわけじゃない。むしろスズ子の気持ちは明確で、やるべきことはやりつくした。だからこそ、相手の選択に委ねなくてはならないことが、じれったくて、もどかしい。

次の巡業先は茨城に決まった。けれど、曲選びの打ち合わせをしていても、スズ子は上の空だった。チズが闇市で卵を仕入れてきてくれても、愛助がちゃんとごはんを食べられているか、そのことばかりが気になっていた。愛助は、ちゃんとスズ子のことを考えてくれているだろうか。こんなふうに思い出したりはするのだろうか。

当の愛助は、村山興業の東京支社を一人で訪ねていた。応接室で出されたお茶を一気に飲み干し、のどを潤す。それでも口のなかが乾いてしょうがない。こんなに緊張するのは人生で初めてのことだった。

やがて、坂口がやってきて、愛助の正面に座る。

「僕は……福来さんと交際するで」

向き合うなりそう告げた愛助に、坂口は「な……!」と腰を浮かせた。

「ここ数日、真剣に悩んだ。でも……昨日、お母ちゃんから手紙が来たんや。お母ちゃんの手紙を読んで……気持ちがちょっと晴れた。それで決心したんや」

「あんたのことやから、同級生の皆さんが戦争に行かはることをきっと後ろめたく思うてることでしょう。傷ついてもいるでしょう。せやけど、あんたにはあんたのやり方でお国のためにできることが必ずやあると母は思うてます。劣等感を抱く必要はありまへん。後ろめたく思うこともありまへん。

あんたは繊細で優しい子や。そやから傷つきやすい。果物でも人間でも上等なものほど傷みやすいのです。母があんたを上等な人間に育てたんです。ここ泣いて笑うとこでっせ。せやからあんたはそのままでええのです。とにかく今は学業に励んでほしいと母は思うてます。

東京はいろいろと誘惑もあるでしょうが、愛助、あんたは今、将来のために学業に励むときです」

「ゆ、誘惑に負けず学業に励め言うてはるやないでっか！」

「とにかく僕は決心ついたんや。僕はもう子どもやないで。しばし見守っとってください」

それだけ言って、愛助は堂々と応接室を去った。向かうは、スズ子の下宿である。残された坂口は「あかん、社長に殺される」とぶるぶる震えている。

荷造りをしていてもぼんやりしているスズ子に、小夜が聞えよがしのため息を吐いた。

「……オレ、もう認める。スズ子さんがそんだけ好きなら、愛助と交際すればいい。気になっぺ？　歌にも支障がでるかもしれね。今、どうなってんだ、あいつと」

「せやからどうもなってへんわ」

「それだらスズ子さんからもう強引にいくっきゃねえべ。あの男はどうにも煮え切らねえ」

そこが、小夜がいまだ愛助を気に食わない理由の一つである。

だが、ひとたび決意をかためた愛助は強かった。茨城へ発つ日、すでに下宿をあとにしていたスズ子を追って、愛助は事務所にやってきた。

話がある、という愛助を連れ出して外に出る。その様子を、楽団の全員が興味津々(きょうみしんしん)に見守っていた。愛助は、顔を真っ赤にしながら「誰が見とってもかまへん！」と宣言する。恥ずかしがっている場合ではないのだ。

「福来さんに会えんかった間、たくさん考えました。前にも言いましたけど……僕はこまいころから身体が弱うて運動も止められてました。身体動かしてる同級生が羨(うらや)ましいてしゃーなかったです。せやけど……それ以上に色んな人に気ぃつかわれて生きてるんが申し訳のうて、迷惑かけてるんちゃうか、がっかりさせてるんちゃうか思うて、ずっと劣等感を抱いてました。自分はどんだけ情けない奴やねんて……」

ちびだから落ちたんだ、と花咲の合格発表の日に、涙を流したことをなぜだかスズ子は思い出した。いつも同級生に馬鹿にされて、学校に通うのをいやがっていた六郎のことも。

「せやけど、僕は僕でやれることを見つけたらええて……先日お母ちゃ、母から来た手紙を読んで思うたんです。この年になっても母親の手紙に励まされてるんも恥かしいんでっけど、これが今の僕なんです。こんな僕を、そのままでええと言うてくれるんも、今は母しかおれへんのです。せやから……今はこんな、親に頼ったへなちょこでっけど、僕はこの先必ず福来さんにふさわしい男になります。なってみせます！　せやから、僕と交際してください！」

「ふさわしい男になってからこ！　オメ、お母ちゃんに言われたからか！」

小夜の茶々を、スズ子は横目でにらんで止める。

愛助の気持ちは、よくわかる気がした。母親という存在は、それほど偉大なのだ。

「ワテは村山さんのお母さんみたいに勇気や力を与えられるかわかりまへん。今のままでええやなんてよう言えまへん。ただ……ワテもずっと、村山さんのこと、ぎょうさん考えました。今、どうしてはるやろか？　部屋はきれいにしてはるやろか？　ちゃんとごはんは食べてはるやろか。ワテのこと、少しは考えてくれてはるやろか。もうずっと……考えてました。やっぱりワテは、村山さんのことが好きだす。せやから……お母さんの手紙には感謝ですわ」

そしてスズ子は、深々と頭を下げた。

「どうぞよろしゅうお願いします」

「こちらこそ……よろしゅうお願いします！」

そのとき、トランペットの音が鳴り響いた。あわせて、楽団のみんなが祝福の即興曲を奏でる。小夜だけは「スズ子さんのこと泣かしたら、ぶっ殺すかんな」と怖い顔をしているけれど、もう反対する気はなさそうだった。いや――もう一人。五木だけは、この先を憂えて、浮かない顔をしているけれど、今、水を差すような無粋な真似はしない。

茨城に立つスズ子を、愛助は甘い笑みで見送る。スズ子もまた、愛助が見えなくなるまで、何度も何度もふりかえって、手を振った。

昭和十九（一九四四）年三月に入ってから、非常措置令のため、東京や大阪の大劇場は次々に閉鎖された。巡業先の茨城では、まだ舞台に立つことができていたスズ子だが、情勢の厳しさには変わりなく、スズ子に支払う謝礼が、売上金をすべて渡しても足りないという。芋で補填する、という興行主と五木が揉めただけでなく、警官からの物言いが入った。

「歌を歌いに来てくださるのはありがたいが、その服装や化粧は何とかなりませんか。この時勢に、やや派手であると見受ける。あんたが地味だと言ってもまわりはそう言わん」

「せやけど、お客さんは喜んではったし、『アイレ可愛や』は南方で戦ってはる兵隊さんを思て歌とてる歌です。誰も文句なんか言うてきまへんけど……」

「今、ワシが言ってるんだ。大きな口に派手な紅など塗って、とうてい日本人には見えん」

さすがのスズ子も激怒した。とりなすのは、五木の役目である。楽団の経営が火の車のなか、スズ子が捕まるようなことがあっては、かなわない。

その晩、スズ子は愛助に手紙を書いた。

「自分はダルマみたいな顔してはるのに、人の口見て大きいやなんてほんまに失礼なオマワリさんでした。今回の巡業では出演料の一部がお芋に変わってしまったり、いろいろ大変なこともありましたけど、ワテは歌いたいいう気持ちに溢れていますし、歌えることに大きな喜びを感じています。それは愛助さんがいてくれてはるからです。愛する人がいるというのは、これほどまでに人に力を与えるものなのかと感じています。早く東京に戻って愛助さんのお顔が見たい。長くなるのでこの辺で失礼します。部屋はきれいにしてんとあきませんよ。汚いところに幸せは来ません。それではおやすみなさい。あなたのスズ子」

書いて、自分で恥ずかしさに悶えた。あなたのスズ子。その言葉に、受け取った愛助ものたうちまわり、何度も手紙を読み返した。二人とも、はやく会いたくてたまらなかった。たったの十日、離れていただけで、半年も会わないようなさびしさを覚えていた。

東京に戻ると、スズ子はすぐに謝礼がわりの芋をもって、愛助を訪ねた。塩もない、ただのふかした芋でも、愛助と食べればそれだけで甘みが口のなかに沁みた。問題は、いつでもどこでも小夜がついてくることである。五木に見張りを頼まれているという。

日本を代表する村山興業の社長を敵に回したくない気持ちはわかる。巡業を妨害されて困るのはスズ子とて同じだ。けれど、だからといって愛助と別れるつもりはない。それなのに。

「悪いんだけどさ、あんたたち別れてくんない？」

信州への巡業が決まった打ち合わせのあと、唐突に、五木は言った。

「フリだけでいいんだ。別れたフリ。……どっから話そうかな。今ね、うちの楽団は経営が苦しいのさ。いや、お前さんのせいじゃない。俺だってもっと仕事取ってこなきゃと思うからね。まあでも、厳しいことは厳しい。そこでだ。良い金ヅルができたらどうする？」

「……まどろこしいな。はっきり言うてください」

「お前さんとあのボンボンが別れたら、いくばくかの金が入る」

思い浮かんだのは、坂口の顔だ。五百円を手切れ金として渡そうとした、あの狡猾な男。

「まさかあの坂口いう男……そうでっしゃろ！」

「やなやつだよねー。だからフリでいいんだ、フリで。芝居だよ。奴をだまくらかして、もらえるものはもらっちゃいましょうよって話」

「申し訳ないんでっけど、それはでけまへん。ワテはそんな化かし合いはしとうないです」

「でもさ、楽団員に払ってる給料だってギリギリだしね、俺だって食わせなきゃならない相手が……いや、ほら、楽団員を食わせなきゃなんないでしょって」

「それやったらもしものときはワテの預金も少しはあります。とにかくワテはそういう姑息なウソは好かんのです。……まさか、もうお金もろたりしてまへんよね？」

「も、もらうわけないじゃない！　なに言ってんのよ！」

あははは、とごまかすように笑うが、ふくらんだ彼の胸元には、坂口からもらった札束入りの封筒が隠されている。スズ子は気づいていないが、怪しいものは感じていた。

「さ、仕事仕事。坂口にはきっぱり断ってこよーっと」

わざとらしい。でもそれ以上追及することはスズ子にはできなかった。しかし、引っかかってもいた。食わせなきゃならない相手、とは？　五木は独身のはずだ。しかも巡業先のあちこちに恋人がいて、いつもスズ子たちと夕食もとらずに、朝まで逢い引きを重ねている。彼女たちには申し訳ないけれど、その誰に対しても五木が本気だとは思えなかった。

その引っかかりは、長野で解消された。

本番前の楽屋に「お父ちゃん！」と声をはずませて入ってくる五歳くらいの子どもがいた。飛びついた相手は、五木である。

「ごめんなさい。三平が早くひろきさんに会いたいって言うから……」

申し訳なさそうについてくる、線の細い女性は母親だろう。一瞬、狼狽した様子をみせた五木はすぐに子どもを抱き上げて、愛おしそうにその頭をなでた。

「大きくなったなあ。あ、これお父ちゃんの送ったマフラーだ」

「毎日つけてるよ」

黙っていられないのは楽団のみんなである。

「五木ちゃん、子どもいたの？」「その前に結婚してたんだ？」「やっぱり悪い人だったんだ」「許せない……」と口々に漏らして、じとっとした目で五木をにらむ。

「なになにその下品な目つきは。変な邪推するんじゃないよ」

「すみません、お仕事中に。でも感激です。私、福来さんの歌は全部好きです。聴いてるとすごく元気出てきて……」

ナツ、とその女性は名乗った。子どもの名は、三平だという。スズ子がサインをしてやるあいだ、ナツは嬉しそうに語り続ける。

「ひろきさんとは何年か前に松本の旅館で働いてるときに出会ったんですけど、今度福来スズ子を育てていくことになったって聞いて。もう大スターなのに育てるなんて、ひろきさんもすごいなあって……」

「うん、もうその辺はいいから！　じゃ、今晩ね、三平もあとでな。はい、後ほど後ほど」

そう言って、五木はナツと三平を連れて、楽屋を出ていく。日本各地に子どももいるんだろうか、と盛り上がるみんなを置いて、スズ子はそっとそのあとをつけた。柱の陰で、五木はポケットから財布をとりだし、ナツにいくらか渡している。

「ごめんなさい。夕方までに家賃も払えって言われちゃって……。私ね、やっぱり斎藤の家はもう出ようかと思って。私も三平も丸っきり邪魔者扱いだし、ひろきさんもお金きついでしょ？またどこかで働いて、三平と二人でやっていこうかなって……」

「でも……三平が一人で君の帰りを待つことになるんじゃないのかい？」

「それでもあの家にいるよりは……」

こそこそと話したあと、ナツは三平を連れて立ち去った。スズ子が聞いていたことに気づいて、五木は苦笑し、肩をすくめる。

「お金……入用なんでっか？　あの子……五木さんの子？」

「違うよ。彼女、旦那に戦争で死なれちゃってね。旦那の実家ってのがこの辺の地主で、後家になってからは、そこで随分いじめられてるらしいんだ。それでなっちゃん、こっそり旅館の女中したりして。そんなときに僕と出会ってね。劇団のどさ回りをしてたときかな。僕もカミさんと別れたばかりだったから、さびしいころでさ。お金はなかったけど、ないなりにいくばくか彼女に都合してあげたんです。そんな関係が、まぁずるずるとね」

「五木さん、日本中に彼女がいてるんでっしゃろ？」

「ここ数か月かけてみーんな縁切ったの。なっちゃんのために。色男はつらいのよ」

「三平ちゃんは、五木さんのこと、ほんまのお父ちゃんやと思うてるんやないの？」

「どうかな。よく懐いてくれてるけど、ほんとのことはわかってんじゃないかしら。ああ見えてしっかりした子だ」

　だから坂口の話に乗ろうと思ったのだ。別れたフリ、なんてスズ子がいやがるに決まっている提案をしたのも全部、あの二人を守るため。

「ワテに少し工面させてください。わずかなもんやしボーナスみたいなもんですわ。縁の下の力持ちさんやし」

「いらないよ。こちとらこんな一文の得にもならないこと好きでやってんだ」

「せやからお礼ですわ」

「……こんなご時世に恋だなんだってバカだとは思ってたけど、ホントにバカだよ」

「ほんまに」とスズ子は笑った。「せやけど、五木さんも負けてへんわ」

楽団のマネージャーが五木でよかったと、スズ子は心の底から思った。自分の貯金を切り崩したってかまわない。本気でそう思っていた。——けれど。

「五木さんが、どこにもいないんです。煙みたいに消えちゃって……!」

舞台を終えて楽屋に戻ると、五木は忽然と姿を消していた。

宿に、スズ子にあてた手紙だけを残して。

「前略。何から謝ればいいのかわからないので、とにかく謝ります。ごめんなさい。小生、すでに村山興業の坂口殿から金をもらっていました。それどころか楽団のわずかな金からもなっちゃんに送金していた始末です。死んで詫びるしかないと思いながらも、なっちゃんと三平のためには死ねません。あの二人をどうにか幸せにしたいと、小生、実はそればかり考えて生きてきました。坂口殿からもらった金をわずかですが入れておきます。スズさん、あんたは日本一の歌手だ。お元気で」

一井が、トランペットを吹き鳴らす。その音は、静まり返った楽屋に、空しく響いた。

巡業から戻ると、愛助が具合悪そうに咳き込んでいた。背中をなでながら、スズ子は事の次第を説明する。五木がいなくなったのは自分のせいでもある、と愛助は言いはり、せめて新しいマネージャーを紹介させてほしいとも言った。

今は引退してしまったが、村山興業でもかなりのやり手として名を馳せた、坂口の元上司だという。翌日、事務所に現れたのはやや小柄な初老の男だった。愛助はその顔を見るなり、子どものように顔を輝かせる。

「爺！　達者にしてたか！」

「そらもう！　それしか取り柄はあらしまへんがな。ボンもご立派になって！」

愛助と抱き合って号泣するその老人は、山下達夫。愛助が幼いころから父親代わりで面倒を見てくれた人だという。

「身体が弱かった僕を、映画館やら芝居に連れてってくれたのも爺なんです。さすがにカフェーに行ったときはお母ちゃん、怒ったな」

「行った、行った！　ボンのこと、伸び伸びさせすぎてよう社長にどやされましたわ」

坂口と違って、スズ子と別れさせるつもりはさらさらないらしく、それだけでほっとする。

「今は孫と日がな遊んでますわ。孫のこと遊ばせすぎて、娘にどやされてまっけどな。せやけど、自分で言うのもなんでっけど、ワシは顔は広いでっせ。日本全国北から南まで、どこにでも知り合いがおるし、他ならぬボンの頼みや。この山下、全力で福来さんの面倒見させてもらいます！

問題は社長やな。ワシとボンが近づいたとなれば、ええ顔しまへんやろ。まして福来さんが絡んでたら」

「大丈夫や。バレんようにしたらええねん。いつもそうして遊んでたがな」

「そやな。それにワシはもう村山を辞めた人間や。社長にバレたかてやり返したりますわ！」

「そや。やり返したろ！」

二人は愉快そうに笑っているが、スズ子にはどうしてそこまでして隠さなくてはならないのか、わからない。山下は、初めて渋い顔をした。

「そら社長は許しまへんで。大旦那さんにもはよ死なれて、ボンの兄弟もはよ亡くして社長はボンのために女手一つで村山をここまで大きしたようなもんや。交際する相手は結婚も見据えて、ボンを支える人やないとあかん言いますで」

「け、結婚やなんて……まだ早いわ。いつまでも隠すつもりはあらしまへん。時期が来たらちゃんと話すつもりです」

ところがその時期は、思った以上に早く訪れた。


スズ子の存在を知った愛助の母親、トミは大阪からやってくると、有無を言わさぬ口調で「福来スズ子と会うんはもうやめなはれ」と愛助に告げた。

「隠し事はいつか必ずバレますのや。山下のマネージャーの話もなしや。山下が福来スズ子のマネージャーしてたら、あんたと福来スズ子は続きますやろ。あんたは村山の跡取りや。歌手があんたを支えることはでけまへん。ふさわしい人がいてます」

もちろん愛助は抵抗した。その結果、スズ子に会わせろと言ってきたのである。

スズ子にしてみれば、願ってもない機会である。いつまでも隠しているのは性に合わないし、なにより交際を続けるからには挨拶がしたい。それが義理というものだと、スズ子は思う。東京に来ているというなら、好都合である。

だが、話はそう簡単ではなかった。愛助とともに出向いた村山興業の応接室で、向き合ったトミはこれまでに出会った誰よりも威圧感があり、簡単に言葉を発することのできない貫禄をまとっていた。

梅丸の社長、大熊ですら向き合ったら食われてしまうのではないかと思うほど、同じ空間にいるだけで肌がびりびりと震える。

「あんたはんのことはよう存じております。ええ歌をうたいなはる。ＵＳＫの下積みで苦労もしてはるやろし、分別のあるお人や思います。愛助は村山興業の跡継ぎになる人間だす。そのことを重々ご理解ください」

「はい。それは重々承知しております」

「ほなら話は終わりだす。あとは二人でよう話しなはれ。ほな失礼します」

それだけ言うと、トミはスズ子から興味を失ったように、背を向けた。

「ど、どういうことや。僕らに任せてくれはったんかな……」

呑気な愛助に、スズ子は首を振る。トミがいなくなったとたん、毛穴と言う毛穴からどっと汗が噴き出した。

「ちゃうわ。きっぱり別れろ言うことや。……そらそやな。たったお一人で会社を切り盛りしてあそこまで大きして、それを愛助さんに託したいんやから。そら先の先まで見据えてはりますわ。ワテみたいな歌手はふさわしないと思いはるのもわかりますわ」

「そんなんで福来さんと交際でけへんのは、僕はイヤや！　僕は、今この瞬間、福来さんが好きなんです。もし……もしも結婚いう話になれば、僕は絶対に福来さんのことをお母ちゃんに認めさせます。その上で福来さんには歌手をやめてほしくありません。絶対できると思います。僕はどんなにお母ちゃんに反対されても福来さんと恋人でおりたいんです！」

「ぎょうさん……ツバ飛びましたがな……」

「ご……ごめんなさい」と、顔を服の袖で拭いてくれる愛助に、スズ子は微笑む。そのまま、こてんとその胸に顔をあずけた。

「ワテも……同じ気持ちだす」

別れるつもりはない。でも、この先、いったいどうすればよいのだろう。


問題は山積みだが、愛助とうまくいったことを報告するため、そしてマネージャーのあてがないか相談するため、スズ子は羽鳥の家を訪ねた。そこに、りつ子の姿もあった。当然、話は彼女にも伝わっている。全国を慰問でまわっているというりつ子は「浮かれてるあなたとは違うの」と、あいかわらずつんと澄ます。

「さすがやなあ。やっぱり軍国歌謡は歌ってないんでっか?」

「当たり前でしょ」

「茨田くんはくれぐれもこれ以上しょっぴかれないようにね」と羽鳥は苦笑する。

「しかしマネージャーか。誰か探してあげたいとこなんだが、実は日本を離れることになってね。陸軍の報道班員という身分で、上海(シャンハイ)に。慰問活動したり音楽会を開いたりするんだけど……上海には世界中から優秀な音楽家が集まっているからねえ、僕ももっといい曲を書いて演奏してきますよ。それが僕なりの戦い方かな」

やれやれ、と首を振ってはいるが、わくわくしている羽鳥もあいかわらずである。

「だからマネージャーはすぐには探せそうにないなぁ。茨田くんは誰か紹介できないかい?」

「先生はホントに甘いですわ。まずは自分で何とかなさい。そうだ、モデルでもしてみる？　美術学校でヌードモデル。あたし、音楽学校の学費を稼ぐためにやってたのよ。人なんか頼らなかった」

「せ、せやけどワテ、ヌードは……」

「冗談よ。その華奢な身体じゃ無理。魅力的じゃないもの」

「失礼やな、ワテかて脱いだら……」

「まあまあ。僕も心当たりの人間には聞いてみるつもりだから。みんな苦しいけども、乗り越えてまた三人でなにかやろうじゃないか！」

スズ子とりつ子は、力強くうなずく。あの合同コンサートの高揚は、二人とも忘れてはいない。けれどだからこそ、羽鳥に簡単に会えなくなるのは、さびしかった。


新しいマネージャーはなかなか見つからず、楽団の活動も休止したまま、季節ばかりがゆきすぎていった。唯一の救いは、愛助との時間が平穏に、幸せに続いていたことだが、年の瀬が近づくにつれて、東京に敵機が襲来することが増え、昼夜問わず警戒警報が鳴り響いた。

あるとき、愛助の下宿で、スズ子が厠(かわや)にこもっているときに、空襲警報が鳴った。なかなかお腹から固いものが出てくれなくて、それなのに愛助がドアをどんどんと叩くものだから、焦ってますます身動きが取れなくなってしまった。

「おへその下、指三本分あけて押してください！　僕、でぇへんようになったらお母ちゃんにそうされとったんです！」

なんて叫ばれて、恥ずかしいやらいたたまれないやら。

「スズ子！」と名前を初めて呼ばれたのも、そのときだ。

どうにか厠を出ると、愛助がスズ子を抱えて走り出した。そのさなかに警報は解除され、愛助はスズ子を抱えたままへたりこんだ。汗だくのまま部屋に戻り、愛助は腹を抱えて笑った。

「福来さん……厠からぜんぜん出てけえへんから。なんやおかしなって。ごっついわめいてはったし」

それでもこの人はスズ子に幻滅することがないのか、と思ったら、恥ずかしさが掻き消えて、愛しさがこみあげてくる。スズ子でええよ、と言ったあと、

「ワテ……あんさんのことほんまに好きや」

自分から愛助と唇を重ねた。こんなふうにずっと二人で寄り添っていられるなら、戦時下がずっと続いてもいいと思ってしまうくらい、スズ子は幸せだった。だが――。

そのとき、愛助が激しく咳き込んだ。思いきり走ったから、とスズ子を安心させるように笑って、またすぐに咳き込む。口元をおさえる手のひらは、真っ赤な血で染まっていた。

第13章 戦火の歌声1

結核だ、と医者は言った。以前から患っていたらしい。最近は調子がよかったから、治ったと思っていたと愛助は打ち明けた。

結核に、特効薬はない。滋養をつけて寝ていること以外、手の施しようがないのだ。しかも空気感染する病気だから、入院するには専用の部屋を用意してもらわなくてはならない。それには、最低でも二百円が必要だと医者は言う。楽団の経営もままならないスズ子にとっては安くない出費だったが、払うと決めた。

病院に運び込まれた愛助は、部屋に一つきりのベッドで身体をふるわせながら、咳き込み続けた。それなのに、自分よりも、背中をさするスズ子を気遣ってばかりだ。

「スズ子さん、もう大丈夫なんで、帰って休んでください。医者に言われませんでした？　むやみに近づいたらアカンて……」

「それがなんや。まさか、結核や言うたらワテが離れていく思てんちゃうやろな。アホか！　こっちからへばりついたるわ。あんたは自分の心配だけしとったらええねん」

何かを言おうとして、愛助はのどが切れそうな痛々しい咳を発する。水を飲むのもつらそうなのに、寝ているあいだもスズ子がそばにいるのを知ると、堪忍な、とうわ言のようにつぶやく。一晩中、スズ子は汗をふき、背中をさすり、愛助がラクになるようつとめた。

翌朝、小夜が食料をかきあつめて持ってきてくれた。台所事情が厳しいのは、病院も例外ではなく、治療と簡素な食事は提供されるが、滋養をつけるには足りない。氷も、今や貴重品となっていた。小夜も、手に入れられなかったという。

看病を手伝うため、病室に入ろうとした小夜を、スズ子は止めた。

「あかん、結核や言うたやろ？　うつしてしもたら大変や」

「したっけスズ子さんだって」

「ワテは大丈夫やから。歌手やで？　のども肺も丈夫やねん」

かわりに小夜は、洗濯など、病室に入らなくてもできる身の回りの世話をしてくれるようになった。坂口に連絡をしなければ、と思い至ったのは数日が経ったあとだ。

「なんではよ連絡よこさなんだんや。ボンは村山興業の跡取りやぞ？　もしものことがあったらどないしてくれんねん！」

荒々しい剣幕で迫る坂口に、最初はすみませんと頭を下げていた小夜も声を荒らげた。

「だから今、スズ子さんだって必死に看病してんだっぺね！」

ところが聞こえてきたのは愛助のものとは思えぬ大鼾で、部屋を覗くとスズ子が愛助の布団に突っ伏して眠っていた。さっきまでは、甲斐甲斐しく世話をしていたのに。慌てて声をかけて起こそうとする小夜を、久しぶりに体を起こすことのできた愛助が止めた。小さな空咳はするものの、ずいぶん顔色のよくなった愛助に坂口は安堵する。

「以前お世話になってた療養所に連絡入れます。しばらくはそこで体を休めましょう」

「イヤや。療養所には行かへん」

「結核は厳しい病気だす。今、しっかり治さな死にまっせ」

「僕はスズ子さんから離れへん」

「ボン……」

「行かへん！」

強情に声を張ったとたんに、大きく咳き込み、その振動でスズ子が目を覚ました。

「アカン、寝てもうた。愛助さん、大丈夫……て、坂口さん？　ワテ、連絡もせんと、すんまへんでした！　怒ってはります、よね？」

だが坂口は何も言わず、ただじっとスズ子の顔を見つめた。目の下にはクマができて、派手な化粧で舞台に立つ姿など見る影もないほど、疲れ切っている。それなのに開口一番出てくるのが、坂口に対する詫びなのかと、少し意外な思いがした。

坂口は黙ってスズ子に背を向けた。また怒らせた、とスズ子は落ち込んでいるが、そうではない。病室から少し離れたところで、小夜に聞く。

「いつからああして看病してるんや。あんなにひっついて……福来さんかて結核がどんな病気か知ってるはずやな？」

「知ってだって、離れねんだもん。しゃーんめ」

坂口は頭を抱えた。どうやら自分は、福来スズ子という人間を見誤っていたらしい、と。

愛助がふと目覚めると、薄暗い病室でランプの灯りが揺れて、スズ子の横顔がおぼろげに浮かび上がっていた。どんな芸術品よりもきれいだな、と胸が熱くなる。

「寝ても覚めてもずーっとスズ子さんが側におって……僕、幸せや。結核いう病気も、悪いことばっかりやありませんね」

「コレ、滅多なこと言うもんと違う」

「せやけど、ほんま夢みたいや」と答える言葉をかき消すように、空襲警報が鳴り響く。

「スズ子さんも逃げてください」

病室から飛び出した人たちが避難する足音がドアの外に響き渡る。だが、愛助は身体を起こそうとしない。

「あんたも早う、行くで」

「それはアカン。足手まといになる」

「ほならワテもここにおる。へばりつく言うたやろ？」

愛助は、それ以上何も言わなかった。スズ子が頑固なのはよく知っている。かわりにスズ子の手を握り、スズ子は愛之助の胸にそっと自分の顔をうずめた。

「スズ子さん。僕の病気が良うなったら、結婚してください」

「それ、今言うことか？」

「あきませんか？」

「……ええよ。きっと結婚しよう」

そうしているうちに、空が赤く光ることはないまま警報は解除され、二人は眠りに落ちた。起きたときには、坂口がいた。

「三鷹に家を借りました。こんな高いばっかりの病院やのうて、そこで療養してください。福来さん、あんたも一緒や。あんたがどういう人間かようわかった。あんたにやったらボンを任せられる。それに三鷹やったら、わしの家も近い。なんかあれば駆けつけることもできます。……ボン、これやったら言うこと聞いてくれまっか」

「もちろんだす」と愛助は満面の笑みを浮かべる。坂口はため息を吐いた。

「昔はこんな頑固やなかったのに、あんたのせいや」とスズ子を睨むが、その目元はいつになく柔らかい。そして、身体を起こしたスズ子に、深々と頭を下げた。

「これまでの無礼をお許しください。ほいで、今後ともよろしゅうお願いいたします」

「こちらこそ、よろしゅうお願いいたします」

スズ子も、同じように頭を下げる。これで、堂々と愛助と一緒にいられる。こんなさびしい、何もない場所じゃなくて、ちゃんとした家で二人で暮らし、愛助の世話を続けることもできるのだと、それが嬉しくてたまらなかった。

上京して五年、世話になった下宿を出る日は、さすがにちょっと心細かった。入院する前から愛助の家に泊まることは増えていたし、同じ東京なのだからいつでも遊びに来られる。それでも、チズと吾郎と一緒に食卓を囲むこともなくなるのかと思うと、切なくなる。

吾郎は、餞別にとおにぎりを渡してくれた。みんな、このおにぎりとともに、下宿を去る。三鷹に向かう途中、遠回りして伝蔵の屋台があった場所を通った。もちろん、誰もいない。何もかもが変わってしまったのだと、スズ子は思う。いいことも、悪いことも、平等にゆきすぎて、いつのまにか時は流れていく。

三鷹での生活は平穏そのものだった。スズ子の看病の甲斐あって、愛助の病状もずいぶんよくなった。縁側で、調子のいいときは日に当たってのんびりしているのも、回復を助けているのかもしれない。小夜も同じ家で暮らしていたから、毎日が賑やかなのもよかった。広い庭で洗濯ものを干せるのも、スズ子は嬉しかった。まっしろなシーツが風にそよぐのを見ているだけで気分があがる。スズ子が無意識にステップを踏み鼻歌を歌っても、誰にも迷惑がからない。むしろ、愛助が愛おしそうに見ていてくれる。スズ子の表情も、すっかり明るくなっていた。

猫舌の愛助のため、ふうふうと冷ましながら手製の雑炊を口に運んでやる。そんな他愛もない日常を重ねる日々が、スズ子には何より幸せだった。

布団を干しながらスズ子が歌う『ラッパと娘』に縁側から耳を傾け、身体を揺らしながら、愛助は、なんて贅沢な時間なんだろうと幸運に感謝した。と同時に、表情がわずかに陰る。このまま、スズ子をこの家に閉じ込めていていいのだろうか。言えば、やりたくてやっていることだと返されるに決まっているけれど、愛助にはそうとは思いきれない。

不格好なステップを踏みながら、愛助は庭に出る。

「だいぶ良うなったし、一日中部屋のなかやったら体にカビが生えてしまう。僕も天日干しや」

だがすぐに咳き込み、その場でしゃがみこんだ。言わんこっちゃない、と身体を支えて寝室に連れ戻そうとするスズ子の手を、愛助はそっとふりほどく。

「大丈夫。自分ででける」

「どないしたん？」

よろよろと縁側に戻り、腰をおろした愛助は、空を仰いだ。

「……スズ子さんがそばにいてくれてほんまに心強い。お陰さまで体も回復してきたし、ほんまおおきに。せやけど、僕は福来スズ子のファンなんや。スウィングの女王を舞台から引き離して、お布団干させてるんは自分なんやって、なんや心苦しいときもあんねん」

「なに自惚れたこと言うてんねん。ワテは何も我慢してへん。今はあんたにちゃんと体治してほしいし、それがワテの幸せやねん」

「それだけと違うやろ。スズ子さん、僕の世話しながら鼻歌うとたりステップ踏んだりしてる。歌って踊るんがスズ子さんの幸せやろ？　このままスズ子さんから歌を取りあげたない。楽団に戻ってほしい」

「愛助さん、おおきに。そやけど五木さんはどっか行てしもたし、他のマネージャーもおらへんし、今はどうにもならへんねん」

そもそも東京では音楽の仕事が少ないのだ。二村と三谷はたまに来る伴奏の仕事で食い繋ぎ、四条はとりあえずと言って田舎に引っ込んでしまった。一井も、毎日暇そうである。

「そのことやったら、もう一度山下さんにマネージャーやってもらえるよう、坂口さんから社長に頼んでもろてる」

そんなに簡単にいくわけがない、とスズ子は思った。

坂口は大阪の村山興業本社に戻っていた。東京での興行がふるわない報告のため。ついでに、みずから大阪に出向いてトミを説得する、と言ってきかない愛助にかわって、マネージャーの件を了承させるためである。

だが、いざトミを前にすると、逃げ出したくてたまらなくなった。収入の落ち込みについて、言い訳ばかりするなと一喝されたあとでは、なおさらである。

だが、手ぶらで帰るわけにもいかないのだった。

「ボンの気持ちを汲んで、山下さんを福来スズ子のマネージャーにつけること、許してあげられまへんか？」

おずおずと切り出した坂口に、トミの返事は当然ながら「アカン」の一言だった。

「やっと二人が切れたのに、引き合わすようなマネするアホがどこにおんねんな」

「その件ですが……ボンにつけた世話係、実は福来スズ子です」

「なんやて！　あんた嘘ついてたんか？　ワテは嘘つかれんのが一番嫌いなんや」

「せやけど、結核患者の世話係やなんて見つけんのも簡単やない。実際ボンの体調も良うなってますし、黙認するのも愛助さんのためかと」

実際、スズ子ということを伏せて報告したときは、トミも「よくそんな物好き見つけたな」と驚いていたくらいである。だが、そんな言い訳はトミに通用しない。

「ほんまに感心するわ。ようそんな屁理屈思いつくなぁ？　ワテは屁理屈聞かされんのが一番嫌いなんや！」

「……ほならわかりました！　言い訳も嘘も屁理屈もない、正真正銘ホンマの気持ちを言わせてもらいます。わしはあの福来スズ子言うおなご、見上げたもんやと思います。病気も恐れず連日連夜の看病。それでいて偉ぶるでもなく、ボンのことだけを真っ直ぐに思い続けて、多少抜けたところはありますが、ボンが惚れるのもわかる。わしもボンの思いと一緒や。福来スズ子の力になりたい！」

ぎろりとトミに睨みつけられ、条件反射で坂口は縮みあがった。言い過ぎただろうか、いやでも事実だし、本心だし、とぶるぶる震えながら唇をきゅっと結ぶ。

——結果として、トミはマネージャーの件だけは了承してくれた。

しかしそれはあくまでも、スズ子が世話係をしてくれたことに対する恩返しであり、交際を認めたわけではない。それでも、その知らせは愛助とスズ子を大いに喜ばせた。これでようやく、楽団の活動が再開できるのだ。

二月に入り、スズ子は再び、地方巡業の旅に出ることとなった。派手な興行はなかなか難しくなってきたが、慰問という名目であれば、まだ公演の口がある。

最初に訪れたのは静岡の工場で、客席の中心にいるのは、海軍機のプロペラをつくるため顔中を油まみれにしている工員たちである。空き地に設置された簡易ステージは、お世辞にも立派とはいえなかったが、スズ子は日帝劇場で歌うのと同じくらい、いやそれ以上の力強さで『アイレ可愛や』を披露した。

公演を終えたらすぐに東京に戻り、愛助の看病に日夜尽くしては、また次の慰問先へと向かう。

そのくりかえしはスズ子を疲弊させたが、充実もしていた。

愛助の病状も医者から「またいつ発症するかわかりませんが、ひとまずは落ち着いた」といわれるほどには回復した。それでもスズ子の不安はぬぐえない。空襲も、おそろしい。スズ子がいない間に何かあったらと思うだけで、気が気ではない。

「ええなあ、スズ子さんの舞台を生で見られる人は」

「呑気なこと言うて。こっちは離れてる間ずっと心配してんねんで？　ワテがおらへん間にあんたがまた倒れてしもたらどないしよ思て」

「大丈夫やって、僕のことやったらもう心配いらん。坂口さんもおるんやし。安心して巡業に出たらええ。心配性やなぁ」

「……もうイヤやねん。お母ちゃんが病気のときも、なーんもできへんまま死なしてしもて。六郎かてワテの目の届かへんところで……そんなんもう、勘弁してほしい」

「スズ子さんが懸命に看病してくれへんかったら、僕はもうアカンかったかもしれへん。そやけどスズ子さんのおかげで乗り切れたんや。大丈夫、僕はもう大丈夫や」

そう言って、愛助はスズ子の手を握った。

「愛助さん。ワテ、今までの人生のなかで、今がいっちゃん幸せや」

できることならこの幸せが永遠に続いて欲しいとスズ子は思う。

だが、恐れていたことは、京都の繊維工場を訪れていたときに起こった。


開演の準備を終え、化粧台でスズ子が愛助への手紙をしたためていたときだ。

「東京で空襲やって。一昨日の夜中から朝にかけて大空襲で、あたり一面焼け野原やって」

興行主が、顔面蒼白で飛び込んできて、スズ子は思わず手紙を握りしめた。

頭が、まっしろになる。あたり一面焼け野原だなんて、そんな事態は聞いたことがない。

「福来さん、歌えまっか？　……福来さん？」

山下の問いかけに返事をすることもできないスズ子に、公演を延期しようと話がつきかけていたときだった。スズ子ははっと我に返り「歌わなあかん」とつぶやく。

「お客さんタダで帰すわけにはいかへん」

——むしろ自分の苦しい心持ちを味方にして、いつもよりいい歌だなんて言われるくらいじゃなきゃ、僕はダメだと思う。

羽鳥がそう言ったのは、六郎が出征し、ツヤが危篤だと報せを受けた日のことだ。あのときと今とでは状況の深刻さが桁違いだ。スズ子だけじゃない、楽団のみんなも立っているのがやっとである。けれどそれは、スズ子を待ちわびる客も同じなのだった。今このとき、東京の空襲は無関係でも、恐怖と不安に押しつぶされそうになりながら、それでも生きようとする人たちのためにスズ子は歌わなくてはならない。

「……うん、歌います。みんなも、ええな？」

放心状態で、けれどスズ子の言葉に背中を押されるようにして、全員でステージに立つ。

どこから声が出ているのか、自分でもわからないくらい、スズ子の心は浮遊していた。それでもスズ子は客席に向かい笑みを浮かべて歌い続けた。拍手喝采を受けて、初めて、ちゃんとやれたのだとホッとする。楽団のみんなも同じだった。それどころじゃないだろうに、みんな、一流の演奏をやりきってくれた。

帰りの汽車は静かだった。誰も、酒を飲まない。軽口をたたかない。何か言えば不安が増幅してしまいそうで、みんな口を閉ざしていた。そして、東京に降り立ったスズ子たちは、さらなる絶望にたたき落とされることになる。

町が、消えていた。

焼け焦げた匂いと、倒壊した家。まっくろな、草木の消えた地面。小夜が、膝から崩れ落ちた。スズ子もそうしてしまいたかったが、どうにか、愛助の待つ家へと足を踏み出す。


三鷹の家は草木も残り、倒壊した家屋もほとんどなかった。スズ子たちの家も、無事だ。

愛助は、庭で呑気にひなたぼっこをしていた。

「おかえり」と手をふる彼に、スズ子はたまらず駆け寄り抱きつく。

「よかった……無事やったぁ……」

「大丈夫や。生きてるやろ？」

あまりに強く抱きしめたせいか、愛助が軽く咳き込み、スズ子は慌てる。けれどそれ以外は何の変わりもない、いつもの愛助だった。

「あの晩の空襲は、いつものとは様子が違ててな。遠くの空が真っ赤に染まって、こっちまで来るんと違うかってほんまに恐ろしいて……上野や浅草辺り、下町一帯はひどいらしい。焼夷弾に焼かれて跡形もないて」

「チズさん……吾郎さんは」

愛助は、答えない。わからないのだ。スズ子は唇をかんだ。

「大阪かて大きな空襲に遭うたんやろ？　はな湯も、ＵＳＫの仲間もどないなったかわからへん。もうイヤや……」

なんで、こんなことになってしまったのだろう。大好きな人たちの笑顔が次々と脳裏をよぎり、それが失われたかもしれない恐怖と怒りにふるえる。泣きじゃくり続けるスズ子を、愛助はそっと抱きしめ、いつもとは逆に、背中をなで続けていた。


そのころ、上海にわたった羽鳥は、中国の音楽家・黎錦光と親交を深めながら、自分の音楽を模索していた。ミュージックホールで華やかなジャズやスタンダード、欧米の曲に思う存分浸ることのできる上海は、あらゆる意味で日本とは状況が違う。

だからといって、命の危険がないわけではなかった。このまま戦争に負ければ、日本に帰ることは二度とかなわない。銃殺か死ぬまで重い労役を課せられるか、二つに一つである。

ある日、陸軍に呼ばれた羽鳥は、合同音楽会の開催を命じられた。

「わが軍はここ上海で、万全の占領地統治を維持しています。我々はそれを、国際社会に見せつけるべきだと思うのです。そのために、日中合同で音楽会を催したい。羽鳥先生、お力をお借りできないでしょうか？　内容に関しては、羽鳥先生に全面的にお任せします」

「……好きにしていいんですね？」

「ただし盛大にお願いしますよ」

それが、上海統治の現状を誤魔化(ごまか)すためだということは、羽鳥にもわかっていた。アメリカとの戦争が始まって以来、上海における日本軍の力は急速に損なわれている。戦況は明らかに日本劣勢で、軍も焦っているのだろう。都合のいいときだけ音楽を利用しようとする軍の姿勢に黎はいい顔をしなかったが、羽鳥はふるいたっていた。

「望むところだ。逆に利用させてもらおう。上海には世界中から面白い音楽家が集まっている。今、この上海じゃなきゃできない音楽会を開くんだよ。軍の意図なんてどうだっていい。我々の音楽は何者にも縛られない、自由（ツーユー）であることを証明してみせよう」

発音は違うが、日本も中国も「自由」は同じである。音楽に注がれる人たちの想いも。

こんなときだというのに、羽鳥はわくわくしていた。

大空襲から半年が過ぎた八月、スズ子に富山への慰問の打診がきた。高岡という町で銃後を守る女性や子どもたち、お年寄りたちのために公演をしてほしいのだという。あれからずっと活動を休止していたが、そろそろ動き出さないと事務所の修繕費用もまかなえない。けれどスズ子は、どこにも行きたくなかった。断ってください、と訪ねてきた山下に言う。

今は愛助と一緒にいることしか考えられなかった。離れたくない。離れている間にもしものことがあれば、と想像することすらしたくない。

布団を並べて、一緒に眠りに落ちてさえ、突然の空襲警報で恐怖が襲いかかってくるのである。防災頭巾をかぶり、防空壕にかけこむ一連の動きにも、ずいぶんと慣れた。こんなものに慣れたくはなかったけれど、スズ子は愛助と身を寄せ合って、上空を敵機が飛んでいく音に耳を澄ませる。小夜も、膝を抱えてじっとしていた。

そのとき、赤ん坊がぐずり始めた。母親があやすも、泣き声はどんどん大きくなるばかり。無理もない。不穏な音が鳴り響くなか、緊迫感に包まれた大人たちが密集する壕にとじこめられているのだ。

ちっ、と男が舌打ちをした。

「やかましいな。そんなに泣かせたら敵機に見つかっちまわ。黙らせるか、出ていけ」

ごめんなさい、と母親が言い終えるより先に、小夜が男を睨みつける。

「赤ん坊の泣き声なんか敵機に届ぐかっつの。本当は自分が泣きてぇんじゃねぇのげ？　おっかなくっておっかなくって」

「なんだぁ？」と男が腰を浮かしかけたところで、また上空から敵機の音がする。男は身体をこわばらせ、母親は赤ん坊をぎゅっと抱きしめた。

「スズ子さん、歌でも歌とてあげたら」と愛助が言う。スズ子はうなずくと、囁くように優しく『アイレ可愛や』を口ずさみ始めた。

母親も、男も、みなが疲れ切った顔をあげてスズ子を見る。いつのまにか赤ん坊も泣きやみ、隅でまるまっていた小さな子どもの顔にも、わずかに笑みが戻っていた。

歌い終えると、誰ともなく小さな拍手が起こり、スズ子は照れくさそうにうつむいた。

「……もっと聴きたい。もう一度、歌ってもらえませんか？」

隣を見ると、愛助がうなずく。スズ子はもう一度、『アイレ可愛や』を歌いだした。

鳥かごをぶらさげて、好きな小鳥を追いかけていく村娘のアイレ。村から村へと自由にわたりあるきながら、最後にアイレが見つけた白い鳥は幸せの象徴だ。誰にも取り締まることのできない、心に希望の光をとりもどさせてくれる歌である。

防空壕の暗闇に、スズ子の歌声は明け方まで響いた。夜が白みかけ、敵機の音も遠くなり、警報が解除されてようやく壕を出たスズ子に、母親が声をかけた。

「あの歌、どんなでしたっけ。アイレ……」

「アイレ〜♪　アイヤラレ〜♪」とスズ子が口ずさむと、母親は笑顔になって復唱した。そしてそのまま、抱いた赤ん坊に歌い聴かせながら自分の家へと帰っていく。

愛助は、誇らしげに言った。

「みんな、スズ子さんの歌で正気に戻っていく。スズ子さんの歌には力がある。僕もそやった。病気して戦争にも呼ばれへん、誰の役にも立たれへん、何のために生きてんのかもわからへんときにな、福来スズ子の歌に力もろた。お先真っ暗な僕に、パーッと光がさしたんや。……僕はな、こんなときやからこそ、スズ子さんに歌とて欲しい。戦争の陰で、懸命に生きる銃後の人々にとっても、福来スズ子の歌声は生きる糧、生きる希望になるんやから」

「……そやろか」

「そうや」

スズ子はうなずいた。

「……そやな。歌わなあかんな。愛助さん、おおきに。ワテ歌うわ」

こうしてスズ子は、再び慰問の旅に出る決意を固めたのである。

スズ子に先んじて地方の慰問公演を行っていたりつ子は、鹿児島の海軍基地を訪れていた。会場の下見をするりつ子の全身を、横井と名乗る少佐が舐め回すように見る。

「明日もその格好で歌うおつもりですか」

「まさか、これは普段着です。本番はもっと華やかにいきますよ」

「明日はあくまでも我々の士気を高揚させるための余興です。浮ついた格好で歌われては士気が下がる。それと曲目に関してですが、『海ゆかば』は歌えますか」

「歌えません」

「『同期の桜』は」

「歌えません」

「では何が歌えるんです？」

「軍歌は性に合いません」

「茨田さん、ここは海軍基地ですよ？」

「アタシでお役に立てないようなら帰ります」とりつ子はそっぽを向いた。だがふと、倉庫の陰から覗く人影が目に入る。十代後半の少年兵たちだ。茨田りつ子だ、ブルースの女王だ、と感激したように囁き合う彼らに横井が睨みをきかせると、みな敬礼して逃げ出していった。

「特攻隊員です。祖国のため、命令が出ればただちに出撃しなければなりません。もしかしたら歌の途中で中座しなければならないかもしれない。そしてそのときは、おそらく彼らは二度と戻ってくることはない」

「死にゆく彼らには、何も持たせてやれません。せめて歌を聴かせてやってください」と頭を下げたのは別の中尉である。それでも軍歌は歌えないと渋るりつ子に、横井は言った。

「では、隊員たちの望むものではどうでしょうか」

りつ子は、了承した。

特攻隊。爆弾を積んだ航空機で敵機に体当たりする、帰り道をもたない兵士。りつ子は言葉を失った。あんな——幼さの残る子どもたちが。

富山県高岡市で滞在する旅館では、大広間に数日前の大空襲で焼け出された町の人々が寝起きしていた。これまでも大きな工場に爆弾を落とされることはあったが、今回のように街も人も見境なしの襲撃は初めてで、人も大勢死んだという。案内してくれた女将も、笑みを浮かべる気力もなさそうにぐったりしていた。

宿には、三歳くらいの少女がいた。一井のトランペットに興味津々である。母親らしい女中に見つかって叱られていたが、子どもはいてくれるだけで心が和む。ためらう母親に、スズ子は少女を——幸(さち)を預かるとやや強引に申し出た。

だが、スズ子たちの食事を幸がつまみ食いしているのを見て、女中は声をはりあげた。

「お客さんのものにぃ手出されんちゃ！」

「ええから、ワテお腹いっぱいやねん」

「贅沢させたらぁクセになりますから！　贅沢はぁ敵です」

そう言って、幸を連れて出て行ってしまう。雑穀がほとんどのごはんに、味のほとんどしないすいとん。それからわずかな芋。大空襲のあとではしかたないが、これを贅沢と呼び、子どもに食べることも禁じる時世が、スズ子たちにはやるせなかった。

食事を終え、玄関で夜風にあたっていると、幸をおぶった女中がやってくる。どうやら眠ってしまったらしい。スズ子に気づくと、気まずそうに頭を下げた。

「先ほどはぁ失礼な言い方してぇ、すいませんでした。親切にぃしていただいたがに……」

女中は、名を静枝と言った。

「……旦那さんは、出征ですか。違てたらごめんなさいね。もしかしたら思て」

「勇敢に戦ったとぉ聞いております。南方で戦死しました。出征前はぁ、高岡で教師をしとおりました。とても真面目な人でぇ」

「ごめんなさい」

「どうして謝るがですか。夫は私の誇りながです。お国のためにぃその命を捧げました。つらくはぁないがです。悲しくもないわ。だって……生きとらんなん。夫からのぉ手紙に書いてあったがです。『幸を頼む』『勝って帰る』って。私は生きて、日本の勝利を見届けんなん。下なんか向いとられんがです」

「……日本は、勝てるやろか」

「勝ちます。……そうでなきゃ、夫は犬死にです」

不敬な物言いをするな、とばかりにスズ子を睨んで、静枝は夜道を歩き出す。

六郎のことを、思いだす。スズ子には彼女の気持ちが痛いほどわかった。その背中を見つめながら思う。彼女のためにも、スズ子は歌わなくてはならないのだと。

第14章 戦火の歌声2

戦況の悪化する上海で、羽鳥は音楽会に向けて着々と準備を進めていた。

「君が作った『夜来香（イエライシャン）』の伸びやかなメロディーは本当に素晴らしい。この曲を元に、僕なりのシンフォニックジャズをやりたい。そこに、ブギのリズムを取り入れるんだ」

と、黎に力説する。

「ブギというのは……」

「アメリカのリズムさ。日本にいちゃできないリズム」

説明しながら、羽鳥はピアノを演奏し始める。

「聴くと胸のあたりがこう……なんていうか、ズキズキワクワクするだろ。中国人である君が作った曲を、日本人の僕が、アメリカのリズムにアレンジして、それを世界中の音楽家と演奏するんだよ？　題して、『夜来香ラプソディ』」

羽鳥は笑いがこらえきれなかった。陸軍が全面支援する音楽会でそれを成すのは、一種の意趣返しでもあった。

「音楽が時世や場所に縛られるなんて馬鹿げてる。音楽は自由だ。誰にも奪えないってことを僕たちで証明してみせよう。この音楽会を最後に、僕は上海での文化工作を終える。この夜を、ここで学んだ音楽すべての集大成にするよ」

その言葉どおり、音楽会は大成功をおさめた。

「素晴らしい夜でした。人も、音楽も、すべてが自由で一つだった」と黎が言った。それは羽鳥にとって最高の誉め言葉だ。

「ありがとう。こんなに素晴らしい仲間ともう一緒に音楽ができないなんて、本当に残念だよ。李さん、最後にもう一度『夜来香』を歌ってもらえませんか？」

羽鳥が声をかけたのは李香蘭。羽鳥が手掛けた『蘇州夜曲』を使った映画『支那の夜』で主演を務めた俳優である。

上海の夜は美しいピアノと歌声とともに更けていく。

羽鳥は上海、りつ子は鹿児島、そしてスズ子が富山に滞在していた昭和二十（一九四五）年八月六日、広島に新型爆弾が投下された。たった一発で何万人もが命を失い、広島一帯は壊滅。あたり一面焼け野原だと報じられ、人々はさらなる不安と恐怖に呑み込まれた。

それでもスズ子は、歌うしかない。

朝、静枝と顔を合わせたスズ子は「観にきてください」と誘った。

「あんさんに聴いて欲しいんです。せやからきっと来てくださいね」

静枝は曖昧に笑うだけだった。

海軍基地の舞台に立ったりつ子を、熱烈な拍手が出迎える。客席に、白い鉢巻をした少年兵の姿があった。目を爛々と輝かせる彼らの何人かは、りつ子を覗き見ていた子たちだった。

「本日は、みなさんが望む歌を歌いたいと思いますので、遠慮なくおっしゃってください」

場が、一瞬、静まる。戸惑いがちに、兵隊たちが視線をかわし、ひそひそと囁きあうなかで、少年兵の一人がおずおずと右手をあげた。

「……別れのブルース！」

それは、軍部が決してよしとしない歌だ。りつ子は、横井をうかがった。

「最後に聴きたいです」と別の少年兵が言い、勢いづいたように同調する声があがる。横井は、何も言わずにその場から立ち去った。

「では、歌わせていただきます」

それは切ない、恋の歌だ。潮風に乗って船出する愛しき人を見送り、二度と会えない切なさを歌い上げたしっとりとした、大人の心を描いた歌。このレコードを発売したとき、誰が想像しただろう。恋も知らない少年たちが、お国のために命を捧げる最後にこの歌を聴きたがるなんて。

二度と逢えない心と心　踊るブルースのせつなさよ

その歌詞に、ぼろぼろと涙を流している人がいる。何かを堪えるように目を見開いてりつ子を見つめている人がいる。自分が泣いてはいけないと、りつ子は最後まで艶やかに歌いあげた。

演奏が終わっても拍手はなく、場は静まり返っている。歌がだめだったからじゃない。その逆だ。みんな、身動きもとれないほど、心にりつ子の歌を響かせている。

「勇気づけられました！」と、最初に手をあげてくれた少年兵が叫んだ。

「もう思い残すことはありません！」「行ってまいります」「ありがとうございました！」

続く声に耐えきれなくなって、りつ子は舞台裏に駆け込んだ。誰からも見えない場所で崩れ落ち、声を押し殺して泣き続けた。


富山の会場に集まった客の多くは、ボロボロの衣服を身にまとっていた。舞台からうんと離れたところから、様子をうかがうように座り込んでいる人もいる。歌なんて、聴いている場合じゃない。そう思っている人も、少なくないだろう。それでも、来てくれた。他にどうすればいいか、わからないから。もう何もかもが、どうでもよくなっているから。そんな気持ちでいるかもしれない人たちにも向けて、スズ子は心を込めて歌い上げる。

やがて、最後の曲となった。静枝は、まだ現れない。スズ子は諦めてマイクを握った。

「この『大空の弟』いう曲は、南方で戦死した弟を歌とた曲です。みなさんも、大切な人を想って聴いてください」

言い終わるころ、幸の手を引いて遠慮がちに会場にやってきた静枝の姿が目に入る。

スズ子は、まっすぐ彼女を見た。静枝もまた、スズ子が自分を見ていることに気づく。

六郎を想い、スズ子は歌う。悲しみは、決して癒えることはない。理不尽に大切な人を奪われた痛みは、きっと一生続くだろう。

だからせめて、優しい笑顔を、あたたかいぬくもりとともに思い出したい。お国のために散った兵士としてではなく、大切なかけがえのない弟として、胸に抱き続けていたいのだ。

挑むような表情でスズ子を見つめていた静枝は、やがて懐から紙の束をとりだした。戦地の夫から届いた手紙だ。ボロボロの紙には似つかわしくない丁寧で美しい文字で綴られている。

「静枝へ。毎日君を想ひ、戦っています。

家族の為、日本の為に、勝って帰ります。幸を頼む」

ぼとり、と涙が落ちて何個目かわからないシミをつくった。もうこれ以上汚しちゃいけない、そう思うのに止まらない。幸の小さな手をぎゅっと握りながら、静枝はスズ子の歌に耳を傾けた。

公演を終えて旅館に戻ったスズ子に、静枝は言った。

「今日の歌ぁ、素敵でした。夫のことぉ、思い出しました。夫はいつも、綺麗な字で手紙くれるがです。印刷したみたいなぁ綺麗な字。でもぉ、私は夫に手紙を書かんだがです。字ぃ汚いからぁ。……あの人、普段はぁクスリとも笑わんがに、私の下手くそな字ぃ見たときだけぇ腹抱えて笑うがです。ダラにしてぇ」

スズ子は、笑った。静枝の頬に、小さな笑みが浮かんでいるから。

「それが悔しくてぇ恥ずかしくてぇ、だから一度も。……死んでしもがならぁ、最後にぃ書いてあげればよかった。久しぶりにぃ、思い出しました」

歌ってよかった、とスズ子は思った。少しでも彼女の心に〝夫〟が帰ってきたのなら。

スズ子はうんとのびをした。金沢への慰問は中止になった。これからどうなるかは、あいかわらずさっぱりわからない。でも、それでも歌うしかないのだと、改めて心に刻み込む。

そして――まもなく、八月十五日がやってくる。

本書は、連続テレビ小説「ブギウギ」第一週～第十四週の放送台本をもとに小説化したものです。番組と内容、章題が異なることがあります。ご了承ください。

DTP　NOAH
校正　円水社
編集協力　向坂好生

足立 紳（あだち・しん）
2016年、映画「百円の恋」で日本アカデミー賞最優秀脚本賞と菊島隆三賞を受賞。19年、原作・脚本・監督を手がけた「喜劇 愛妻物語」で第32回東京国際映画祭コンペティション部門にて最優秀脚本賞受賞。20年、劇場版「アンダードッグ」前後編でヨコハマ映画祭脚本賞受賞。著書に『乳房に蚊』『弱虫日記』『それでも俺は、妻としたい』など。

櫻井 剛（さくらい・つよし）
2011年に脚本を担当したドラマ「マルモのおきて」が話題となり、以後、「ビギナーズ！」「ミス・パイロット」「表参道高校合唱部！」などの脚本を手がける。22年に放映されたNHKの夜ドラ「あなたのブツが、ここに」では第60回ギャラクシー賞入賞が決定。

NHK 連続テレビ小説 **ブギウギ**（上）

二〇二三年九月二五日 第一刷発行

著者 作 足立紳／櫻井剛
ノベライズ 橘もも

発行者 松本浩司
発行所 NHK出版
〒一五〇-〇〇四二 東京都渋谷区宇田川町一〇-三
電話 〇五七〇-〇〇九-三二一（問い合わせ）
〇五七〇-〇〇〇-三二一（注文）
ホームページ https://www.nhk-book.co.jp
印刷 亨有堂印刷所／大熊整美堂
製本 二葉製本

Printed in Japan
ISBN978-4-14-005738-4 C0093

JASRAC 出2306568-301